FVA

Mit Dank für
eine schöne
Wiederbegegnung
und eine
großartige Möglichkeit
Herzlich
Michael

Michael Wallner

Cliehms Begabung

Roman

Frankfurter Verlagsanstalt

Für *Kardinal*

1. Auflage 2000

Herstellung: Thomas Pradel, Frankfurt am Main
Schutzumschlag- und Einbandgestaltung: Bertsch & Holst
Satz: Reinhard Amann, Aichstetten
Druck und Bindung: Clausen & Bosse, Leck
Printed in Germany
ISBN 3-627-00076-5
1 2 3 4 5 – 04 03 02 01 00

Eins

Luft

Cliehm ißt nicht mehr. Er zieht sich weder an noch aus, und gäbe es seine Blase nicht, Cliehm würde nicht mehr aufstehen.

Es ist doch nicht November, sagt der April.

Na und, knurrt Cliehm und läßt die Jalousien herunter.

Im November könnte ich deine Stimmung verstehen.

Halt's Maul, sagt Cliehm zum April und tappt ans Bett. Im Vorübergehen streift er das Seil.

Am ersten Tag, an dem Cliehm nicht ißt, klingelt das Telefon. Und am zweiten Tag und am dritten. Am fünften Tag läutet es zum letzten Mal. Am sechsten Tag schleicht Cliehm hin, um nachzusehen, ob es kaputt ist. Freizeichen. Keiner ruft an. Gut. Cliehm legt sich wieder ins Bett.

Am achten Tag will er sehen, wie die Luft ist.

Vorsicht, sagt die Luft, als er aus dem Haus tritt. Da liegt Cliehm schon auf der Straße.

Ich habe dich gewarnt, sagt die Luft.

Acht Tage nichts gegessen. Cliehm schleppt sich auf sein Zimmer zurück.

Oben findet er den Geruch von alter Luft und alten Wänden und alter Bettwäsche erschreckend. Ich gehe nicht mehr an die Luft, sagt er zum April.

Ich bin ein Mai, antwortet der Mai.

Heute ist der sechzehnte Tag. Cliehm pinkelt in die Blumenvase. In der Nacht hat er geschwitzt, darum zieht er das grüne Hemd aus. Es ist nicht sein Hemd, es gehört Tilly.
Jetzt gehöre ich dir, sagt das Hemd.
Du stinkst, sagt Cliehm.
Ich stinke nach dir, antwortet das Hemd. Früher stank ich nach Tilly.
Cliehm wirft Tillys Hemd, so weit er werfen kann. Es landet auf dem Telefon, und das ist nicht sehr weit. Er läßt sich in das blaue Kissen sinken und wendet den Kopf. Dort, inmitten des Zimmers, hängt das Seil, weiß und fest und still. Neben Cliehms Wange ist es feucht. Flecken auf dem Kissen. Speichel, während der Nacht aus dem Mund gelaufen. Er wendet das Kissen. Die gleichen Flecken. Sie riechen.
Ich will in der Zeit gehen, denkt Cliehm.
In welche Richtung? fragt die Erinnerung.
Rückwärts, bestimmt Cliehm. Er wälzt sich auf die Seite, streckt die nackten Füße unter der Decke hervor und geht los. Rückwärts.

Es zieht ihn auf den gewundenen sonnenbeschienenen Pfad, den er oft beschreitet, wenn er in der Zeit geht. Abwärts schlängelt sich der Weg durch gelbgrüne Wiesen, die nie gemäht werden, weil Fasane darin nisten. Ein kuppelförmiger Hügel zur Linken, Cliehms Pfad führt daran vorbei. Weit entfernt liegen Dörfer und Weiler verstreut. Cliehm atmet die Luft genußvoll ein, während er mit großen Schritten den Windungen seines Weges folgt.

Jetzt taucht gleich Tilly auf, denkt er und legt den Kopf schief, um hinter die nächste Biegung zu spähen. Unter dem blühenden Pflaumenbaum wartet sie oft auf ihn. Diesmal nicht. Bloß Brennesseln stehen mannshoch unter dem Baum. Sie wird auf dem Hügel sein, denkt Cliehm und beschleunigt den Schritt. Er stellt sich vor, daß Tilly neben dem verfallenen Heuschober hervortritt. Sie hat Brombeeren gesammelt, kommt zu mir und füttert mich mit der Hand. Wenn es heiß ist wie heute, läuft sie ohne Bluse durch die Landschaft. Die Bauern haben sich daran gewöhnt. Cliehm wünscht sich nichts sehnlicher, als von Tilly händeweise Brombeeren in den Mund geschoben zu bekommen, daß der Saft ihre Unterarme entlangrinnt und die Brüste wippen. Er beginnt zu laufen. Noch ein kleines Stück. Dort bewegt sich etwas.

»Tilly!« ruft er und prallt zurück.

Graue Frauen stehen da und eine Gruppe ernster Männer. Mehr Männer als Frauen. Die Wissenschaftler.

Wie kommen die Wissenschaftler auf meinen sonnenbeschienenen Weg? denkt Cliehm. Sie passen nicht in die Umgebung von Feldblumen und wehenden Gräsern. Sie passen nicht zu meinem runden Hügel, wo Felsen wie nackte Schultern aus dem Moos ragen. Nicht in die Landschaft, wo Tilly sich wohlig im Gras räkelt und ihre weiße Haut von Wiesenkräutern und Farnen kitzeln läßt. Was wollen sie hier, die Männer und Frauen mit ihren abschätzigen Blicken und düsteren Mienen? Sie gehören auf die dämmrigen Korridore des Instituts, die wir jahrzehntelang

gemeinsam bevölkerten. In die Büros mit den resopalgetäfelten Decken, wo von quadratischen Kunststoffvierecken graublaues Licht ausgeht, in dem jeder aussieht, als wäre er tot. Die Tische in den Büros sind nicht aus edlen Hölzern, denkt Cliehm, sie haben keine versenkten Türen und geschmeidigen Schubladen. Maschinell zusammengezimmerte Monstren sind es, aus weißbeschichtetem Resopal, gleich der Decke, gleich den Wänden.
»Vierkantige Metallfüße haben unsere Tische«, spricht Cliehm die Wissenschaftler an. »Mit Plastiknoppen, um den Boden zu schonen. Gott, dieser Boden! Seht ihr ihn vor euch? Grauer geriffelter Kunststoff, von tausend Angriffen der Putzfrau stumpf und glanzlos geworden. Obwohl ihr Mop jede Nacht über den Boden schliert, bleibt zwischen den Ritzen immer Dreck zurück. Graubrauner Schmutz, den man nur mit Hilfe einer Nagelfeile entfernen kann. Ich hab' es gemacht, habe mich einen Vormittag lang hingekniet und den Dreck vom Kunststoff gekratzt. Eine Woche lang sah ich den Boden gern. Danach war alles wie früher.«
Die Wissenschaftler stehen in ihren dunklen Anzügen da und nicken ohne Ausdruck in den Gesichtern. Der Wind streicht durch die Äste der Pflaumenbäume, die Haare der Gruppe vermag er nicht zu bewegen. Kein Laut ist zu hören. Nur die heiße Luft sirrt ringsum.
»Die verfluchten S.O.C.K.S!« stöhnt Cliehm voll Verzweiflung.
Wie auf geheimen Befehl wenden sich ihm die Wissen-

schaftler gleichzeitig zu, umstehen ihn von allen Seiten. Jetzt kann er einzelne Gesichter erkennen. Der hochgewachsene Margat blickt ihn an.
»Sie waren immer mein Freund.« Hinter den spiegelnden Brillengläsern sucht Cliehm Margats Augen.
»Was uns allen nicht gelang, Sie haben es vollbracht«, antwortet Margat.
Der *Fehler*, denkt Cliehm.
Hinter Margat tritt Zinnk hervor, Cliehm zuckt zusammen. Zinnk zupft einen Weizenhalm am Wegesrand aus, wo Mischgras und Getreide wachsen, und knabbert am saftigen unteren Ende. »Wie haben Sie es gemacht?« fragt er.
»Das wissen Sie«, sagt Cliehm tonlos.
»Nicht doch.« Zinnk schüttelt den Kopf. »Wir Normalsterblichen können uns wohl kaum mit dem großen Cliehm vergleichen. Unsere Arbeitsmethode ist es, Seminare und Colloquien abzuhalten, endlos zu spekulieren, während Cliehm in sein Büro geht, ein wenig rechnet und schließlich den erlösenden Schrei ausstößt: Heureka, ich habe die Lösung gefunden.«
Zinnk streckt sich, bis seine kräftige Brust durch Anzug und Hemd hindurch spannt. Er nimmt den Halm aus dem Mund, benützt ihn wie einen Zeigestab, zeichnet Figuren in die blaublaue Luft. »Ist es nicht so?«
»Ich habe einen *Fehler* entdeckt«, antwortet Cliehm leise. »Den *Fehler* am Ende der dritten Zeile.« Er senkt den Kopf.
Margat legt ihm die Hand auf die Schulter, Cliehm streift sie ab. Entschlossen geht er zwischen den Wissenschaftlern

hindurch. Links auf dem Hügel taucht Tilly auf. Sie trägt einen langen schwarzen Mantel und scheint ihn zu rufen. Cliehm erträgt ihren Anblick nicht, läuft seinen Weg abwärts, weiter und weiter.

Und, wie war's? fragt die Erinnerung.
Nichts Neues, antwortet Cliehm. Er liegt im Bett.
Hast du mit Tilly gesprochen?
Nein! Mit flacher Hand schlägt er auf die Bettdecke, daß die Daunen seufzen. Er drückt den Hinterkopf gegen das Kissen und starrt an die Decke. In der Ecke über dem Gasrohr sitzt eine Spinne. Cliehm hält die Luft des nächsten Atemzuges lange in den Lungen. Dann pumpt er sie stoßweise hervor.
»Das war's«, flüstert er. »Es ist soweit. Wir bitten zum Tanz.« Wie jemand, der sich erhebt, um seine Partnerin aufs Parkett zu führen, wächst Cliehm aus dem Bett empor. Die Beine wollen nicht, er plumpst auf die Knie.
»Du Molch«, knurrt er und kriecht los. Hand Hand, Fuß Fuß, so kommt er voran.
In der Mitte des Raumes steht der dunkelbraune Stuhl. Steht seit Monaten da. Viermal ist Cliehm hochgestiegen, viermal hatte er den Strick in der Hand. Heute wird es gelingen. Er zieht sich an der Rückenlehne empor, steht mit schlackernden Knien vor dem Seil. Ich habe die Kraft, da hochzusteigen, redet er sich zu und schiebt ein Knie auf die Sitzfläche. Das andere folgt. Der Stuhl knarrt nicht. Bin verdammt leicht geworden, denkt Cliehm. Beide Hände

verkrallen sich in die Lehne, vorsichtig hebt er den rechten Fuß, stellt ihn auf den Sitz. Der linke ist ein Problem. Es braucht einen Ruck, um zu steigen. Cliehm wagt ihn. Einen angstvollen Moment lang schwankt er, seine Fingerknöchel werden weiß, langsam, zitternd richtet er sich auf. Und faßt das Seil. Es ist rauh und fest. Das Gasrohr, um das er es geschlungen hat, führt unter der Zimmerdecke quer durch den Raum, macht neben dem Bad eine rechtwinkelige Kurve, läuft nach unten, verschwindet im Boden. Cliehm hebt die Schlinge und läßt sie über seinen Kopf gleiten. Die rauhen Fasern streifen die Ohren. Als das Seil an seinen Bartstoppeln entlangstreift, knistert es.

»Jetzt hast du dir die Schlinge um den Hals gelegt.« Cliehm grinst.

Ihm gegenüber der Spiegel. Er sieht seinen Bauch und die dünnen Beine, sonst nichts. Die Shorts, die er seit sechzehn Tagen trägt, hängen schlaff um die Hüften. Demjenigen, der mich abnimmt, kann ich diesen Anblick nicht ersparen, denkt er. Madame Confeitaria tut es wahrscheinlich, wer sonst sollte hier hereinkommen? Ich habe Vertrauen zur Madame. Sie wird die Situation mit Takt und der Professionalität ihres Gewerbes behandeln.

Cliehm richtet seine Wirbel auf und betrachtet das Seil, das sich zur Decke hochschlängelt. Neben dem Gasrohr sitzt eine Spinne. Habe ich sie früher schon bemerkt?

Sechzehn Tage nichts gegessen! Bisher war ich zu stark und meine Absicht zu schwach. Jetzt bin ich schwach genug, um stark zu sein. Er beugt sich so weit vor, daß die Fasern

um seinen Hals zu spannen beginnen. Unangenehmes Kratzen. Die Schlinge zieht sich ein wenig zusammen. Cliehm richtet sich auf. Eine Minute, denkt er. So lange wird es ungefähr dauern. Unter Wasser kann ich eine Minute lang die Luft anhalten. Hängend wird mir die Frist auch nicht erspart bleiben. Eine Minute äußerster Qual. Sowie er auf dem Stuhl steht, hält Cliehm die Luft an. Wenn ich nach einer Minute springe, geht es schneller, überlegt er und preßt die Lippen aufeinander. Nicht lange, und ein unangenehmer Druck wächst aus seiner Brust empor. Als wenn dort unten jemand riefe. Rot wird ihm im Kopf. Wie zur Bestätigung seines Vorhabens nickt er und läßt die Hände sinken. Eine Minute müßte vorüber sein.
Cliehm springt. Mit dem Fuß gibt er dem Stuhl einen Tritt. Der klappert übers Parkett und knallt gegen die Wand. Das Seil hält. Cliehm schwingt hin und her. Bald hört die Bewegung auf. Gerade hängt er nach unten. Erdmittelpunkt, denkt er, Gravitation, Einstein. Er erwartet, daß ihm nun schnell schwarz wird vor Augen. Sein Körper ist schwerer als gedacht. Es ist unangenehm, das ganze Gewicht von den Muskeln des Halses tragen zu lassen. Die Schlinge zieht sich zusammen. Kein Blut, keine Luft. Das Seil macht Atmen unmöglich, das wußte Cliehm vorher. Wie sich das anfühlt, weiß er erst jetzt. Er strampelt, seine Beine zappeln und rucken in alle Richtungen. Er reißt die Hände hoch, die Finger mühen sich, die Schlinge zu weiten. Luft will Cliehm. Aber die Schlinge sitzt wie angegossen, es gelingt den Fingern nicht, den kleinsten Raum zwischen Haut und Seil zu

schaffen. Beim Kehlkopf, an der Luftröhre, neben der Halsschlagader versucht er, die Fingerspitzen dazwischenzuschieben. Das Seil ist stärker. Alles beginnt zu pochen. Cliehm würgt, schreien kann er nicht mehr. Aus verdrehten Augen sieht er seine Finger. Sie sind blau. Hektisch wie Krebse pfriemeln sie an dem Seil, ohne es um eine Winzigkeit lockern zu können.

Plötzlich hat Cliehm sein Büro vor Augen. Vor seinem Fenster im Institut sieht er keinen Baum, keine Wiese, und den Himmel nur dann, wenn er sich hinausbeugt und nach oben verrenkt. Das graublaue Licht von der Decke ersetzt Sonne, Mond und Sterne. Gegenüber nichts als Mauer. Ein einziges Fenster auf der gesamten Fläche der Wand.

In den ersten fünfzehn Jahren hat mir das gefallen, überlegt Cliehm. Bunker, Höhle, Eremitenpalast, nur erhellt durch meine Gedanken. Später war es Gewöhnung. Ich kam ins Büro, und es war dunkel. Ich legte den Schalter um, die Röhren im Innern des Plastikvierecks machten dlung, dlung, zing, das graublaue Licht flackerte auf. Da draußen ist nichts, sagte ich mir. Was zählt, ist in meinem Kopf und dort an der Tafel. Meine Formel. Sechs Zeilen, gebildet aus Zahlen und Symbolen.

Gleich zu Beginn muß ich den *Fehler* gemacht haben, denkt Cliehm, den Fehler am Ende der dritten Zeile. Er hat sich versteckt, all die Jahre. Dann sah ich ihn. Als hätte er plötzlich zu leuchten begonnen.

Leidende aufgehängte Christusfigur in der Stille eines dunklen Zimmers, geht es Cliehm durch den Kopf. Seine Hände haben nicht mehr die Kraft, an der Schlinge zu zerren. Langsam sinken die Arme nach unten. Er spürt einen Druck auf der Blase, im Darm und erinnert sich, gelesen zu haben, daß kurz nach Eintreten des Todes die Schließmuskeln sich lösen. Das wird eine schöne Bescherung, denkt Cliehm. In wenigen Sekunden wird etwas meine Beine entlanglaufen und zu Boden tropfen. Wenn nicht noch Schlimmeres. Mit Glück findet mich Madame Confeitaria erst, wenn die Shorts wieder getrocknet sind. Cliehms Zunge füllt den ganzen Mund aus. Abwärtsschielend kann er das große fleischige Ding zwischen den Lippen hervorquellen sehen. Was für Unappetitlichkeiten man auf sich nimmt, denkt er, um einen klaren, unwiderruflichen Schritt zu tun. Warum ist das Fleisch so schwer zu überwinden? Wäre man ein Geistwesen, denkt Cliehm, bräuchte man diese Entmenschung nicht zu vollziehen. Nichts als Qual, Plage und Jammer. Wäre ich ein Gedanke, könnte ich schnell sein wie das Licht. Schneller noch. Ein Gedanke ist das einzige Ding im Universum, das dem Licht ebenbürtig ist. Nein, kein Ding. Er ist die Reinheit selbst, die schönste und erhabenste Wesenheit. Wäre ich doch ein Gedanke geworden! Dann hinge ich jetzt nicht unter dem häßlichen Rohr, das mich stört, seit ich hier eingezogen bin. Als Gedanke könnte ich überall sein. In der Welt, draußen im Kosmos oder im Innern der Dinge.

»Anton! Hörst du mich?«

Die Stimme des Vaters. Er setzt sich und nimmt seine Hand.

»Seit gestern liegt noch ein anderer Junge in deinem Zimmer. Er ist älter als du.« Der Vater streicht über Antons Stirn, wie er es jedesmal tut, wenn er ihn besucht. Hin, her, langsam, ohne aufzuhören.

»Der Junge hat ein rotes Spielzeuggewehr neben dem Bett, so eins aus Plastik. Jetzt schläft er gerade. Er ist blasser als du, sie haben sein Haar ganz kurz geschnitten. Vielleicht kannst du eines Tages mit ihm spielen.« Der Vater nimmt das Gerät und saugt den Speichel ab, den Anton nicht schlucken kann. Anton stellt sich den Jungen vor. Was kommt aus dem roten Gewehr, wenn man schießt? Wasser vielleicht. Ob der Junge auch gerne Dämme baut unten am Bach? Ob er auch reist wie Anton, nur im Kopf?

Ich bin am Leben, denkt Anton. Nachmittags bescheint mich die Sonne. Dann kommt die Frau mit der flüssigen Stimme und zieht die Vorhänge zu. Ich liege im Schatten. Wie schwach ist die Sonne, wenn ein Vorhang sie aussperren kann. Meine Haare wachsen, denkt Anton. Sonst steht alles still. Nichts bewegt sich, außer in meinem Kopf. Ich reise, so weit ich will. Ich bin draußen, wo die Sonne nicht mehr zu sehen ist. Ich bin im Innern des Eises. Ich reise. Ich zähle. Wenn ich alle Ziffern zusammengezählt habe, werde ich am Anfang angekommen sein. Dann schlage ich die Augen auf.

Bewegungslos hängend dauert es länger, erkennt Cliehm und öffnet die Augen. Ich will es aus mir herausschütteln, das Leben, denkt er und hebt das rechte Bein zur Seite, so hoch er kann. Er zuckt mit der Hüfte. Das linke Bein wippt vor das rechte. Revuetänzer fallen ihm ein, Show-Formation. Sein Körper dreht sich um die Hälfte, das Seil krallt sich tiefer. Cliehm gibt nicht auf. Er nützt den Schwung, vollführt seinen Tanz in die andere Richtung. Allmählich beginnt der Körper zu schlenkern. Cliehm hat nicht die Kraft, die Hände zu heben; mit ihrer Hilfe ginge es schneller. Er schwingt weiter. Hin. Her. Hin. Sein rötlich getrübter Blick erkennt die vorbeischwingenden nackten Füße im Spiegel. Ich hätte ihn abhängen sollen, denkt er, oder ein Tuch drüberwerfen. Dreimal schon sind die Füße vorübergependelt, als Cliehm eine Veränderung spürt. Nicht die Verdunkelung, die er erwartet, nein, es fühlt sich an wie ein Schwimmen im Raum.
Rechts oben, denkt Cliehm und versteht nicht, was das bedeutet. Er wendet den Kopf um ein weniges und sieht die Spinne. Ich muß sie schon vorhin bemerkt haben, überlegt er. Eine große Spinne, mit fettem Leib und hochstelzigen Beinen. Im Augenblick sitzt sie regungslos da, als wäre sie nicht imstande, die Wand hochzulaufen. Bis zur Decke, denkt Cliehm, und dort kopfüber weiter. Senkrecht an der Wand, senkrecht aufwärts. Laufen, nicht hängen. Sein nackter Fuß berührt die Wand neben dem Spiegel. Senkrecht, sagt er zur Wand.
Bitte, antwortet die Wand mit ruhiger weißer Stimme.

Cliehm fühlt, wie auch die Sohle des anderen Fußes die Kühle der Wand zu spüren bekommt.
Wie die Spinne! ruft Cliehm.
Niemand widerspricht.
Mit tappenden Schritten geht er die Wand neben dem Spiegel empor, erreicht die Spinne. Sie ändert ihre ursprüngliche Route, weicht ihm aus und läuft abwärts. Cliehm steht breitbeinig zwischen Wand und Decke. Die Spinne läuft ohne Eile. Cliehm sieht nach unten, dort hängt er selbst am Seil. Sein Gesicht ist bläulich, die Hände sind geschwollen und violett. Bedauernswerte Madame Confeitaria, denkt er. Nein! Das ist ihr nicht zuzumuten, solch ein Anblick beim Betreten des Zimmers. Sie will die Handtücher wechseln, das Bad sauberwischen, da steht sie einem Mieter gegenüber, zwischen dessen Beinen es zu tröpfeln beginnt.
Die Halterung des Gasrohres endet unmittelbar neben ihm an der Wand. Sie ist locker und verrostet. Cliehm versetzt ihr einen kräftigen Tritt. Sie bricht. Das Rohr biegt sich langsam ins Zimmer hinab. Gezogen vom Gewicht des bedauernswert unter ihm baumelnden Cliehm senkt das Gasrohr sich wie eine Waage und setzt den Mann am Seil behutsam auf dem Boden ab.
Cliehm oben an der Decke springt hinter sich her. Er landet gleichzeitig mit sich auf der Erde. Die Beine haben nicht die Kraft, den Körper zu tragen, knicken weg, Cliehm landet auf seiner Schulter. Im ersten Moment sind die Augen geschlossen. Dann öffnet er sie und beobachtet, wie eine

Hand, langsam wie jene Spinne zuvor, sich aufwärts bewegt. Die Finger streichen kraftlos den Bauch entlang, machen auf der Brustwarze halt, schaffen es schließlich zum Hals. Der blaue Zeigefinger schiebt sich, Stückchen um Stück, unter die gespannten Fasern des Seiles. Und lockern es. Kaum merklich zuerst. Der Knoten sitzt fest. Beharrlich schiebt und ruckelt der Finger, zerrt, bis die Schlinge sich mit einem Mal löst.
Wie ein Eissturm fährt Luft durch Cliehms Mund in die Tiefe. Nur wenig zu Anfang. Sein Hals ist geschwollen, die Wege sind noch nicht offen. Doch das Eis erreicht seine Lungen und holt Cliehm ins Leben zurück. Die Brust hebt sich.
Na bitte, sagt die Besinnung und verläßt Cliehm im selben Moment.

Als er erwacht, fällt sein erster Blick auf das Loch neben der Badezimmertür. Samt Halterung ist das Gasrohr aus der Mauer gebrochen, hat Mörtel und Ziegelbrocken mit sich gerissen. Alt und verrostet, denkt Cliehm, nichts wert. In diesem Etablissement ist es nicht möglich, auf souveräne Weise aus dem Leben zu scheiden. Das Rohr hängt schräg im Raum. Cliehm schnüffelt, es riecht nicht nach Gas. Sein Blick wandert, sucht die Spinne. Sie ist verschwunden. Was ist das über der Tür? Er richtet sich auf. Seltsame Form. Ein Abdruck, feucht, dunkler als die ihn umgebende Wand. Cliehm hebt den Kopf. Sein Rachen ist ein brennender Schlund. Er kneift die Augen zusammen und fixiert die

Stelle. Nach langem Betrachten bleibt ihm nichts übrig, als es sich einzugestehen: Knapp unter der Decke ist der Abdruck eines Fußes zu sehen.

S.O.C.K.S.

Cliehm liegt auf der Seite, der siebzehnte Tag. Das Kissen vor seinen Augen, dahinter hängt das gewinkelte Rohr ins Zimmer gebogen.

Nach dem Erwachen hat er lange gebraucht, um sein Bett zu erreichen. Als Madame Confeitaria die Handtücher wechseln will, ruft Cliehm, er habe zu arbeiten. Sie legt die Tücher vor seine Tür. Seitdem ist es still im Haus.

Als das feurige Schwellen im Hals nicht nachläßt, wälzt Cliehm sich herum und fällt aus dem Bett. Er schleppt sich zur Tür, öffnet sie vom Boden aus, schaut hinaus. Niemand zu sehen. Er packt die Handtücher, kriecht ins Bad, wirft eines ins Waschbecken und dreht das Wasser an. Rasch saugt es sich voll. Den triefenden Stoff in der Hand macht Cliehm sich auf den Rückweg. Er hievt sich auf die Matratze, wickelt das Tuch um den Hals und wartet. Nach einiger Zeit läßt das Brennen nach. Cliehm schließt die Augen.

»*Du hast verschiedene Socken an*«, sagt Tilly im Traum.

Cliehm schreckt hoch. Wie lange habe ich geschlafen? Das kühle Gefühl um den Hals ist verschwunden. Feuchtwarm schlakst der Lappen unterm Kinn. Von wegen kalter Wickel, grunzt Cliehm und schleudert das Tuch Richtung Bad. Seine Kraft reicht nicht aus, es fliegt bloß bis zum Telefon. Landet auf Tillys Hemd.

»Ein feuchter Gruß!« ruft Cliehm dem Hemd zu. Er krächzt es nur, Stimme will sich noch keine finden. Er wälzt sich auf den Rücken. So schmerzt der Hals noch mehr. Tilly ruft nicht an, denkt er. Ich würde nicht abheben. Aber es wäre schön, wenn sie mich zu erreichen versuchte. Das Schrillen des Telefons wäre wie eine Arie von Tilly.

»Du trägst verschiedene Socken!« Die Erinnerung spricht mit Tillys Stimme.

Ich will nicht in der Zeit gehen! fährt Cliehm die Erinnerung an.

Nicht einmal zu Tilly? lockt die Erinnerung.

Gerade zu ihr nicht!

Es ist der Tag deines Triumphs. Komm!

Cliehm starrt in den Sog am Ende seines Denkens.

»Du trägst verschiedene Socken«, sagt Tilly.

Cliehm steht im dämmrigen Flur seiner Wohnung. Es ist damals. Zu Hause.

»Wie kannst du das sehen?« fragt er und bemüht sich, die Socken mit den Hosenbeinen zu bedecken.

»Einer ist bordeauxrot, der andere braun.« Tilly hängt ihre Tasche über die Schulter.

»Ich habe in meinem Leben noch niemals die Socken verwechselt.«

Cliehm will zur Tür, Tilly macht Licht. Er blickt an sich hinunter. Bordeauxrot und braun, staunt er.
»Du kannst keine erdfarbenen Socken zum blauen Zweireiher tragen.« Tilly bleibt stur.
Die Turmuhr schlägt zum ersten Mal.
»Habe ich immer gemacht«, kontert er.
»Dann hast du's früher so gemacht. Heute ist nicht der Tag, zu dem so etwas paßt. Zieh schwarze Socken an.«
Die Turmuhr schlägt zum zweiten Mal.
»Das hättest du mir eher sagen müssen.« Cliehm drängt nach draußen.
»Da war ich mit meiner Bluse beschäftigt, auf die du bittere Orangenmarmelade geschmiert hast.«
Die Turmuhr schlägt zum dritten Mal.
»Zieh schwarze Socken an!« Tillys Brauen verfinstern sich.
»Habe ich denn welche?« Cliehm bemüht sich, nicht in Richtung des Schubfaches zu sehen.
»Tonnenweise.«
Die Turmuhr schlägt zum vierten Mal.
»Schon zwölf!« ruft er. »Die Feier beginnt!«
»Ohne dich beginnt sie nicht.« Tilly zieht die Lade auf. Schwarze Socken quellen ihr entgegen. Draußen läuten die Glocken der umliegenden Kirchen.
»Ich habe keine Zeit!« Cliehm stürmt aus der Wohnung, durch den barocken Gewölbegang, zum Parkplatz. Mit den Socken in der Hand ist Tilly ihm auf den Fersen.
»Dann ziehst du dich eben im Auto um!« Ihre Stimme vervielfältigt sich zwischen Marmor und Stuck.

Cliehm wirft ihr den Autoschlüssel zu und steigt ein. Tilly startet, rauscht aus der Einfahrt, ein Wagen hupt und bremst hart. Sie reiht sich links ein.

»Vorsicht!« Cliehm stützt sich am Handschuhfach ab. Die braune Socke baumelt in seiner Hand. Tilly fährt über die Kreuzung. Die Ampel springt von Gelb auf Rot.

»Ich bin nicht glücklich mit dem Namen«, seufzt Cliehm und bindet den Schuh auf. »Ich hätte der Sache gern einen treffenden Namen gegeben.« Er riecht an der Socke. »Wie ein Vater seinem Kind den Namen gibt, auf den es ein Leben lang hören soll.«

»*Cliehm-Effekt* ist der unmißverständliche Name für deine Entdeckung«, sagt Tilly und hupt einen Laster an, bis der Platz macht.

»Aber so kalt«, kontert Cliehm. »*Cliehm-Effekt* hört sich an, als ob du ein neugeborenes Kind *Neugeborenes* nennen würdest.«

»Du hast die Sache entdeckt, *du* bist das Genie. Was willst du mehr?«

»Alles noch Theorie.« Cliehm hält inne. Ich habe kein gutes Gefühl, denkt er und wirft die braune Socke hinter sich. Mit quietschenden Reifen biegt Tilly in eine schmale Gasse.

»Hier ist für Autos gesperrt!« Cliehm starrt sie an.

»Ist eine Abkürzung.« Tilly rast über das grobsteinige Pflaster. Ein alter Mann springt schimpfend zur Seite. »Sackgasssss ...«, hören sie ihn schreien. Cliehm versucht das Ende der Straße zu erspähen. Tilly fährt um die Kurve. Die

Fahrbahn wird zum Gehweg, zwei Biedermeierhäuser drängen sich aneinander. »Du wirst doch nicht...« Cliehm jappt nach Luft. Tilly rast auf den Gehweg. Der Außenspiegel schlägt gegen den Fensterladen, Cliehm zuckt zusammen. Sie sind aus der Sackgasse draußen.
»Viel Zeit gespart.« Tilly kann ihren Stolz nicht verbergen. Eine schwarzblaue Strähne rutscht ihr in die Stirn. Wie ich diese Strähne liebe, denkt Cliehm.
Die bordeauxrote Socke folgt der braunen. Er bückt sich, zieht den ersten schwarzen Strumpf an. »Niemand hätte den Unterschied bemerkt«, knurrt er.
Das Institut kommt in Sicht.
»Da, dein Depressionsklotz.« Tilly stoppt den Wagen hart vor dem gläsernen Tor.
Cliehm öffnet die Tür, beginnt die Schuhe zu schnüren, da stürzen die ersten Kollegen heran.
»Schnell schnell!« Margat erreicht ihn. Sein spärlicher Haarkranz fliegt im Wind, nervös lüftet er die Brille von den wundgescheuerten Höckern.
»Kann man helfen?«
Cliehm blickt auf. Er kennt die Stimme. Hinter Margat tritt Zinnk hervor. Er zupft einen langen Grashalm aus, der sich zwischen Betonplatten emporgearbeitet hat, und knabbert am saftigen unteren Ende.
»Ihr großer Tag«, lächelt Zinnk.
»Danke.« Cliehm bindet die letzte Schleife. Sein Blick fällt auf Zinnks Hände. Weißrosa Flecken durchbrechen die gebräunte Haut an vielen Stellen. Leguan, denkt Cliehm.

»Wir Normalsterblichen können uns mit Ihrem Mann nicht vergleichen«, wendet Zinnk sich an Tilly.
Cliehm schnellt hoch. »Ich bin soweit.« Er sieht Zinnk in die Augen, betrachtet das schuppige Weiß um die Wangenknochen des andern.
»Gnädige Frau –« Zinnk bietet Tilly den Arm.
Du warst immer scharf auf sie, denkt Cliehm, aber du wirst sie nie kriegen. Niemals! Er blickt hoch, aus den Fenstern des grauen Gebäudes winken die Kollegen. Mein Tag, denkt Cliehm und hebt die Hand.
»Kommst du?« An Zinnks Arm dreht Tilly sich um. Unter dem flaschengrünen Kostüm bewegt sich ihr Hintern wie ein gefährliches Tier. Cliehm langt hin. Tilly verzögert den Schritt, reckt Cliehm die Arschbacke entgegen.

Einen Namen! denkt Cliehm. Meine Entdeckung braucht einen anderen Namen. Auf der kleinen Tribüne sitzend wandert sein Blick über die Reihen der Kollegen vor ihm im Saal. Er sieht zu Margat. Dessen Laudatio ist fast zu Ende.
»Feynmans Prinzip der *Aufsummierung von Möglichkeiten* wies veränderte Raumzeit nach«, hört er Margat sagen. »Allerdings nur auf submikroskopischer Ebene. Seit Feynman nehmen wir Traditionalisten an, daß ein Antiteilchen, dessen *Spin* gegen den Uhrzeigersinn verläuft, auch als ein gewöhnliches Teilchen verstanden werden kann, das sich in der Zeit vorwärts bewegt, gleichbedeutend mit einem Antiteilchen, das sich in der Zeit rückwärts bewegt. Teil-

chen und Antiteilchen reisen in einer geschlossenen Schleife durch die Raumzeit.«

Komm zum Schluß, denkt Cliehm. Und erzähl nicht, was alle hier wissen.

Margat rückt seine Brille zurecht, dann umfaßt er das Rednerpult mit beiden Händen. »Unser großer Kollege Cliehm hat das alles hinter sich gelassen. Ich behaupte, der Ausdruck *Cliehm-Effekt* wird künftigen Wissenschaftlergenerationen so selbstverständlich von den Lippen gehen wie uns heute *Quarks* oder *Spin* oder $E=mc^2$.«

Salbungsvoll schließt Margat sein Manuskript. »Meine Damen und Herren – das Wort hat unser Kollege Anton Cliehm.«

Applaus. Cliehm steht auf, schüttelt Margat die Hand.

»Sie waren immer mein Freund«, sagt er.

»Was uns allen nicht gelang, Sie haben es vollbracht«, antwortet Margat.

Cliehm tritt ans Pult. Er stellt einen Fuß vor den anderen, die Hose rutscht hoch, makellos schwarze Socken. Tilly lächelt zufrieden. Cliehm zieht das gefaltete Papier aus der Tasche. *Liebe Kolleginnen, liebe Kollegen*, liest er auf dem obersten Blatt. Er hebt den Kopf, streichelt Tilly mit den Augen und beginnt.

»Liebe Kolleginnen, liebe Kollegen. 1935 haben Albert Einstein und Nathan Rosen in einem Artikel nachzuweisen versucht, daß nach der allgemeinen Relativitätstheorie Brükken in der Zeit möglich sind. Sie entwarfen eine Raumzeitverwerfung mit negativer Krümmung. Aber erst durch die

Quantenmechanik wurde es möglich, negative Energiedichte nachzuweisen.«
Cliehm macht eine Pause, tritt ein wenig zurück, sein Blick gleitet abwärts zu den Socken.
»Bevor ich im Detail auf meine Ergebnisse eingehe«, sagt er, »habe ich Ihnen eine Mitteilung zu machen. Ich habe mich entschlossen, meiner Entdeckung einen anderen Namen zu geben.«
Überraschtes Rucken und Murmeln. Cliehm lächelt. »Es ist eine Bezeichnung, die ihrer Natur und Wirkungsweise besser entspricht. Ich nenne sie von heute an: S.O.C.K.S.«
Der Ton, den Tilly ausstößt, ist flach und hell. Die Umsitzenden fahren zusammen. Cliehm zupft am Hosenbein, daß die Socken vollends freigelegt werden.
»Was bedeutet S.O.C.K.S.?« Mit erhobenem Arm meldet sich Zinnk aus der dritten Reihe. Eine schwarze Schachtel ruht in seiner Hand.
»S.O.C.K.S. bedeutet . . .«
Cliehm beugt sich über das Pult. So still wird es im Saal, daß er das Summen der Deckenbeleuchtung hört.
»S.O.C.K.S. bedeutet – *Systematical Organization Corresponding to Kaleidoscopic Sources.*«
Schweigen. Zinnk kneift die Augen zusammen, klappt die Schachtel zu. Margat klatscht. Die anderen schließen sich an. Cliehm verbeugt sich, sieht lauernd zu Tilly. Sie streckt ihm die Zunge heraus.

Durst, krächzt Cliehm in die Mittagsstille seines Zimmers. Wenn er schluckt, fühlt es sich an, als führe ein Stahlbesen durch den Schlund. Hinter der spitzen Erhebung seiner Schulter sieht er das verbogene Gasrohr. Durst! ruft er.
Die Erinnerung steht über Cliehm. Sektempfang! drängt sie. Konferenzsaal, oberster Stock.
Cliehm wälzt sich herum. Wasser! Sehnsüchtig sieht er in Richtung Bad. Ein Schluck Wasser.
Champagner! flüstert ihm die Erinnerung ein. Du brauchst nur die Augen zu schließen.
Cliehm leckt die Lippen und schluckt. Der Stahlbesen fegt durch die Gurgel. Er schließt die Augen und zwingt sich, erneut rückwärts zu gehen, dem ausgestreckten Finger der Erinnerung folgend.

»Wie schwül es ist«, jammert Tilly.
»Das Dach stammt aus der Nachkriegszeit«, antwortet Cliehm. »Schlecht isoliert.« Er will ihr aus dem Jackett helfen. Am Revers hält sie es fest.
»Nein!« zischt sie.
»Du und deine Angst, zu frieren«, lächelt Cliehm. Er beobachtet Zinnk in der anderen Ecke. Der öffnet die schwarze Schachtel. Wie ein Reptil blickt er sich um.
»Ich kann die Jacke nicht ausziehen, weil du bittere Orangenmarmelade auf meine Bluse geschmiert hast«, sagt Tilly.
»Wer sieht das denn schon?«
»Ich. Das genügt.«

Cliehm beobachtet, wie Zinnk der Schachtel eine blaue Kapsel entnimmt. Er bricht sie in zwei Hälften. Die eine legt er zurück, nimmt die andere in den Mund. Er steht da, als schiene er auf etwas zu lauschen. Plötzlich sinkt sein Kopf seitwärts, eine Welle der Erschlaffung geht durch den Körper, für einen Moment verdrehen die Pupillen sich nach oben.

»Wer hat das alles hier organisiert?« Tilly zeigt auf das Bufett.

»Margat hat den Etat für besondere Anlässe geplündert.« Aus dem Augenwinkel sieht Cliehm, wie Zinnk eine Flasche Champagner von der Anrichte greift und heranpirscht.

»Wann singen Sie wieder?« fragt er unvermittelt und will Tilly unaufgefordert nachschenken.

»Nächsten Freitag.« Sie hält die Hand über das Glas. »Nicht. Ich muß noch fahren.«

»Haben Sie immer noch keinen Führerschein?« Zinnk dreht sich zu Cliehm. »Wollen Sie unbedingt das Klischee des weltfremden Forschers erfüllen?« Er lächelt so breit, daß Cliehm sein schwellend rotes Zahnfleisch sieht.

»Das überlasse ich Ihnen«, kontert er.

»Mir? Ich habe keine Jahrhundertentdeckung gemacht.« Zinnk legt den Kopf schief. »Welcher Name ist im Gespräch für den McGregor-Preis? Durch wessen Leistung ist unser Institut berühmt in der Fachpresse? *Cliehm*, liest man überall. Cliehm, und immer nur Cliehm.«

»Ich habe nicht darum gebeten.«

»Welche Partie singen Sie Freitag?« Zinnk berührt Tillys Arm.
»Die *Witwe*.«
»Lehár«, schwärmt Zinnk und streichelt ihren Ellbogen mit dem Daumen. »Sehen Sie das Klavier in der Ecke?«
Tillys Blick verfinstert sich.
»Ich habe mir mein Studium als Barpianist finanziert.« Zinnk macht einen Schritt Richtung Flügel.
»Ich möchte nicht.« Tilly hebt abwehrend die Hand.
»Ach ja, bitte!« Mit flehenden Augen tritt Margat heran. »Erfreuen Sie die kalten Mauern des Geistes mit der Schönheit Ihres Gesangs.«
»Kalte Mauern?« fragt Tilly. »Hier hat es doch mindestens vierzig Grad.«
Zinnk eilt voraus, öffnet den Klavierdeckel. Er spielt einen Dreiklang. »Was soll es sein? *Lippen schweigen?*«
»Le-hár! Le-hár!« skandieren die älteren Wissenschaftler. Die jungen warten ab, *Lehár* sagt ihnen nichts. Tillys Oberkörper strafft sich, sie bläst Luft aus den Nüstern. Sie haßt es, gezwungen zu werden, denkt Cliehm. Und doch geht sie zum Klavier. Mir zuliebe wird sie singen, es ist *mein* großer Tag.

Nein! schreit Cliehm in sein dämmriges Zimmer. Tilly geht nicht zum Klavier! Mit der flachen Hand schlägt er auf die Daunen.
Tilly geht nicht zum Klavier? fragt das Gasrohr, das in der Mitte des Raumes baumelt.

Tilly geht nicht? fragt der Fußabdruck an der Decke.
Tilly geht nicht? fragen rundum die Wände.
Nein! Geht nicht! Aufrecht sitzt Cliehm im Bett. Ich will nicht, daß Tilly zum Klavier geht! Nicht gehen wird! Will, daß sie nie zum Klavier gegangen ist!
Gleißend wie ein Blitz taucht die Erinnerung auf.
Du befiehlst? lacht sie schallend.
Ja, ich befehle! schreit Cliehm. Tilly geht nicht zum Klavier!
Da capo, sagt die Erinnerung.

Zinnk spielt die ersten Takte von *Lippen schweigen*. Tilly räuspert sich, tut einen Schritt zum Klavier. Cliehm tritt ihr in den Weg.
»Trink einen Schluck«, sagt er und hält ihr sein Glas hin. Hält es so impulsiv an ihren Mund, daß der Champagner überschwappt und Tilly bespritzt.
»Schon wieder!« protestiert sie. Da sieht sie das Zwinkern in Cliehms Augen.
»Verzeih . . .« Hektisch sucht er nach einem Taschentuch.
Tilly schlägt seine Hand weg. »Das muß man auswaschen, sofort!« sagt sie zornig.
»Schade.« Zinnk nimmt die Finger von den Tasten, ballt die Fäuste auf seinen Schenkeln.
Cliehm schiebt Tilly zur Tür. Gemeinsam verlassen sie den Saal. Draußen wirft sie sich ihm an den Hals, beißt Cliehm ins Ohr. »Du Schatz!« flüstert sie.
»Das war es doch, was du wolltest«, sagt Cliehm.

»Champagnerflecken gehen schwer heraus.«
Cliehm küßt sie und schließt die Augen.

Das war es doch, was du wolltest, flüstert Cliehm im Bett. Er öffnet die Augen so langsam, daß er die Bewegung der Lider verfolgen kann.
Es ist weniger eine Idee als eine Ahnung. Tillys grünes Hemd, denkt er. Ich habe es all die Tage getragen, heute morgen zuletzt. Der Fleck! Bittere Orangenmarmelade. Ist nie ganz herausgegangen. Kleiner Fleck in Form einer Niere. Heute morgen sah ich ihn zuletzt. Ich dachte an Tilly. Sonst sind keine Flecken auf dem Hemd. Champagnerflecken niemals.
Cliehm rollt herum, läßt sich aus dem Bett fallen. Die Arme haben mehr Kraft als die Beine, bäuchlings zieht er sich durch das Zimmer. Unter dem Gasrohr kriecht er hindurch, hält vor dem Telefontisch an. Er zieht sich hoch, sein Blick steigt. Erst sieht er das Telefon, dann das Handtuch, zuletzt Tillys Hemd. Mit der Linken stützt er sich ab, die Rechte greift danach. Er hat es, knickt weg, verliert die Balance und prallt auf den Boden zurück. Cliehm atmet. Dann betrachtet er Tillys Hemd. Der kleine Fleck in Form einer Niere, bittere Orangenmarmelade, wie eh und je. Aber dort, quer über dem Brustteil sind andere Flecken. Neue. Flecken, die er noch nie sah. Die heute morgen noch nicht da waren.
Sie waren heute morgen noch nicht da! schreit Cliehm die Wand an.

Heute ist keine genaue Bezeichnung, antwortet die Wand mit ruhiger weißer Stimme.
Was könnte genauer sein? Heute – Morgen – Gestern! brüllt Cliehm und verliert wieder das Bewußtsein.

Rot

Der achtzehnte Tag. Achtzehn Tage nichts gegessen. Ein Gasrohr demoliert. Speichelflecken auf dem Kissen. Bittere Orangenmarmelade auf Tillys Hemd. Ganz klar. Alles andere ist Unsinn, denkt Cliehm, Halluzination, das Nervensystem beginnt den Geist aufzugeben. Er liegt auf dem Boden, seit Stunden, hält das Hemd an seine Brust gepreßt. Er starrt an die Wand. Ich habe gerechnet, ein Leben lang. Ich habe gefunden und geglaubt, die S.O.C.K.S. wären die Antwort. Ich habe mich geirrt.
Schultafel! bohrt die Erinnerung mit feiner Stimme.
Cliehm blickt zum Seil. Es hält mich nicht mehr, denkt er und preßt Tillys Hemd ans Gesicht. Er will aufstehen, zum Fenster laufen. Die Füße tragen nicht, über der Kommode sackt er zusammen.
Was soll ich beim Fenster? Springen? Mein Zimmer liegt im ersten Stock. Während er wegrutscht, sieht er sein Gesicht im Spiegel. Grau, staunend, nur Augen. Er fällt auf den Rücken, der Kopf knallt gegen die Dielen.
Schultafel, beharrt die Erinnerung.

Cliehm würgt. Nicht die Tafel, keucht er.
Keine Wahl, drängt die Erinnerung. In jener Regennacht.
Cliehm schließt die Augen. In jener Nacht.
Die Erinnerung schreitet voraus.

Cliehm kommt den graublauen Flur im Institut entlang. Er zieht den Schlüssel aus der Tasche, steckt ihn ins Schloß. Zwischen Tür und Schwelle ist ein Brief eingeklemmt. Cliehm hebt ihn auf. Er betritt sein Büro, knipst den Schalter um – die Röhren im Innern des Plastikvierecks machen dlung, dlung, zing, das graublaue Licht flackert auf. Es ist vier Uhr früh und noch dunkel draußen. Cliehm sieht sich selbst im Fensterglas, von oben bis unten verdreckt. An den Knien hängt trockener Lehm. Bei jeder Bewegung klunkern Stückchen zu Boden. Die guten Schuhe erkennt er kaum wieder. Fette Erdschlieren klumpen an den Seiten, verkrusten die Kappen. Cliehm dreht sich um. Die Spuren sind ihm übers Linol gefolgt, massige Tapper quer durch den Raum. Noch einmal schaut er ins Glas, bleich, hohl sein Gesicht, die Lippen zur Falte gekniffen. An Nase und Kinn kleben Spritzer von Lehm. Er zupft daran, das Zeug zerbröckelt zwischen den Fingern.
Er betrachtet den Briefumschlag in seiner Hand. *Anton Cliehm* steht handschriftlich darauf. Selten verwendet jemand meinen Vornamen, überlegt er, kann von der Schrift nicht auf den Schreiber schließen. Flott, unbesorgt, auftrumpfend ist das geschrieben. Wen kenne ich, der flott, unbesorgt, auftrumpfend schreibt? Er legt den Brief bei-

seite, zieht sein Sakko aus und macht sich an die Arbeit. Noch hat er keinen Blick auf die Tafel geworfen. Dort steht die Formel. Sechs Zeilen aus Zahlen und Symbolen.
Herbst. Es ist zu kalt, um die Fenster zu öffnen, auch wenn die Luft im Zimmer verbraucht ist. Cliehm geht auf und ab. Die Längsseite des Büros entlang, dann die Querseite. Die Tafel erhebt sich in seinem Rücken. Cliehm hat sie aus einer aufgelassenen Grundschule geholt. Das Mobiliar lag auf dem Hof und verrottete im Regen. Ohne Hilfe schleppte er das schwarze Ungetüm in sein Büro.
Er tritt an den Heizkörper, hält die ausgestreckten Finger darüber. Bläuliche Schlangen zeichnen sich auf den Händen ab. Er hebt den Blick, Regentropfen werden vom Wind gegen die Scheibe geklatscht. Die Rahmen sind alt und nicht mehr ganz dicht. Silbrige Schlieren rinnen übers Glas. Cliehm betrachtet die dunkle Mauer gegenüber. Er entriegelt das Fenster, achtet nicht auf den Wind, der ihm entgegenschlägt, beugt sich hinaus. Sein Gesicht wird kühl vom Regen.
Cliehm dreht sich um.
Dort steht die Formel der S.O.C.K.S.
Gleich zu Beginn muß ich ihn gemacht haben, denkt er und starrt auf den *Fehler*. Der *Fehler* am Ende der dritten Zeile. Er hat sich versteckt, all die Jahre, und ich habe ihn mitgeschleppt. Er ist ein ruhiger lächelnder Fehler, denkt Cliehm, einer, der sich nicht in den Vordergrund drängt und *Alles falsch, alles falsch!* schreit. Er sitzt da, am Ende der dritten Zeile und beobachtet, wie das ganze Gebäude dahinter zum Ein-

sturz gelangt. Links von ihm ein griechisches μ, rechts ein Pluszeichen. Über ihm die Quantenmechanik, darunter der leuchtende Schlitz zwischen Quanten und Relativität, den ich als erster zu schließen hoffte. Greifbare Zeit, denkt Cliehm. Sichtbare Zeit.

Cliehm schließt das Fenster, betrachtet seine müden Augen im spiegelnden Glas. Er nimmt den metallenen Papierkorb, stellt ihn auf den Tisch.

»Muß sein«, murmelt er.

Er öffnet die Schubladen, eine nach der anderen. Was an Papieren darin ist, stopft er in das zylinderförmige Ding. Lange sucht er nach Streichhölzern. Endlich sieht er sie auf dem Bord der Tafel. Er betrachtet die Schachtel, *Rosenstolz* steht elegant vorne darauf. Ein Hölzchen flammt auf, Cliehm hält es an einen Streifen Karton. Die blauweiße Flamme leckt hoch, Cliehm steckt den Streifen unters Papier. Während es im Korb zu qualmen beginnt, schaltet er den Computer ein.

Willkommen, sagt der Bildschirm. Cliehm lädt Programme hoch, beginnt, Dateien zu löschen. Neben ihm blecken die Flammen zur Decke empor. Schwarzer Qualm rußt das Resopal ein. Gut, kichert Cliehm. Kleine Aschepartikel fliegen mit der Hitze, kleben an den Kunststoffvierecken der Dekkenbeleuchtung. Die Dateien zu löschen genügt nicht, denkt Cliehm und beginnt einen Hammer zu suchen. Das Herbstbild an der Wand. Der gewundene sonnenbeschienene Pfad, der sich abwärts durch gelbgrüne Wiesen schlängelt. Tilly hat das Photo gemacht, ich habe es aufgehängt. Wie habe ich den Nagel eingeschlagen? Sein Schuh fällt ihm ein. Ich habe den Absatz benutzt, denkt er, keinen Hammer. Er sucht weiter. Schraubenzieher, der taugt nichts. Die Flammen im Korb werden kleiner, er muß sich beeilen. Die Wasserzange, mit der er die Heizkörper entlüftet. Damit könnte es gehen. Er nimmt das silbrige Ding, zielt, holt aus, der Schlag donnert auf das Gehäuse nieder. Noch einmal und wieder. Cliehm drischt auf den Rechner ein, daß die Plastiksplitter durch den verqualmten Raum springen. Wie das Gehirn eines aufgeschlagenen Schädels, denkt Cliehm, als die Festplatte zum Vorschein kommt. Er zerrt, ruckt, hält das viereckige Ding in Händen. Er schleudert es auf den Boden, trampelt darauf herum. Atemlos hält er inne. Genügt nicht, denkt er, nimmt den verbeulten Kasten, läßt ihn mit spitzen Fingern in den Korb gleiten, aus dem immer noch Flammen schlagen. Papier wirft er nach, alles, was sich in den Schubladen findet. Die Magnetbänder leuchten kurz auf und verglühen. Er läuft zur Tafel, greift dahinter, in der Nische hat er den Grappa versteckt. Halbvoll ist die Flasche. Wärme in Nächten, wenn die Heizung ausgefallen war. Mit den Zähnen entfernt Cliehm den Korken, schaut auf das Etikett. Zweiundfünfzigprozentig. Er hält die freie Hand schützend vor das Gesicht, mit der anderen kippt er Grappa in den brennenden Korb. Die Flüssigkeit sucht ihren Weg, im nächsten Moment schießt es blauweiß empor, daß die Zimmerdecke leuchtet. Cliehm setzt die Flasche an den Mund und genehmigt sich einen kräftigen Schluck. Der Brief auf dem Tisch, die flotte, auf-

trumpfende Schrift. Cliehm nimmt und zerknüllt ihn, wirft das Papier in die Flammen. Einen Augenblick ist es noch unberührt weiß, dann kriecht das Feuer zwischen die Blätter, rollt sie zu schwarzen Schmetterlingen zusammen.
»Genügt«, sagt Cliehm und sinkt auf den Stuhl. Minutenlang bewegt er sich nicht, starrt bloß auf den Korb. Das Feuer wird kleiner, glüht nur noch, erstirbt. Cliehm steht auf, tritt vor die Schultafel. Er nimmt den feuchten Schwamm und löscht die Formel mit großen kreisenden Bewegungen. Nichts als eine schlierige Kreideschnecke bleibt zurück. Er dreht sich um, sieht zum Fenster. Der schmale Streifen über den Häusern wird allmählich heller. Cliehm löscht die Deckenbeleuchtung. Aus dem Korb qualmt es noch. Er nimmt seine Jacke und geht.
Grau, denkt er, als er vor das Portal tritt. Hinter ihm erhebt sich das Institut wie ein riesiger Sarg aus Beton.
Grau ist die Stadt, denkt Cliehm im Taxi. Im Oktober werden bei uns die Farben weggepackt. Vor dem Waffengeschäft steigt er aus. Kein Mensch auf der Straße, der Laden geschlossen. Nachdenklich blickt er ins Schaufenster mit den Pistolen. Welche wäre die beste? Die schwarze mit länglichem Lauf, die kleine silbrige, der Trommelrevolver? Cliehms Spiegelbild verschmilzt mit den Waffen.
Nicht hier, denkt er plötzlich. Nicht in der Stadt, wo mein Name bekannt ist. Es wäre Tilly nicht recht, sie trägt Schwarz so ungern. Obwohl sie die Zweite Mahler in Schwarz gesungen hat. – *O Röschen rot, der Mensch liegt in größter Not. Der Mensch liegt in größter Pein. Je lieber möcht ich im Himmel sein.*

Nicht hier, beschließt Cliehm und dreht dem Schaufenster den Rücken zu.
New York, inklusive drei Übernachtungen, blinkt der Monitor in lockendem Lila von gegenüber.
New York ist zu kitschig, antwortet Cliehm. Jeder würde es in New York tun wollen.
San Francisco, Mietwagen inbegriffen, blinkt der Monitor.
Nein, knurrt Cliehm. Zehn Stunden Flug, um einen einzigen Schuß abzugeben, das steht in keinem Verhältnis.
Lissabon, blinkt der Monitor.
Lissabon ist teurer als New York, denkt Cliehm. Aber wärmer. Und ich war noch nie dort. Lissabon für einen Schuß. Was kosten Pistolen in Lissabon? Abschied von Tilly, überlegt er und läßt die Lider sinken.
Habe mir dein grünes Hemd ausgeborgt. In Liebe – C.

Kein Waffengeschäft in Lissabon! zischt die Erinnerung. Bloß ein weißes Seil.
Cliehm öffnet die Augen. Über ihm hängt das Seil am verbogenen Rohr.
Dann eben anders! ruft Cliehm den Wänden zu. Ich werde euch überraschen! Er wirft Tillys Hemd über die Schulter und robbt los. Rund ums Bett, hin zum Nachtkästchen. Er wuchtet sich zur Schublade hoch, zieht sie auf, fingert die Schachtel mit Streichhölzern hervor. *Rosenstolz* sagt die elegante Schrift. Werden schon lange nicht mehr hergestellt, denkt er. Weniger als zehn Stäbchen sind in der Schachtel. Cliehm schlängelt sich Richtung Küche, macht vor dem

Gasherd halt. Er zieht das grüne Hemd an seine Wange, riecht daran. Nur Schweiß. Nichts von Tilly ist mehr darin. Cliehm schwingt sich herum und dreht alle Gashähne auf. Erschöpft lehnt er sich an die Wand.
Wie lange dauert es? überlegt er und beginnt im Kopf die Kubiktur des Raumes auszurechnen. Er schätzt die Menge Gas, die aus den Düsen strömt. Vom Gestank wird ihm übel. Erdgas ist geruchlos, der stinkende Beisatz dient bloß zur Warnung. Fünf Minuten, zehn, das müßte genügen. Der üble Dunst macht ihn würgen. *Rosenstolz*. Er nimmt eins der Hölzer aus der Schachtel und reibt den Kopf an der seitlichen Fläche an.
Das Feuer erwacht zischend zum Leben. Die Schwaden aus Gas entzünden sich fast im selben Augenblick. Aus der kleinen Flamme wird eine brennende Kugel, die mit rasender Geschwindigkeit wächst. Beinahe Lichtgeschwindigkeit, denkt Cliehm. Explosion.
Explosion, sagt Cliehm zu Tillys Hemd und beobachtet das Sichausbreiten der Flammenkugel.

Stier

»*Wie wär's mit einem Schluck Absinth?*« fragt die Erinnerung mit Tillys Stimme.
Jetzt?! schreit Cliehm. Wir haben Explosion.
Haben wir Explosion? fragt die Wand.

Alle Wände der Küche fragen: Haben wir Explosion?
Natürlich. Cliehm zeigt auf die brüllende Flammenkugel, die nicht aufhört zu wachsen.
Explosion. Cliehm beobachtet, wie das entzündete Gas auseinanderstrebt, von Weiß nach Rot.
Und wenn die Explosion schon war? fragt die Wand hinter ihm.
Wenn sie war, wäre ich tot, kontert Cliehm. Ihr wäret schwarz und verkohlt, glibbrige Teile meines Körpers wären überall versprenkelt.
»*In jedem Tropfen Absinth sitzt die grüne Fee.*« Die Erinnerung kennt Tillys Worte genau.
Ich kann hier nicht weg. Cliehm starrt auf das Streichholz.
Zeit! faucht die Erinnerung.
Welche Zeit? schreit Cliehm.
Du willst zu Tilly? fragen die Wände.
Es gibt keine Zeit meines Lebens, in der ich nicht bei Tilly sein möchte! sagt Cliehm.
Wie ein gigantischer Pfeil reckt die Erinnerung sich in jene Richtung, die Cliehm nie zu beschreiten gewagt hat. Er läßt die Explosion explodieren und springt der Erinnerung voraus.

Sie sitzen vor ihrem Haus. Die Terrasse ist eine Fläche aus Beton. Im Frühling haben die Arbeiter versprochen, die Natursteine zu verlegen. Vor dem Pizzaofen liegen sie aufgestapelt. Daneben ein Haufen Sand, die Zementsäcke mit Plastik bedeckt. Es ist Herbst, aber Cliehm und Tilly sitzen immer noch auf Beton. Sie betrachten den sonnenbeschienenen Pfad, der sich abwärts durch die gelbgrünen Wiesen schlängelt. Hinter dem kuppelförmigen Hügel verliert sich der Weg. Cliehm sieht den Pflaumenbaum, unter dem mannshohe Brennesseln wachsen. Tilly hat Brombeeren gepflückt, sie liegen auf der gebleichten Platte des Tisches. Tilly füttert Cliehm mit der Hand. Sie hat die Bluse ausgezogen, den BH abgelegt, der Saft der Brombeeren läuft ihren Unterarm entlang. Die Brüste wippen.

»Genug«, sagt Cliehm und wischt sich den Mund. Sein Handrücken ist violett.

»Was zum Nachtrinken?« Tilly hebt die Flasche. Cliehm betrachtet, wie der gespannte Muskel ihres Armes die rechte Brust größer erscheinen läßt. Spitz und aufmüpfig zeigt die Brustwarze auf Cliehm. Er beugt sich über den Tisch, nimmt die Zitze in den Mund.

»Nachtrinken?« murmelt er. Tilly lacht, zuckt zurück, eine Gänsehaut überzieht ihren Busen.

»In jedem Tropfen Absinth sitzt die grüne Fee«, kichert sie und zwirbelt die Haare in Cliehms Nacken. Ein paar graue sind dabei.

»Gieß ein.« Er schüttelt sich vor Behagen. Tilly schenkt sein Glas halbvoll. Als sie Wasser aus dem Krug zugießt, wird der gelbe Absinth milchig grün. Cliehm beobachtet, wie die Schwaden sich ausbreiten. Er nimmt einen kräftigen Schluck. Die Abendsonne hockt in der Krone der verkrüppelten Eiche.

»Schau«, sagt Tilly. »Vor zehn Jahren hat uns der Bauer

prophezeit, die Eiche wird eingehen. Sie steht immer noch.«

»Die eine Hälfte ist tot«, antwortet Cliehm. »Der abgestorbene Teil klammert sich an den frischen.«

Er wendet den Blick von der Eiche nach Süden, den Hügel hinunter. Im Herbst hat das Gras beinahe die Farbe von Absinth.

»Bald beginnt die Jagd«, sagt er. »Sind die Fasane nicht noch zu klein?«

»Prächtige Exemplare habe ich schon gesehen.« Tilly öffnet den Knoten, der ihr schwarzblaues Haar zusammenhält.

»Dumme Fasane.« Cliehm schüttelt den Kopf. »Sollen im Oktober auf andere Wiesen flüchten, dann gäbe es keine Jagd. Aber sie sitzen hier zwischen Mischgras und Hafer, brüten ihren Nachwuchs aus und werden erschossen.«

Tillys Brauen ziehen sich zusammen. »Mach nicht wieder dasselbe Theater wie letztes Jahr«, sagt sie.

Cliehm leert sein Glas, betrachtet die verkrüppelte Eiche. Bevor sie hinter dem Hügel verschwindet, verwandelt die Sonne den Baum in eine Fackel. Gleich darauf wird es kühl.

»Komm.« Cliehm steht auf.

»Wir übernachten nicht hier?« Überrascht hält Tilly das grüne Hemd vor die Brust.

»Ich muß noch ins Institut.« Er nimmt die Gartenstühle und trägt sie ins Haus. Nach kurzem trotzigen Zögern folgt Tilly mit dem Tisch. Die Brombeeren packt sie in ein Plastikgeschirr, der Absinth verschwindet im hölzernen Tabernakel. Sie ziehen die Läden vor die Türen, verriegeln sie, löschen das Licht und verlassen das Haus. Noch einmal blickt Cliehm in die Weite. Der kuppelförmige Hügel zur Linken, Cliehms Pfad führt daran vorbei. Weit entfernt liegen Dörfer und Weiler verstreut. Cliehm atmet die Luft genußvoll ein. Ein wenig schummrig ist ihm.

»Die grüne Fee im Absinth«, kichert er.

»Was hast du gesagt?« Tilly versteckt den Hausschlüssel neben der Dachrinne.

»Ich fahre.« Cliehm läuft um den Wagen und setzt sich ans Steuer.

»Du hast zuviel getrunken.«

»Nur bis zum Stadtrand.« Der Schlüssel steckt, er startet.

»Aber den Hügel hinunter sehr langsam«, warnt sie. »Es hat tagelang geregnet.«

»Ich schaff' das schon.« Zärtlich tätschelt Cliehm das Lenkrad. Er muß aufstoßen. Für Momente umgibt ihn der Duft von Absinth.

Der schwere Kombi rollt an, die Lehmstraße abwärts. Cliehm fährt Schrittempo, trotzdem hat er wenig Kontrolle über den Wagen. Mal schmiert er nach links an den Waldrand, streift und knickt Zweige und Farne. Dann rutscht er schräg am Bachlauf entlang. Milchig braun stürzt das Wasser ins Tal, als wäre es zum Wettlauf mit Cliehm angetreten.

»Laß mich fahren!« Tilly starrt auf die gequollenen Furchen. Die Traktoren der Bauern haben die Straße zerrissen. Cliehm kurbelt am Lenkrad. Das Fahrzeug eiert zum Wald

hin, ein Haselnußstrauch wird überrollt. Im Spiegel sieht Cliehm, wie die Zweige hochschnellen.
»Der Stein ...« Tillys Finger zeigt auf den grauen Block knapp vor ihnen.
»Weiß ich, weiß ich doch«, schnauft Cliehm und reißt das Steuer nach rechts. Die Räder rutschen geradeaus weiter. Der Stein kommt direkt auf sie zu, prallt gegen die Stoßstange, quetscht sich unter die Achse. Er hievt den tonnenschweren Wagen empor, daß er aufgebockt stehenbleibt, als wolle jemand die Reifen wechseln.
»Endstation.« Tilly sinkt in die Lehne zurück.
Cliehm spürt noch den Aufprall. Er stiert auf das Lenkrad, sagt nichts. Tilly steigt aus. Sie muß einen halben Meter tief springen. Der Kombi steht wie ein gepfählter Koloß. »Keine Chance«, sagt sie. Cliehm weiß, was sie meint.
»Der Bauer muß her«, antwortet er und springt auf seiner Seite hinaus. Er landet im Lehm, versinkt bis zu den Knöcheln im blaugrauen Matsch.
»Die Schuhe!« Er versucht einen Fuß aus dem Morast zu heben. Der Lehm saugt sich fest. Nur die Socke flutscht hoch. Auf einem Bein balancierend bückt sich Cliehm und zieht den Schuh mit der Hand aus dem Dreck. Er taumelt, knallt mit der Schulter gegen den Kombi, rutscht weg, landet auf den Knien. »Himmelherrgott, Scheiße verdammte!« schreit er zum Himmel empor, wie ein Pilger, der sich des richtigen Gebets nicht entsinnt.
»Mach kein Theater«, Tilly bückt sich und starrt unter die Achse. »Keine Chance«, wiederholt sie.

»Wir rufen den Bauern.« Cliehm zieht sich mit triefenden Händen am Seitenfenster empor.
»Den Bauern?«
Er und Tilly haben denselben Gedanken im selben Moment.
»Der Bauer . . .«
Der Bauer ist auf die Kanaren geflogen. Mit Frau und allen fünf Kindern. Für drei Wochen. Gestern erst abgereist. Kein Bauer in der Nähe. Zehn Kilometer im Umkreis nichts als Mischgras, Hafer und verschlafene Fasane. Achtlos läßt Cliehm den besockten Fuß in den Lehm sinken.
Tilly springt über den Graben und setzt sich ins Gras. »Das heißt: Wir übernachten.«
»Und morgen? Kein Telefon, kein Bauer, kein Kombi.« Cliehm zieht den Schuh aus dem Lehm.
»Jetzt bin ich müde. Morgen bin ich ausgeschlafen«, sagt sie.
»Aber ich muß heute nacht noch ins Institut.« Cliehm kommt um den Wagen geglitscht, fällt beinahe ein zweites Mal hin.
»Du siehst aus wie das Monster aus der Lagune.« Tilly lacht. Er sinkt neben ihr auf den grünen Streifen zwischen Matschweg und Bach, schlägt sie sanft auf den Schenkel. Warm fühlt sich das an. Seine Hände öffnen zwei Knöpfe ihrer Bluse.
»Wenn wir hier unten bleiben, bis es ganz dunkel ist, wird der Weg zum Haus ein Spießrutenlauf«, sagt Tilly und streichelt sein Haar.

»Bißchen mehr Risiko für die Leidenschaft.« Cliehm lacht aus geschlitzten Augen. Er bettet das verdreckte Sakko hinter Tilly und beugt ihren Oberkörper langsam zurück.
»Liebesnächte in der Taiga«, schnurrt sie.
Mit den Zähnen zieht er ihre Bluse hoch, beißt sanft in den Nabel. Tillys Bauch hebt und senkt sich. Als Cliehm noch einmal hochblickt, zeichnet der Kombi sich wie ein aufgerichteter Stier vor dem dunkelnden Himmel ab. Er schließt die Augen.

Wir sind den ganzen Weg in die Stadt zu Fuß gegangen, sagt Cliehm zu den Wänden. Hand in Hand, die meiste Zeit Hand in Hand. Tilly und ich auf den Feldern. Graugrüne Wiesen, Sterne. Alle Sterne über uns. Wie die ersten Menschen wanderten wir über Land. Paradies, sagt Cliehm. Als wir den Stadtrand erreichten, war es noch lange nicht hell. Ich bin zum Institut gelaufen, verdreckt wie ich war. Nie war mein Leben größer als in dieser Nacht.
Die Wände schweigen.
Cliehm hebt die Lider. Ich will Tilly.
Er betrachtet das Wachsen der brüllenden Flamme.
Das hättest du dir früher überlegen müssen, sagt die Erinnerung.
Früher, sehnt sich Cliehm. Bloß einen Augenblick früher.
Genau, nickt die Erinnerung.
Cliehm befiehlt: Früher!
Der weißrot auseinanderstrebende Ball hält inne.
In keiner Zeit, in einer Zeit, die Cliehm noch nicht kennt,

kehrt die Richtung der flammenden Kugel sich um, das Gas erlischt, das Feuer kehrt in den schwefeligen Kopf des Holzes zurück.

Meinst du das? fragt Cliehm die Erinnerung staunend.

Nein, *du* meinst es, lacht sie.

Cliehm blickt sich um. Weiß sind die Wände. Kein Ruß, kein Rauch, keine glibbrig verspritzten Leichenteile von Cliehm.

Wir sind bloß Wände, du bist Cliehm, sagen die Wände mit blütenweißen Stimmen.

Cliehm sitzt mit dem unverbrauchten *Rosenstolz*-Streichholz auf dem Boden. Tilly, denkt er, wendet sich um, langt nach oben und dreht die Gashähne, einen nach dem anderen, wieder zu.

Zwei

Die Madame

»Deus meus, o que é que está fazendo?«
Madame Confeitaria ist über Cliehm gestolpert. Er liegt mit dem Rücken an den Kochherd gelehnt, die Beine ragen ins Zimmer.
Der wievielte Tag? Ich bin immer noch da. Kein Entkommen.
Nach all der Zeit, in der er nicht gestört werden wollte, hat die Madame sich entschlossen, endlich sauberzumachen bei Cliehm. Neun Zimmer hat die Pension, Madame Confeitaria macht sie alle allein. Sie braucht kein Personal. Die Leute stehlen, lungern auf der Terrasse herum und rauchen Zigaretten. Auf den Knien rutscht sie selbst durch ihr Haus, bewegt den Scheuerlappen vor und zurück, zieht den Eimer neben sich her. Ihr Haus. Ihr sauberes Haus.
»Pelo amor de Deus!« ruft sie und betrachtet das Ausmaß der Verwüstung. Kleine Pfützen überall auf dem Boden. Aus der Wand gebrochen, baumelt das Gasrohr im Zimmer. Mauerbrocken liegen im Umkreis der Tür. Die Bettwäsche ist graugrün. Halbnackt und starrend vor Schmutz liegt der Professor vor ihr.
»O que aconteceu aqui!« schreit die Madame.
Cliehm versteht kein Wort Portugiesisch. Hinter verhangenen Lidern blickt er die Alte an, bemüht sich zu lächeln.

»Tilly. Das grüne Hemd«, stammelt er mit heiserer Stimme. Mit aufgerissenen Augen, das linke Ohr ihm zugewandt, versucht die Madame zu begreifen, was er sagt.
»Das grüne Hemd!« Cliehm will sich aufrichten. Wie ein Betrunkener sackt er zurück, verfehlt mit der Schulter den Herd, fällt auf den Küchenboden.
»Vou chamar o médico. Tem que ir ão hospital«, stößt die Madame hervor.
Médico und *hospital* versteht Cliehm. »Nein«, haucht er. »Das sollen Sie nicht. Ich habe bloß ein paar Tage nichts gegessen.«
Er beobachtet, wie sie mit dicken Beinen über ihn steigt, zwischen abgefallenem Putz, Wäschestücken und Unrat hindurch zum Fenster geht. Energisch zieht sie die Jalousie hoch, weißes Mittagslicht fällt herein. Sie reißt die Fensterflügel auf, atmet tief durch, als müßte sie die Luft erst probieren, bevor sie sie einläßt.
»Que porcaria!« schimpft die Madame.
»Ich kümmere mich darum«, flüstert Cliehm. Jetzt, da er der hellen Mittagswirklichkeit ausgesetzt ist, registriert er den eigenen Zustand. Die grauweißen Beine, dünner als die Arme eines Mädchens. Die labbrigen Unterhosen, an denen dunkle Schlieren kleben. Große gelbliche Flecken vorne und hinten. Seit er Tillys Hemd ausgezogen hat, ist sein Oberkörper nackt. Schweiß und der Dreck des Bodens bilden eine schmierige Kruste, in der seine Brusthaare kleben. Er zittert, seine Glieder schlackern auf dem Linol.
»Tem que ver um médico, professor«, sagt Madame Con-

feitaria mit plötzlich veränderter Stimme. Vorsichtig, wie man sich einem verwundeten Vogel nähert, beugt sie sich über Cliehm.

»Kein Medico«, murmelt er und hebt mühsam die Hand. »Bitte kein Medico. Es ist nur Schwäche, glauben Sie mir.«

Er kann die tiefen fragenden Furchen auf ihrer Stirn sehen, die dunklen Lippen, die, wenn sie spricht, aufeinanderschlappen wie Würste. Madames Doppelkinn hängt zu ihm nieder, er riecht Rosmarin und Knoblauch in ihrem Haar. Als sie ihm jetzt ihre faßdicken Arme entgegenstreckt, erschrickt er.

»Nicht schlagen!« wimmert Cliehm, da hat ihn die Hand schon erreicht. Warm und feucht schmiegt sie sich an seine Wange, stützt seinen Kopf.

»Menino, meu tolinho«, sagt zärtlich die Stimme über ihm, der Knoblauchgeruch ist nun ganz nahe.

»Ich mußte«, haucht Cliehm. »Verzeihen Sie die Unappetitlichkeit.«

Die Madame hebt ihn auf ihre Arme. Sie ist stark, denkt er. Ich wiege weniger als der Schirmständer aus Beton, den sie vor Wochen auf die Terrasse schleppte. Er röchelt. Sie geht mit ihm aus dem Zimmer, den Flur entlang. Vor dem Gästebad bleiben sie stehen. Dort ist die Wanne, in den Zimmern gibt es bloß Duschen. Die Madame schüttelt den Kopf, macht kehrt und trägt Cliehm die Treppe hinunter.

Dämmrig ist es in ihrer Wohnung, die Läden sind vor die Fenster geklappt. Schwere dunkle Möbelstücke erkennt Cliehm, Bilder und gerahmte Photographien wuchern wie eine Seuche darüber hin. Heilige in ihren Posen. Zwei lachende Knaben, einer spielt Trompete. Ihre Söhne? denkt Cliehm. Eine schmachtende Madonna, Hochzeitsszenen in Schwarzweiß. Und immer wieder die fröhlichen Knaben.

Die Madame trägt Cliehm in ihr eigenes Bad, vorsichtig legt sie ihn auf dem Steinboden ab. Ein Streichholz, das dürre Holz im Badezimmerofen fängt Feuer. Ob sie häufig badet? fragt er sich. Genügt der Madame nicht etwas kaltes Wasser am Morgen? Für mich aber heizt sie den Ofen. Kein Doktor, denkt er, das hat sie verstanden. Die meisten Leiden heilt sie mit Knoblauch, was darüber hinausgeht, steht ohnehin in Gottes Hand.

Der untere Teil des gußeisernen Ofens glüht, das Wasser ist heiß.

»Bobinho«, sagt sie, als spräche sie zu einem kleinen Jungen. »Menino, está muito confuso.« Sie öffnet den Hahn. Dampfend sprudelt es in die Wanne. Kaltes Wasser läßt sie dazu, plätschert, bis sie sicher ist, daß Cliehm die Hitze nicht schadet. Sie richtet sich auf, läuft aus dem Bad. Er betrachtet seine nackte Schulter auf den Fliesen. Die Madame kommt mit einem Brettchen zurück. Darauf schneidet sie eine Zwiebel in Ringe, wirft sie ins Wasser. Sie wischt die Hände an der Schürze trocken, hebt Cliehm behutsam hoch und senkt seinen Körper in die Wanne. Er atmet kurz und stoßweise, die aufgerissenen Augen zur Decke gerichtet. Sie stützt seinen Kopf und achtet darauf, daß der Mund nicht unter Wasser gerät. Dann zieht sie den Hocker heran und setzt sich zu ihrem Patienten, streichelt sein wirres, verklebtes Haar.

Mai

Die Sonne. Herrgott, die Sonne. Und warm, woher? Wärme rundum. Weiße flauschige Daunen. Tief ruht Cliehms Kopf in den mächtigen Kissen. Warm auch sein Bauch. Die Finger klettern unter die Decke, begreifen die Wärmflasche. Er wendet den Kopf. Keine Flecken auf dem Kissen. Er senkt den verschwommenen Blick. An seiner Schulter sieht er weißes Frottee. Ein Schlafanzug, den er nicht kennt. Er greift unter den wabbligen Beutel, heiß ist der Bauch. Da klebt etwas. Er pult das Ding mit zwei Fingern ab, hält es sich vors Gesicht. Grau, durchschimmernd. Läßt man es baumeln, bekommt es die Form eines Ringes. Er holt ihn dicht vor die Augen. Sehen kann er nichts Neues, aber riechen. *Zwiebel,* weiß er im nächsten Moment.

Tür. Langsam auf, leise zu. Schritte. Die Madame steht vor ihm.

»Olha só«, sagt sie und lächelt.

Wie viele Zähne mag ihr Mund noch beherbergen? denkt Cliehm. Zehn? Acht?

»Tem que recuperar a saúde.« Sie balanciert ein Tablett auf ihn zu. Es landet auf seiner Brust. Ein Löffel taucht auf, daran hängt ein Tropfen. Zu spät sieht Cliehm den aufsteigenden Dampf. Schon brennen die Lippen, die Zunge. Er reißt den Kopf beiseite, der Löffel bleibt hartnäckig über

ihm. Cliehm knurrt, die Madame hat ein Einsehen. Mit dicken Lippen bläst sie in die Suppe.
»Um bocadinho, vai.« Der Löffel nähert sich wieder. Diesmal schmeckt Cliehm, was sie mitgebracht hat. Brühe mit Fleisch, Knoblauch und Bohnen. »Muito bom«, hört er und schluckt.
Schluckt zum ersten Mal. Nach wie vielen Tagen? Der Schlund ist zu eng. Nur die Suppe fließt durch, Bohnen und Fleisch bleiben stecken. Er bäumt sich auf, hustet die Brocken in den Mund zurück, beginnt vorsichtig zu kauen. Über ihm das besorgte Gesicht. Langsam mahlen seine Zähne, schiebt die Zunge die mehlige Bohne und das faserige Fleisch von links nach rechts, bis so viel Speichel dazukommt, daß er es wieder versucht – und schluckt. Es rutscht, gleitet, nimmt seinen Weg. Sofort ist der Löffel erneut über Cliehm, füllt Flüssigkeit nach. Spülen, Schmekken, Schlucken. Warm wird es da drinnen. Cliehm spürt, wie seine Innereien sich zu regen beginnen. Er reckt der Madame den geöffneten Mund entgegen.
»Meu tesourinho«, sagt sie mit Glanz in den Augen. Cliehm kaut. Nach dem fünften, dem zehnten Nachschub fragt er: »Welchen Monat haben wir?«
»Que disse?«
Cliehm hebt die Hände über die Decke, zeigt auf die Kuppen der Knöchel. »Januar, Februar, März –«, sagt er, als gäbe er seinen Fingergelenken Namen.
»E'maio«, begreift die Madame. »Hoje é seis de maio.«
Cliehm versteht *Mai*. Mai schon. So lange. Vergangenen Ok-

tober hat er alles verlassen, was früher war. Das Institut, Tilly, die Stadt. Kalt ist es gewesen, Regen in den Straßen, Regen draußen beim Haus. Die Jagdgesellschaft ging in Lodenmänteln durch die gelbgrünen Wiesen, sie erschossen Fasane zu Dutzenden.
Sprich mit mir über den Herbst, sagt Cliehm zur Erinnerung.
Keine Antwort.
Sprecht zu mir! sagt Cliehm zu den Wänden.
Stummes Weiß von allen Seiten.
Das ist nicht mein Zimmer, begreift er. Fremde Wände. Woanders liegt er zwischen Daunen, in einem unbekannten Pyjama. Madame Confeitaria läßt den Löffel in die Schüssel fallen.
»Wo bin ich?« Kreisend weist Cliehm mit dem Arm in den Raum.
»Menino«, kichert sie, nimmt das Tablett und geht zur Tür. Sie wirft einen Blick in die Runde. Alles ist sauber in ihrem sauberen Haus. Die Tür schließt sich leise.
Cliehm schickt die Gedanken aus: Seil. Gas. Wände! ruft er. Tillys Hemd!
Aber wächsern ist alles um ihn und so lautlos, daß er mit den Fingern an die Ohren trommelt.
Hören bitte! schreit er. Sprechen bitte!
Alles bleibt still und fremd. Der Ast einer Zeder senkt sich vor dem Fenster, stumme Bewegung. Ein heißes Rinnsal bahnt sich von Cliehms Achsel abwärts den Weg. Die Zehen sind eisig.

Sprechen! befiehlt er dem näher rückenden Weiß. Wütend kämpft er um Klarheit. Die Wände ertränken ihn, entführen ihn ins Weiß.

Terrasse? fragt Cliehm und blickt sich verwundert um. Wieso werde ich umhergeschleppt wie ein unmündiges Kind? Rote Wolle erkennt er unter sich, gelbe auf den Hüften. Luft, Himmel, Geißblatt. Ein Krug Limonade neben dem Liegestuhl. Idyll, begreift Cliehm. Wer verschreibt mir Idyll, zwingt mir Behaglichkeit auf? Ich bin hier, um letzte Schritte zu tun. Sommerfrische paßt nicht ins Bild.

Munteres Singen. Mit einem Korb Wäsche schlurft die Madame an ihm vorbei. Den grünen baumelnden Ärmel erkennt Cliehm sofort.

»Tillys Hemd!« ruft er.

Die Madame lacht. Ruckartig versucht Cliehm aufzustehen. Die Beine sind saftlos und lahm. Er plumpst in die Wolle zurück.

»Que vista maravilhosa!« Die Madame weist in die Ferne.

Rote Dächer, blauer Himmel, weiße Häuser, an die Hügel geklammert. Von der Terrasse hat man den herrlichsten Blick über die Stadt. Wie ein Adlerhorst duckt sich der alte Turm unterhalb des Kastells in den Berg. Überwältigend schön, denkt Cliehm.

Wegen Schönheit bin ich nicht hier! begehrt er auf. Schönheit ist Ausweg. Ich will Schmerz, brauche schmerzliche Unausweichlichkeit.

Eine Brise kühlt seine Schläfen, raschelnd erwacht das Geißblatt. Das Singen der Madame verklingt im Innern des Hauses. Cliehm hält Ausschau nach der Erinnerung.
Rückwärts gehen! ruft er. Jetzt!
Graue Schwaden verkleben sein Hirn. Stille.
Ein dunstiger Geruch vom Fluß. Kloake, begreift Cliehm. Kloake ist gut. Kloake ist der Feind vom Idyll. Sprich mit mir! ruft Cliehm die Kloake. Sprich über Elend, Verwesung. Sprich über Auslöschung.
Keine Antwort.
Er schlägt die Decke zurück, betrachtet seine Füße. Alt sind sie, faltig. Der große Zehennagel hat sich gerollt, ist seitlich ins Fleisch eingewachsen. Altes Fleisch, knurrt Cliehm.
Tatatata Trrrrack Tatatata. Baumaschinen, Preßlufthammer, erkennt er, tief unten. Lärm ist gut. Lärm ist der Feind vom Idyll.
Zerstörung? fragt er die Maschinen. Splitternder Beton, eingerissene Häuser?
Das Trrrrack endet gleich wieder.
Stille, sanfte Brise, Geißblatt. Verfluchtes Idyll! Ein kleiner Vogel mit gelbblauen Flügeln setzt sich auf den Maschendraht des Terrassengeländers.
Verschwinde, idyllischer Vogel! Cliehm schlägt auf die Armlehne. Der Blaugelbe wippt auf dem Draht, wendet Cliehm die Schwanzfedern zu, fliegt davon.
Cliehm hustet, ein saurer Geschmack stülpt sich vom Magen her hoch. Saurer Magen ist gut, denkt er, kneift die Augen zusammen und blickt auf. Keine einzige Wolke über

der Stadt. Verdammte Vollkommenheit. Hoch droben erkennt er eine weiße lautlose Spur inmitten des Blau.
Erinnerung! schreit Cliehm und hievt sich aus der Liege, so weit er kann. Das Flugzeug verfolgt seine lautlose Bahn. Cliehm folgt dem Pfeil mit den Augen. An den hinteren Rändern franst er schon aus. Nichts spricht, keine Antwort aus den Himmeln. Kraftlos sackt Cliehm in die Behaglichkeit zurück.
Stille, Geißblatt, Magensäure.
»Quer uma soupa?« lockt die Stimme der Alten knapp hinter ihm. Sie macht ein schmatzendes Geräusch.
»Was schleichen Sie sich so an?« zischt Cliehm erschrokken.
»Dormiu mal?« fragt sie mit unbarmherziger Liebenswürdigkeit.
Stöhnend gräbt Cliehm die Finger in die Armstützen. »Vettel, alte«, knurrt er. Von hinten beugt die Madame sich über ihn. Beißender Knoblauchgeruch, Cliehm wendet den Kopf.
»Xixi, tem que fazer xixi!« Mit der Geste des hängenden Fingers deutet sie an, daß es Zeit ist, aufs Klo zu gehen.
»Ich muß nicht! Will nicht!« schreit Cliehm und klammert sich am Liegestuhl fest.
»Vai, agora vai«, drängt sie, zieht ihn an den Achseln hoch, reißt ihn auf die Beine, schwankt mit ihm Richtung Klo.
»Madame, ich bin Ihr Gast«, keucht Cliehm und versucht, der Alten über die Schulter furchteinflößende Blicke zuzuwerfen. Heißer Knoblauchdunst weht ihn an. Er dreht sich

weg, atmet durch, folgt mit tappenden Beinen dem Druck des massigen Körpers.
Die Toilette ist eng. Ein Heiland, den Dolch im leuchtendroten Herzen, blickt ihm weidwund entgegen.
Na Kollege, ächzt Cliehm zur Begrüßung. Der Heiland leidet.
Die Madame reißt den Professor herum, wälzt ihre Schinken zwischen Wand und Klomuschel durch, zieht ihm mit dem Griff einer Mutter die Hosen herunter und läßt den Delinquenten auf die Brille plumpsen.
»Vai«, ermuntert sie ihn und verläßt das Gehäuse. Die schmächtige Tür schließt sich vor dem Hockenden. Er legt den Riegel um. Eine Postkarte hängt neben der Tür, darauf eine Frau, sie liest einen Brief.
Was schreibt er? fragt Cliehm. Keine Antwort. Er wendet den Kopf, hinter ihm schmachtet der Heiland.
Darf ich vorstellen – der Erlöser – die Lesende.
Cliehm läßt sich Zeit. Erst wenn er Klopfzeichen macht, kommt die Alte zurück. Meistens. Gestern ist er eingeschlafen. Da hat sie die Tür aufgebrochen.
Ich bin in der Hölle der Behaglichkeit gelandet, denkt Cliehm. Liebenswürdige Allgegenwart. Ich sollte mich von der Terrasse in die Tiefe stürzen.
Ein Tropfen wird zum Rinnsal. Es plätschert. Verdammt, woher weiß die Alte das immer? Der Strahl wird heftiger. Cliehm spürt die roten Wülste rund um seinen Schließmuskel, sie schmerzen.
Alles Schmerzliche spricht, sagt der Heiland hinter ihm.

Cliehm ist so überrascht, daß das Rinnsal stockt.
Nur das Schmerzliche? fragt er.
Der Heiland verdreht die Augen. Seine Hand liegt unter der Einstichstelle des Dolches, als wollte er sich dort kratzen.
Kennen Sie Tilly? flüstert Cliehm. Sie hat meine Hämorrhoiden behandelt, auf die schmerzlichste Weise.
Ans Meer! befiehlt die Erinnerung plötzlich.
Cliehm springt. Springend schließt er die Augen.

»Diese Insel ist unmöglich!« Tilly lehnt in der Tür des Bungalows. Der Regen fällt dicht, klatscht auf die Bananenstauden. »Das Meer, die Strände, die Vegetation – alles wie im Schaufenster.« Sie läßt die schwarze Segeltuchtasche auf das Bambusbett fallen. »Und die Touristen kommen, glotzen, zahlen.«
Cliehm sinkt hintüber aufs Bett. »Meine Hämorrhoiden bringen mich um«, klagt er.
»Das ist die Feuchtigkeit.« Tilly packt ihre Kosmetik auf den winzigen Schminktisch in der Ecke.
»Feuchtigkeit und Salz«, nickt Cliehm. »Hier ist es sogar im Zimmer feucht.« Er streicht die Bettwäsche entlang, starrt auf seine Fingerkuppen. »Feucht.«
»Jetzt beginnt die Regenzeit. Margat hat uns gewarnt.« Tilly steckt den Lockenstab zum Erhitzen ans Netz, knöpft ihr Hemd auf.
»Bedeutet Regenzeit etwa, daß es Tag und Nacht regnet?« fragt Cliehm. »Dann buche ich den nächsten Flug heim.«

»Geben wir der Insel eine Chance.« Sie schiebt die Tasche beiseite, kriecht neben ihm aufs Bett. »Was können wir für dein Ärschchen tun?« fragt sie. Das Innere ihrer Pupillen ist violett.

»Keine Chance. Ich bin viel zu fertig«, deutet Cliehm ihre Annäherung und dreht sich zur Seite.

»Laß mich nur machen.« Sie öffnet den obersten Knopf seiner Khakis. »Wo tut's weh?« Ihre Hand gleitet unter den Slip.

»Nicht. Das ist so demütigend«, wehrt er sich.

»Wo sind die Schlangen?« fragt Tilly, gleitet näher und küßt seinen Rücken.

Staunend spürt Cliehm, wie Tillys Zunge sich den Weg in die Mitte seines Arsches bahnt, dort zu spielen beginnt, liebevoll Kühlung und Linderung bringt. Ihre Hände streicheln Cliehms angezogene Waden. Er liegt reglos, läßt alles geschehen.

»Was für eine verwunschene Landkarte«, seufzt sie, steht auf und hantiert am Schminktisch.

»Was machst du?«

»Alles streng medizinisch.«

Cliehm hört das Herausziehen des Steckers. In der nächsten Sekunde begreift er, was Tilly vorhat. Schon ist sie über ihm, zieht seine Arschbacken auseinander, preßt den heißen Lockenstab dazwischen. Cliehm meint, zu explodieren. Das Feuer kriecht durch seine Innereien, die Beine hinab, überflutet ihn überall.

»Fünf Sekunden Schmerz!« ruft Tilly dem Schreienden zu.

»Eine Woche Spaß!« Cliehm windet sich, doch der Stab bleibt, wo er ist.

»Fünf, vier, drei, zwei, eins«, zählt Tilly – der glühende Pfahl ist verschwunden. Ungesehen läßt sie ihn zu Boden gleiten. Cliehm fährt herum und schlägt ihr mit der flachen Hand ins Gesicht.

»Danke«, sagt sie. »Spürst du schon was?«

»Was soll ich spüren?!« brüllt er.

»Hör auf deinen Arsch.« Sie wehrt den zweiten Schlag ab. Cliehm fällt wimmernd zur Seite, hält die Hände schützend über den brennen Krater. Er atmet schwer. Tilly betrachtet ihn lächelnd. Nicht lange und ein Ausdruck des Erstaunens überzieht sein Gesicht. Eine Hand beginnt vorsichtig zu tasten.

»Es ist . . . ist besser«, murmelt er. Ein Lachen purzelt hinterher. »Wieso?«

»Alte Methode in Feldlazaretts. Hat mir mein Großvater erzählt.« Sie reibt sich die Backe. »Im Krieg waren's bloß keine Hämorrhoiden zum Veröden, sondern Arm- und Beinstümpfe.«

»Stümpfe«, sagt Cliehm tonlos und schließt die Augen.

»Ich wußte, es hilft.« Tilly gleitet aus dem Bett und geht vor die Tür. Der Regen fällt gleichmäßig und schwer.

»Já acabou?«

Es scharrt an der Tür. Cliehm fährt hoch.

»Moment!« ruft er, greift hastig nach dem geschnittenen Zeitungspapier auf dem Bord, putzt sich ab.

»Bis bald«, sagt er zum Heiland, entriegelt, sieht die massige Frau in der Hausschürze vor sich stehen.
»Muito bem.« Sie umschließt Cliehms Brust mit den Armen, hebt an, reißt ihn hoch. Willenlos läßt er sich in sein Wollnest zurückschleifen.
»Nicht zudecken«, wehrt er ab. Hartnäckig landet die Decke auf seinen Hüften. »Zu warm. Caldo. Caldo!« Cliehm meutert und strampelt.
Grelles Männerlachen aus dem Hintergrund.
»Está bom«, sagt die Madame, läßt Cliehm los und läuft zur Wendeltreppe. Er sieht, wie sie den jungen Fleischer begrüßt. Der läßt einen fröhlichen Redeschwall auf sie los; dabei schleppt er, ununterbrochen plappernd, die bestellte Ration Hammelfleisch, Kutteln und Pfefferwurst an der Alten vorbei in die Küche. Sie lauscht mit hängender Unterlippe, bittet ihn tiefer in ihre Höhle hinein. Cliehm hört das Plopp eines Korkens.
Er schlägt die Decke zurück, spannt die Muskeln. Das alte Ding knarrt, als er sich aus dem Liegestuhl wuchtet. Es wird gehen, redet Cliehm sich zu, setzt einen nackten Fuß auf den Boden, dann den zweiten. Langsam richtet er sich auf, lauscht. Lautes Lachen von drinnen. Vorsichtig läßt er die Armlehne los. Alles beginnt sich zu drehen. Zwei Beine sind nicht genug, mir Balance zu geben, erkennt Cliehm. Ächzend plumpst er auf die Knie.
»Molch«, seufzt er, als wäre es das Motto der Reise und kriecht los.
Wie alt mögen die Mosaike sein, fragt sich Cliehm, während

er seinen Händen folgt. Die Route führt ihn an bronzefarbenen Mäandern entlang, über azurblaue Flächen, in deren Mitte herzförmige Knospen aus gelben Glassteinen liegen. Grüne Querstreifen zeigen an, daß die Eingangstür nicht mehr weit ist. Er klettert über die Schwelle, hat die Kühle der kleinen Halle erreicht.

Cliehm ist an der Treppe. Jetzt wird sich's zeigen, denkt er, ergreift mit der Linken das gedrechselte Geländer, zieht sich empor. Die Arme machen mit, gleich berührt er den oberen Rand, die Finger krallen sich fest. Noch ein Ruck, und er steht. Steht wie ein Kind, das zum ersten Mal hochkommt. Aus Madames Wohnung hört er die raunenden Fragen der Alten, der Fleischer erzählt.

Jetzt da hinaufgehen! befiehlt er den Beinen, spannt die Muskeln, das rechte Bein hebt sich, er läßt den Fuß auf die unterste Stufe tappen. Es geht rechts, es geht links, Hand nachgreifen, Hand nachgreifen, es geht rechts, es geht links. Verschnaufen. Stolz blickt er zurück.

Grelles Gelächter aus der Höhle der Alten. Noch ein Absatz. Die Treppe will nach links, Cliehm erobert die Höhe. Auf dem Flur verbietet sein Stolz, in die Reptilienhaltung zurückzufallen. Mit dem Rücken an der Wand drückt er die Beine als Stützpfeiler gegen den Boden und schlurft seinem Zimmer entgegen.

Er hat mit Verwüstung gerechnet und steht den Künsten der Madame gegenüber. Das Bett ein blütenweißer Pfuhl, die Küche blitzblank, die Dielen gescheuert, das Gasrohr justiert und frisch gestrichen. Feuchter Gipsfleck rund um die Halterung, sonst kein Indiz von Cliehms hängender Tat. Wie lange habe ich geschlafen? fragt er verwundert und folgt dem Gasrohr mit dem Blick. Dort sitzt die Spinne. Fetter Leib, hochstelzige Beine, unbeweglich. Cliehm hantelt über Kommode und Bettkante näher, blickt ein zweites Mal hoch, kneift die Augen zusammen.

Also doch! Er sinkt auf das Bett. Alles hat die Madame ausgemerzt, denkt er, alle Zeugen der Tage meines Hungers – den Fuß an der Decke hat sie übersehen.

Ihr könnt schweigen, könnt euch totstellen! blafft er die Wände an. Ich weiß, was ich weiß. Dort oben ist mein Fuß. Mein Fuß! Zitternd tappt er zum Kleiderschrank hin und hat zwischen zwei Anzügen zu wählen.

Hunger

Eine Krücke ist eine Krücke. Aber ein alter Besen ist auch eine Krücke. Cliehm rammt das dunkle Holz vor sich aufs Pflaster und tritt aus dem Tor.

Pensao Ninho das Águias sagt das winzige Schild über dem Eingang. So viele Tage nicht draußen gewesen, denkt Cliehm. Er späht um die Kurve, steil geht es bergab. Weiße Nachmittagshitze. Schrittweise beginnt er, die verwinkelte Gasse abwärts zu stochern. Hier ein Mauervorsprung zum Festhalten, dort ein Zaun, an den er sich lehnt. Zwei Touristen kommen den Berg hoch. »Knochenmann«, hört Cliehm

den schweinsnackigen Deutschen sagen, seine Frau zieht ihn unwillig weiter. »Nicht lustig machen«, schimpft sie. Schritt für Schritt.
Motorengeräusch. Cliehm kann hören, daß der Wagen zu schnell ist. Kein Gehweg an dieser Stelle, Cliehm preßt sich gegen die Hauswand. Das rote Auto schießt um die Kurve. Er sieht die Sonnenbrille des Fahrers, Kippe in dessen Mund. Der Kotflügel reißt Cliehm den Besen aus der Hand. Er fällt, fängt sich mit den Händen, daß die Gelenke knacken. Ein blaugraues Wölkchen hängt über Cliehm.
»Wieder einmal der Molch«, seufzt er und zieht sich langsam empor.
Besen, Stützen, Schrittchen, Anlehnen. Schwäche, rasselnder Atem. Gemüsestände tauchen am Straßenrand auf, dann die oberste Cafeteria. Sie trinken Espresso und Rotwein.
Cliehm biegt um die Ecke, das Stimmengewirr umfängt ihn sofort. Welt! Wie gebannt bleibt er stehen. Stimmen, alles spricht. Er hört alte Männer, die hinter Mädchen im kurzen Rock herlachen. Ein Kerl im Anzug tuschelt im dämmrigen Flur eines Hauses. Ruf einer Dicken quer über die Gasse, drei Frauen antworten laut.
»Alles spricht!«
Ängstlich hebt Cliehm den Besenstiel wie eine Lanze, als könnte er so der plappernden Welt widerstehen. Das sind nicht die Stimmen, nach denen ich suche, denkt er. Die lärmende Welle erfaßt, reißt ihn fort, hinein in die Sprachen und Laute. Grell und geschäftig, prahlend, unbändig und

jäh. Wer hört zu, fragt Cliehm. Wo ist das Gefäß, das alle Stimmen fängt?
Weiter treibt es ihn abwärts, hinein in die Stadt, fort vom Kastell und dem Haus der Madame. Er rammt den Besen schützend vor sich aufs Pflaster, ein Fuß trägt, der andere schreitet aus, so erreicht er den großen Platz. Cliehm sinkt erschöpft auf die Bank. Die Stimmen sind um ihn. Eine Dunkelhaarige wendet den Kopf, erschrocken rückt Cliehm von ihr ab.
»Hunger«, sagt er nach einer Weile.
Die Dunkle steht auf und geht.
Hunger. Unbändig, staunt Cliehm. Nicht der Hunger der ersten Tage, als das Seil vom Gasrohr baumelte. Da wollte er Schwäche, um das Fleisch zu besiegen. Genußhunger jetzt.
Genuß! denkt er, sofort, ohne Aufschub. Er fingert in den Taschen, ob sein Geld reicht. Das Bündel Banknoten ist kaum geschrumpft. Cliehm sieht sich um. Dort! entscheidet er und weist mit der Besenkrücke einen Hügel hinauf, der liegt dem Kastellberg genau gegenüber. Von oben müßte ich die Pension der Madame sehen können.
Cliehm geht los. Über knirschenden Kies, auf schlüpfrigem Pflaster stakst er voran. Schon ahnt er erste Gerüche. Schneller greift der Besen aus, werden die Füße nachgezogen.
Cliehm denkt an das Mahl, den letzten Abend vor den Wochen des Fastens. Wie hieß das Lokal, *Leguan – Leviathan?* Eine grüngestrichene Mauer sah ich von meinem Tisch aus, der Putz bröckelte ab. Ein einziges Fenster saß inmitten der

Wand. Hinter staubigem Glas war es dunkel und ist die ganze Zeit dunkel geblieben. Der Geschmack von Oliven und Pastete, sehnt sich Cliehm, wünscht das Krachen von Weißbrot zwischen den Zähnen.

Ein lockerer Stein, Cliehms Besen rutscht weg, beinahe schlägt er hin. Ein kleiner Herr mit Spitzbart und Brille springt ihm zur Seite, richtet Cliehm wieder auf.

»Obrigado«, sagt er. Der Kleine läuft weiter.

Schmale dämmerige Gassen nehmen Cliehm auf. Die Straßenlokale öffnen ihre Terrassen erst abends, weiß Cliehm, jetzt ist es noch ruhig. Die Läden sind vor die Fenstertüren geklappt, im Innern ist Hacken und Fegen zu hören, mit Besteck wird geklappert.

Cliehm betritt das erstbeste Lokal. Aus der Glastür springt ihn sein Spiegelbild an. Wirr, strähnig die Haare, die hohe Stirn straff wie blankes Gebein. Die Lippen hängen schlaff, gelbliche Zähne erkennt Cliehm dahinter. Weiße Stoppel bekränzen Kinn und Hals, umwuchern die Haut auch dort, wo sie im Hemdkragen verschwindet. Jacke und Hose schlackern Cliehm um die Glieder. Vogelscheuche, denkt er und will wieder gehen.

»Boã tarde.« Der dicke Kellner zeigt in die Runde. Jeder der Tische ist frei. Cliehm zögert nicht lange, nimmt Platz. Den Besenstiel lehnt er griffbereit in die Ecke.

Rotweiß kariertes Tuch. Einen Streifen Nachmittagssonne sieht er durch das Fenster. Der Kellner bringt weißes Papier, klemmt es mit metallenen Klammern fest.

»Está ventando«, nickt er erklärend. »The wind. It's the

sharp wind from the river. Comes through the door and – wwwssch! Everything flies.«

»Everything flies«, nickt Cliehm. Er zieht die Hände von der weißen Fläche zurück, wo der Dicke Teller, Besteck, Salz- und Pfefferstreuer, Öl- und Essigkaraffe verteilt.

»Die Speisekarte. – Ementa, faz favor.« Cliehm ist stolz, sich an den Satz zu erinnern.

»Not written yet«, schüttelt der Dicke den Kopf. »Let me tell you.« Er hebt die kräftige Rechte, zählt an den Fingern die Gänge auf. Cliehm läßt sich von Kartoffelsuppe mit Grünkohl berichten, von den zehn Arten, *bacalhau* zuzubereiten, er erfährt, daß Schwertfisch, Rotbarsch und Seezunge frisch sind, daß er die Wahl hat zwischen Mandel-Tomaten-Sauce und Eiertunke, die der Koch zu panierten Sardinen empfiehlt. Cliehm bekommt einen Vorgeschmack auf geschmortes Lammfleisch, heiße Pfefferwurst, Koteletts im Tontopf mit ausgelassenem Speck. Er schluckt den überschüssigen Speichel und verdreht die Augen.

»It's hard to choose«, sagt er.

»Why not a little bit of everything?« Grinsend entblößt der Dicke den goldenen Eckzahn und verschwindet im dämmrigen Hintergrund. Cliehm hört ihn die Bestellung aufgeben.

Ein kahler Kopf linst um die Ecke, begutachtet den Gast, verschwindet. Töpfe werden gerückt, es zischt von heißem Öl, Knoblauchschwaden ziehen heran und der scharfe Geruch von gegrillten Sardinen. Cliehm lehnt sich in die schattige Nische. Draußen wandert der Lichtstreifen weiter.

»*Açordas*«, schreckt der Kellner ihn hoch. »It's a soup made of bread and fish.« Er schiebt eine Schale mit bräunlichem Brei in Cliehms Blickfeld. »Attention, it's hot!«
Cliehm kostet. Kräuter und Knoblauch, Meeresfrüchte. Die sämige Mischung aus aufgequollenem Brot läßt sich mühelos schlucken.
»Good«, nickt er anerkennend und wartet mit dem nächsten Bissen. Er mag sich beim Essen nicht zusehen lassen. Der Kellner zieht ab.
Draußen schlurt eine alte Frau rauchend vorbei. Mit spitzen Fingern trägt sie die Zigarette vor sich her wie einen Leitstern. Schon ist sie aus dem lichten Ausschnitt verschwunden.
Cliehm ißt, fühlt die Wärme im Bauch. Erst nach mehreren Bissen bemerkt er, wie scharf die Brotsuppe ist. Er zieht die Luft stoßweise ein, daß Zunge und Mundwände gekühlt werden.
»Excuse me!« ruft er nach hinten, sofort ist der Kellner bei ihm.
»Mineral water please.« Cliehm macht die Geste des Trinkens.
Unwillig wiegt der Dicke den Kopf. »Just water? How about a good glass of *Bairrada*?«
»Keinen Wein«, winkt Cliehm ab.
»Maybe for the fish –«, korrigiert sich der Kellner, »you should start with a glass of *Bucelas*; – white wine, refreshing.« Gleich ist er mit einer Flasche da, zeigt das Etikett und entkorkt. Cliehm brennt der Mund, er trinkt, läßt sich das

Glas vollgießen. Der Kellner stellt die Flasche ab und verschwindet. Cliehm nippt. Kühl fühlt es sich an in der Brust. Auf der Haut der Sardinen knistert das Öl, der Kellner stellt einen Teller mit gekochten Zwiebeln daneben.

»*Cebolanda*«, sagt er mit aufmunternder Kopfbewegung. Cliehm fährt ein Schwall Knoblauch durch Nase und Mund. Er stochert, knabbert an einer Schwanzflosse, zerteilt den Fisch mit der Gabel.

»Sehr gut.« Ihm tränen die Augen.

»*Lagosta de Peniche*«, sagt der Kellner kurz darauf und präsentiert eine halbe Languste, im Tontopf mit Zwiebeln und Knoblauch geschmort.

Zickleinfleisch und heiße Tomaten.

Wildtaube auf Reis.

Kastanienpüree mit Schinken.

Eine Flasche roter *Bairrada*.

Cliehm kaut schnaufend die Knorpel der Taube, leckt sich die Finger, schaufelt Reis hinterher, trinkt den Wein in schnellen Zügen, schafft Raum fürs Püree. Die Zunge verteilt es zwischen Gaumen und Zähnen. Er pult Herzmuscheln mit den Fingern aus der Schale, bricht Knoblauchbrot. Das Zwiebelgemüse ißt er gleich mit dem Vorlegelöffel. Er grunzt, trinkt Wasser und Wein, bewegt den Oberkörper vor und zurück, blinzelt zwischen halbgeschlossenen Lidern auf die Straße, wo der Sonnenstreifen langsam verschwindet.

Süßen Reispudding stellt der Kellner auf den Tisch. »*Barriga da freira*«, sagt er. Cliehm langt zu.

Erschöpft, befriedigt läßt er sich gegen die Stuhllehne fallen. Ein Dutzend Teller vor ihm mit Resten von Sauce, abgenagten Knochen, Schlieren von Essig und Öl.
»It was maybe . . .«, fängt er den Kellner mit Blicken, ». . . a little too much.«
Die krausen Haare des Dicken glänzen an den Schläfen, er ist voll Hochachtung für die Leistung des Gastes.
»Aguardente?« fragt er und weist auf die Batterie aus Flaschen hinter sich. »Help you digestion.« Er bewegt die Hand kreisend über dem Bauch.
»Schnaps bekommt mir nicht«, wehrt Cliehm ab und will zahlen. Der Koch steht im Türrahmen. Cliehm bemerkt ihn erst, als der Kellner knurrende Laute ausstößt und mit den Augen zur Küche weist.
»Maestro!« ruft Cliehm und versucht aufzustehen. Die Beine fühlen sich an wie gekochte Würste, er plumpst auf den Sitz zurück. »Great pleasure! Thank you.« Von seinen Waden aufwärts beginnt es zu kribbeln.
Der Kellner übersetzt Cliehms Komplimente. Geschmeichelt faßt sich der Koch an die Nase, wiegt den Kopf. Er greift drei Gläser, schenkt sie mit Feigenschnaps voll, zwinkert aufmunternd. Cliehm bringt es nicht übers Herz, die Geste abzuschlagen, prostet den beiden zu. Sie kippen den Branntwein gemeinsam.
Als er auf dämmriger Straße steht, beide Hände auf den Besen gestützt, durchfährt ihn eine schneidende Überraschung. Ich sterbe, denkt Cliehm. Es fühlt sich an, als ob ich jetzt sterbe. Er lehnt sich an die Wand, schließt die Augen.

Lauf durchs Feuer! packt ihn der Schmerz.
Es spricht, denkt Cliehm und frohlockt. Endlich spricht es wieder! Vorsichtig, um das Sprechen nicht zu verscheuchen, wendet er den Kopf. Sei gegrüßt, du zerrender Schmerz!
Mach dich nicht wichtig, antwortet der Schmerz. Krümm dich!
Das ist großartig, wispert Cliehm und krümmt sich, daß der Besen wegrutscht und vor ihm aufs Pflaster tingelt.
Und jetzt? fragt er aus seiner gekrümmten Position. Der Schmerz summt eine Melodie. Dadim dadum dada.
Was ist das? Cliehm richtet sich ein wenig auf, die Melodie bringt Linderung.
Kennst du das nicht? fragt lauernd der Schmerz.
Nie gehört.
Jetzt geht's los! singt der Schmerz. Hemmungslos! Gnadenlos! Aussichtslos!
Cliehm pendelt gegen die Mauer, rutscht nach unten weg, knallt aufs Pflaster und windet sich in Krämpfen. Er hört einen blubbernden, grunzenden Laut, der als Schrei emporsteigt. Ich schreie, denkt er und beobachtet den Schmerz, der rund um ihn wächst wie ein Luftballon, ohne zu platzen. Cliehm schnappt nach Luft. Ich schreie, ich würge. Er beugt sich über den Pflasterstein.
Laß es raus, drängt der Stein.
Gleich hier? ächzt Cliehm über das Singen des Schmerzes hinweg. Man wird sich vor mir ekeln.
Gib nicht so an, antwortet der Stein.

Cliehm übergibt sich in breitem Schwall über das Pflaster. Er zählt die Farben, die seinem Mund entschießen, erkennt die Gänge, die er vor kurzem genossen hat, in umgekehrter Reihenfolge.
Vor kurzem ist keine genaue Bezeichnung, sagt der Pflasterstein, bevor er unter Cliehms Erbrochenem verschwindet.
Genügt nicht! Der Schmerz zerrt Cliehm hoch, packt, schüttelt ihn ein zweites und drittes Mal, bis der meint, seine Eingeweide auszukotzen.
Mehr ist nicht zu holen, keucht er und sieht dem Speichelfaden hinterher, an dessen Ende ein Bröckchen Olivenbrot zu Boden sinkt.
Das glaubst du! bellt der Schmerz und öffnet alle Ventile.
Nicht das! Erspar es mir, das nicht! stöhnt Cliehm und bemüht sich, die Öffnungen abzudichten.
Wenn schon, denn schon! Der Schmerz geißelt Cliehm, bis der aufgibt und sich von oben bis unten vollscheißt.
Als die Springflut nachläßt, rollt er zur Seite, mit dem Hintern an die Hauswand. Im Rücken und an den Beinen wird es feuchtwarm. Madame Confeitaria dürfte mich so nicht sehen, denkt er verzweifelt. Sie hat sich viel Mühe gemacht, mich sauber zu kriegen. Und ich danke es ihr mit Völlerei und Unmäßigkeit, mit Schmutz und Gestank.
Laß die Mitleidsnummer, sagt der abschwellende Schmerz.
Mit einem Mal schiebt sich ein Schatten auf Cliehm. Über ihm steht ein Junge, barfuß, in kurzen Hosen. Er betrachtet den Liegenden ohne Neugier. In seiner Hand baumelt ein rotes Plastikgewehr.

Cliehm erschrickt. Ich kenne dich!
Das Gesicht des Jungen ist schmal, der Kopf kahlrasiert. Er hebt den Lauf und zielt. Cliehm schließt die Augen, als erwartete er den Todesschuß.
Ich hatte Genuß. Cliehm hat das Bedürfnis zu beichten. Zuviel Genuß! Und jetzt ...
Jetzt ist keine genaue Bezeichnung. Cliehm hört die Stimme des Jungen. Oder war es die Erinnerung, die sprach?
Ein kühler Strahl, Cliehm öffnet die Augen. Der Junge beschießt ihn mit glitzernden Pfeilen aus Wasser.
Hoch mit dir, sagt er.
Hat er die Lippen bewegt?
Cliehm wälzt sich herum, es schüttelt ihn am ganzen Körper. Mühsam zieht er ein Knie unter den Leib, dann das andere, richtet den Oberkörper auf.
Erinnerung gibt es nicht, sagt der Junge.
Mit den Fingern krallt Cliehm sich ins Gesimse der Mauer, knöchelt daran empor.
Gibt es nicht? stammelt er. Die Zähne schlagen unkontrolliert aufeinander. Was ist mit Seil, Tilly, Tod, was ist mit dem *Fehler*? Alles Erinnerung!
Nicht für dich, sagt der Junge.
Cliehm steht. Nicht Erinnerung? Wie nenne ich es?
Der Junge zuckt die Achseln. Mußt du selbst wissen.
Cliehm betrachtet den Pflasterstein, wie sehr hat er ihn besudelt. Das Warme in Cliehms Hose drängt nach unten. Ein paar Schritte hantelt er sich am Gemäuer entlang, den Besen kann er nicht finden. Er hält sich am rostigen Gitter

eines Fensters fest. Sein Blick fällt ins Innere. Blaues Fernsehlicht erhellt den Raum. Cliehm erkennt nicht, ob jemand da ist, der zusieht. Ein Glasperlenvorhang streut helle Laute.

Vorsicht, die Gasse ist steil. Der Junge ist hinter Cliehm.

Der stößt sich vom Gitter ab. Der Stein, auf den er sein Bein stützt, rutscht. Cliehm sucht Halt, torkelt, der Rücken des Jungen scheint Barriere zu sein, doch Cliehm greift ins Leere. Seine Schulter rammt die Ecke des Hauses, herumgerissen stürzt er in die Tiefe.

Ein Boden aus Gras und Steinen, Durchschlupf, hohler Gang zwischen zwei Häusern. Auf dem Bauch schlittert Cliehm abwärts, kann nicht sehen, wo unten ist, stürzt, kollert, rutscht, bis er auf festem Grund liegenbleibt wie eine zerschlagene Puppe.

Brennender Schmerz. Cliehm hebt beide Hände über den Kopf. Schmutzig, aufgerissen, wie Krallen zeichnen sie sich vor dem Viereck des Himmels ab. Der Junge ist verschwunden.

Hier war ich schon einmal, denkt Cliehm. Vor Wochen. Die grüne Wand! Ich sah sie von meinem Tisch aus. Er wendet den Kopf. Am anderen Ende des Platzes erkennt er ein kleineres Haus. Alle Läden geschlossen.

Cocodrilo riente entziffert er auf dem Schild über der Tür.

Dort habe ich gegessen! ruft Cliehm. In diesem Lokal. Bänke standen davor und lange Tische. Damals ging es hoch her. Die Kellnerin mußte laufen, um die Bestellungen zu erledigen. An der grünen Wand brachen sich die Geräu-

sche aus dem vollbesetzten Lokal. Und heute? Leer ist der Platz und verödet.
Etwas hat sich verändert. Cliehm dreht den Kopf aufwärts. Der Mond ist aufgegangen, begreift er und läßt das Licht durch halbgeschlossene Lider schimmern. Der Mond übertüncht die grüne Wand silbrig, als flösse ein durchsichtiger Wasserfall die Mauer entlang. Cliehm liegt auf der Seite. Seine Schläfe ruht auf Gras, es wächst aus den Ritzen kalter Steine. Er betrachtet das einzige Fenster in der Wand, es steht offen. Im Innern stumpfe Finsternis. Cliehm starrt in die Höhle.
Plötzlich ist da Licht. Ein bläulicher Schein. Cliehm sieht, in dem Zimmer hinter dem Fenster hängt eine Frau. Hängt verkehrt von der Decke. Regungslos. Leidende aufgehängte Christusfigur in der Stille eines dunklen Zimmers, denkt Cliehm. Nach einer Weile kreuzt sie die Arme über der Brust, breitet sie wieder aus. Sie umfaßt ihren Bauch.
Das Licht beginnt zu wandern, beleuchtet ihren Körper. Streicht über Kopf, Brüste, Nabel, weiter die Beine hoch, bis zu den Schlaufen, in denen die Füße stecken. Mehrfach gewundene Seile, erkennt Cliehm, die an den Knöcheln ins Fleisch schneiden. Die Füße der Hängenden sind milchweiß. Der Lichtkegel bewegt sich weiter, leuchtet zum Fenster hinaus. Er wandert über das grasbewachsene Pflaster, den Platz entlang, erreicht schließlich Cliehm. Geblendet schließt er die Augen. Sie sieht mich, denkt er und öffnet sie wieder, direkt ins Helle hinein. Er starrt in das blendende Weiß, bis Tränen ihm über die Wangen rinnen.

»Ich habe Ihr Fenster schon einmal betrachtet«, spricht er die Hängende an. »Ich saß vor dem Lokal und habe zu Abend gegessen. Wo sind all die Menschen? Wieso ist dieser Platz so verlassen?«

Das Licht der Lampe schluckt jedes seiner Worte.

Cliehm kneift die Augen zusammen und bemüht sich, die Frau hinter dem Weiß zu erspähen. Muskulöse Schultern erkennt er, dunkle Lippen. Ihre Haare sind rot.

»Ich bin Physiker«, stellt er sich vor. »Theoretischer Physiker. Meine Tätigkeiten sind Sitzen, Aufundabgehen, Denken und Rechnen. Normalerweise. Jetzt bin ich in einer mir unvertrauten Lage.«

Statt einer Antwort kehrt das Licht ins Zimmer zurück. Drinnen klettert es die Wand empor. Ein blauweißer ovaler Fleck. Plötzlich schiebt die Frau ihre Hand in den Strahl der Lampe. Einen Moment lang ein klumpiger Schatten, dann zucken die Finger hoch. Ein Dreieck, von der Hängenden an die Wand projiziert.

Cliehm kennt das Zeichen. »Wer hat Sie meine Geheimsprache gelehrt?« fragt er zu der Hängenden hoch.

Ihre Finger bewegen sich wieder. Der Zeigefinger wird über den mittleren gekreuzt.

»A«, sagt Cliehm. »Und R.«

Sie streckt den kleinen Finger ins Licht. I, begreift Cliehm. E gleich darauf.

»A. R. I. E«, sagt er laut.

Die Hand verschwindet aus dem lichten Oval. Cliehm wartet. Nichts geschieht. Arie, denkt er und richtet sich auf.

Das Licht ist so plötzlich fort, als hätte die Wand es verschluckt. So düster ist es im Zimmer, so hell auf dem Platz, daß er meint, die Hängende wäre verschwunden. Rote Kreise drehen sich vor seinen Augen. Er senkt den Blick, wartet, bis er das Unkraut, die Steine wieder erkennt.
Arie, denkt Cliehm. Ich weiß Bescheid: *Walzertraum!* Tilly singt *Walzertraum*. Keine singt ihn wie sie. Wie oft habe ich sie wohl schon in dieser Rolle auf der Bühne bewundert? Ich weiß es nicht mehr.
»Das Zittern in der Hand des Liebsten«, beginnt Cliehm mit hoher Stimme zu singen, *»Der Hauch von Frühling um und um – Das liebe Wort, die heißen Wangen – Die fragen nicht, weshalb, warum.«*
Er läßt den letzten Ton nachklingen. Knallbonbonbunter Unsinn natürlich, denkt er. Aber Tilly macht ein Geheimnis daraus.
Cliehm wälzt sich herum und versucht aufzustehen. Kräftiger fühlt er sich jetzt, wie erleichtert. Ohne noch einmal zum Fenster zu sehen, geht er auf zittrigen Beinen über das Pflaster. Rundum düstere Häuser. Er kann keinen Ausweg erkennen, dreht sich hilflos im Kreis. Plötzlich ist der Lichtstrahl wieder da und fliegt Cliehm voraus. Er sieht die Rampe, durch die er in das verlassene Geviert fiel, klettert den bemoosten Abhang hoch, steht auf der Straße. Das Licht bleibt zurück.
Er blickt an sich hinunter. Die Hände sind aufgerissen und wund, der Anzug verdreckt, übler Gestank steigt zwischen den Beinen empor. Das bin ich, erkennt Cliehm.
So schnell er kann, wankt er die steile Straße bergab. Wo es

möglich ist, hält er sich fest. Er verläßt die Oberstadt, der große Platz kommt in Sicht. Er achtet nicht auf seine Wunden und die Besudelung seines Anzugs, er strebt vorwärts. Zwischendurch sucht er das beleuchtete Kastell mit den Augen. Dort ist sein Zimmer, da schläft die Madame.

Keller

Die schwärzeste Stunde, denkt Cliehm. Die Geräusche der Stadt sind verklungen. Er kramt den schweren Messinganhänger aus der Hose, der Schlüssel baumelt daran.
»Stinkt«, sagt Cliehm und schließt auf. Schweißgebadete Begeisterung, denkt er. Ich bin erschöpft, aber mein Geist schießt abenteuernd in alle Richtungen. So fröhlich wie man nur sein kann. Und so vollgeschissen. Kaum tragen ihn die Beine die gußeisernen Stufen hoch, wie ein Besoffener baunzt er gegen Wand und Geländer. Ein Gedanke, denkt er, einmal ein Gedanke sein! Im Buchstabengetümmel eines Buches stecken oder im Kopf von jemand anderem. Die Reinheit sein, schönste und erhabenste Wesenheit.
Nichts als erhöhter Blutdruck, beruhigt Cliehm sich wieder und schnuppert. Welch eine Scheiße, denkt er und schüttelt den Kopf, erleichtert, die Terrasse erreicht zu haben. Der Gestank verflüchtigt sich. Cliehm läßt sich auf die steinerne Brüstung am Berghang sinken. Dahinter wuchert Kresse. Jeden Morgen sieht er die Madame die Samen ein-

sammeln, kleine mißgeformte Erbsen, die an der Sonne getrocknet werden. Nächstes Jahr, hat er verstanden, verschwinden sie wieder im Boden.
»Und neue Kresse blüht aus den Ruinen«, kichert Cliehm.
Nächtliche Säuberungsaktion, sagt er zur Nachtluft.
Der messingbehangene Schlüssel öffnet die Haustür. Zu laut, die Madame hat gute Ohren. Er findet den Lichtschalter nicht, tappt dorthin, wo er das Klo vermutet. Geht einmal fehl, dann hat er die Klinke in der Hand. Cliehm tritt hinein, öffnet die Hose.
»O Gott«, ächzt er, als seine Hand in die warme Brühe tappt.
Halb so schlimm, sagt die ruhige Stimme des Heilands.
Cliehm kann das Bild mit dem Erdolchten kaum sehen, nur das blutende Herz schimmert schwach.
Tut mir leid, deine Nase zu belästigen. Unschlüssig hält Cliehm den Hosenbund zwischen den Fingern.
Alle tun das hier, sagt der Heiland. Geh in den Keller.
Stinkt es dort weniger?
Geh schon.
Cliehm verläßt die Kammer des Heilands und tastet zwei Türen weiter. Selbst war er noch nie im Keller, aber täglich sieht er die Madame die Treppe hochkeuchen. Einen Korb voll Wäsche schleppt sie jedesmal.
Steiler als gedacht, denkt Cliehm. Frauenstufen, zu schmal für Männerfüße. Die Hände gegen die Ziegelwände gestemmt, schrammt er nach unten. Sein Fuß scharrt über festgetretenen Lehm. Angekommen. Er greift in die Tasche. Die Streichhölzer sind trocken, auch wenn sie stinken.

Cliehm zündet das erste. *Rosenstolz* sagt die Schrift auf der Schachtel. Gartenschlauch, Rasenmäher, Kästen mit Mineralwasserflaschen erkennt Cliehm im Schein der Flamme. Sie verlischt.

Ein Regal mit Kartoffeln sieht er im Licht des zweiten Hölzchens. Flaschen, Plastikschürze – Waschmaschine!

Prachtvoll, denkt Cliehm und schleicht näher. Der Heiland weiß Bescheid.

Drittes Streichholz. *Automático* 2001, liest Cliehm und grinst. Er öffnet die Hose zum zweiten Mal. Ein beißender Schwall schlägt zu ihm hoch, daß er den Kopf abwendet. Er zippt, Zähnchen um Zähnchen, den Reißverschluß auf, schiebt Hose und Slip nach unten. Krusten bröckeln, gasige Schwaden entfalten sich im stockdunklen Keller. Die klebrige Hose will nicht über die Schuhe gestülpt sein. Cliehm hopst, zerrt, knallt mit der Schulter gegen Wände, rammt das Regal. Flaschen klirren. Cliehm gibt nach. Eine Hand aufgestützt, öffnet er mit der andern den Senkel. Flüssigkeit tropft aus dem Schuh. Schweiß, hofft Cliehm. Der andere folgt. Wie Leichenteile hält Cliehm die Hose in Händen. *Automático* 2001, das stinkende Bündel wird in der Trommel versenkt, das Bullauge geschlossen.

Und jetzt? Cliehm hat den Vorgang beim Rasieren beobachtet, daheim, wenn Tilly die Schublade aufzog.

Não somente lava roupa, como também limpa profundamente, liest er auf dem großen Paket und öffnet die Lasche. Schublade auf – drei Kammern. Er schüttet alle mit Pulver voll. Cliehm zündet das nächste Holz, dreht an den Armaturen.

So heiß es geht. 95°, liest er. Wieso nicht 100°? Warum wird mir der Siedepunkt vorenthalten?
Adieu, sagt er zur Hose und zieht an dem Knopf. Die Maschine summt.
Sonst nichts.
Wasser, bettelt Cliehm. Er leuchtet die Schläuche entlang.
»Quem é?« zischt eine Stimme über ihm.
Cliehm hebt den Span, verbrennt sich die Finger.
Dunkel.
Licht. Blendend weiß. Cliehm starrt in die Glühbirne. Am oberen Ende der Treppe steht die Madame. Im langen türkisen Nachthemd.
»Habe ich Sie geweckt?« Cliehm kneift die Augen zusammen.
»Professor!« ruft sie aus und kommt eine Stufe tiefer.
»Ja, ich bin's, verzeihen Sie«, haspelt Cliehm. »Ich suche das Wasser.« Er steht unter der Treppe, hebt die Hände. Frauenstufen, denkt er und beobachtet, wie ihre dicken Füße abwärts tappen.
»Professor! A' esta hora!« Ihr Blick fällt auf die Maschine. Sie lauscht. Nichts als Brummen.
»Das Wasser. Es kommt nicht. Was macht man?«
Die Madame schiebt die Schläuche beiseite, dort sitzt der Hahn. Sie dreht, gleich beruhigt sich das Summen. Es plätschert in der *Automático 2001*.
»Vielen Dank.« Cliehm beobachtet, wie sich die Trommel zu drehen beginnt. Ein paarmal bloß. Dann steht sie still. Aufwärmphase, begreift er. Wunderbare Erfindung.

»Está com frio«, sagt die Madame und lächelt, wie er sie noch nie lächeln sah. Ihr Blick ist nach unten gerichtet. Nichts an! durchfährt es Cliehm. Außer dem Hemd hat er alles ausgezogen.

»Meu touro tímido.« Ihr Lächeln zieht sich von Ohr zu Ohr. *Touro tímido* – schüchterner Stier? fragt sich Cliehm. Was will die Alte von mir? Schon kommt sie näher, er weicht zurück. Unvermittelt klatscht sie ihm auf den Hintern, kräftig, wie man ein Pferd tätschelt.

»Está muito magro«, lacht die Madame.

Cliehm versucht sich zu wehren. Sie packt seine Hüften, bewegt das Fleisch an den Arschbacken hin und her.

»Que gostoso«, murmelt sie und läßt die Hand sanft über seine Leistengegend gleiten.

»Ich habe mich vollgeschissen, Madame!« schreit er und funkelt sie an. Die Madame sieht ihm nicht ins Gesicht. Cliehm spürt, wie die dicken Finger sein Glied umschließen und langsam zu massieren beginnen. Er hört ihren beschleunigten Atem. Sie blickt hoch, ein Schwall Knoblauch fährt ihm ins Gesicht.

»So behandeln Sie Ihre Gäste?!«

Hinter ihm beginnt die Trommel zu rotieren. 95°, denkt Cliehm und erkennt, daß er nicht weiter zurückweichen kann. Sein Arsch klebt an der Wand.

»Morgen wird uns dieser Vorfall unendlich peinlich sein«, bettelt er.

Ihre Hand läßt sich im ruhigen Auf und Ab nicht beirren.

»Sie bemühen sich umsonst, Madame«, keucht Cliehm

und spürt, daß er unrecht hat. Die Nacht, die Erschöpfung, das Allesundnichtsgefühl – die Hand der Alten tut ihm gut.
Hätte sie mich bloß nicht nackt erwischt, betet Cliehm. Wenn sie doch noch einmal herunterkäme! fleht er die Erinnerung an. Nur eine Minute früher. Er schließt die Augen. Da capo, sagt die Erinnerung.

»Quem é?« zischt eine Stimme über Cliehm.
Er spürt die Hand nicht mehr auf seinem Glied. Mit einem Schlag ist es finster. Zwischen seinen Fingern glimmt ein Streichholz, als wäre es eben erloschen.
Jetzt Licht. Blendend weiß. Cliehm starrt in die Glühbirne. Am oberen Ende der Treppe steht die Madame. Im langen türkisen Nachthemd.
Da capo? fragt Cliehm.
»Halt!« schreit er. »Kommen Sie nicht näher!« Er tappt hinter sich an die Wand. War da nicht eine Schürze? Es ist ein klebriges Ding aus Plastik. Die Madame trägt es, wenn sie Fische ausnimmt.
»Professor!« hört er die Stimme von oben. »A' esta hora!«
»Ich wasche meine Wäsche, beunruhigen Sie sich nicht«, ruft er, während er die Schürze vor seine Blöße bindet. Die Alte tappt die Treppe herunter. Cliehm beobachtet die dicken Füße mit den ungeschnittenen Nägeln.
Madames Blick fällt auf die Maschine. Sie lauscht.
»Das Wasser! Ich habe es noch nicht aufgedreht.« Cliehm schiebt eilig die Schläuche beiseite und bedient selbst den

Hahn. Plätschern in der *Automático* 2001. Die Trommel rotiert.
»Está com frio?« Jetzt steht sie lächelnd vor ihm.
Dickes Plastik, denkt er. Ich bin gepanzert, bin sicher vor ihr.
»Tut mir leid, wenn ich Sie geweckt habe«, sagt Cliehm mit fester Stimme. Er tritt einen Schritt zur Seite. »Jetzt gehe ich zu Bett.« Damit läßt er sie stehen.
Verwundert dreht die Madame sich zu ihm um.
Mein Hintern ist immer noch nackt, durchfährt es Cliehm. Er rotiert um die eigene Achse, knallt mit blankem Arsch gegen das Treppengeländer.
»Also dann, gute Nacht!« ruft er und beginnt rücklings die Stufen hochzusteigen. Die Madame starrt ihm nach.
»Ich hole die Hose morgen selbst aus der Trommel!«
Cliehm erreicht den oberen Absatz, schließt die Tür. In der Halle bleibt er stehen.
Wann? denkt Cliehm.
Wann geschieht was?!

Thermodynamik

Cliehm starrt an die Decke. Das Gasrohr läuft dort entlang. Mit dem Pyjamaärmel wischt er sich übers Gesicht. Der klebrige Film auf Stirn und Wangen bleibt. Er reißt die Augen weit auf, die Konturen im Zimmer werden schärfer. *Heureka* – will er rufen, möchte lauthals hinausschreien, was

er zu begreifen vermeint. Aber Cliehm traut sich nicht. Der *Fehler*, denkt er. Es gibt bestimmt einen Fehler.
Ruckartig setzt er sich auf.
Substitution! geht es ihm durch den Kopf. Alles ausschließen, was *nicht* sein kann. Ich führe den klassischen physikalischen Beweis. Dann werde ich erkennen, ob mein Denken Bestand hat. Cliehm streicht wirre Haarsträhnen aus seiner Stirn.
»Ein ausgeprägter thermodynamischer Zeitpfeil ist die notwendige Vorbedingung intelligenten Lebens.« Laut hallt der Satz durch den erwachenden Raum, bricht sich an den hellgrauen Wänden, die von Minute zu Minute an Weiß gewinnen.
»Das Gasrohr.« Cliehm streckt den Finger nach oben. »Ist das Gasrohr in der Decke verankert, dann ist es in einem Zustand größtmöglicher Ordnung.«
Er fixiert die Wände, als wären es die vollbesetzten Ränge einer Aula.
»Ich gebe der Halterung einen Tritt«, fährt er fort, »sie bricht, das Rohr biegt sich in den Raum, die Unordnung ist gewachsen. Zweiter Hauptsatz der Thermodynamik.« Cliehm öffnet die Schalen seiner Hände. »Ist das klar?« fragt er die Wände.
Wir sind bloß Wände, du bist Cliehm, antworten die Wände. Du führst den Beweis.
Cliehm lächelt geschmeichelt.
»Mit fortschreitender Zeit nimmt die Unordnung in jedem geschlossenen System zu«, sagt er und richtet sich zu voller

Sitzhöhe auf. »Man kann leicht von einem befestigten Gasrohr in der Vergangenheit zu einem ausgebrochenen Gasrohr in der Zukunft gelangen. Nicht aber umgekehrt.«
Die Wände schweigen ehrfurchtsvoll.
»Könnte man ihn umdrehen, den Zeitpfeil«, doziert Cliehm, »dann erhöben sich zusammengestürzte Gebäude aus ihrem Schutt, spränge die zerbrochene Teetasse vom Boden und stünde ganz auf dem Tisch, würden Menschen alt geboren und stürben jung.«
Cliehm sticht mit dem Zeigefinger in die Runde der ihn umgebenden Wände.
»In der realen Welt sind das Unmöglichkeiten«, sagt er. »In der Theorie jedoch machen die Naturgesetze keinen Unterschied zwischen Vorwärts- und Rückwärtsrichtung der Zeit.«
Die Wände werden langsam weißer. Sie verstehen mich, denkt Cliehm.
»Ich kann am Morgen die Pension verlassen, den Berg hinuntersteigen und den gegenüberliegenden Hügel hochklettern. Dort drehe ich um und kehre wieder in die Pension zurück. Aber es wird Abend sein, wenn ich ankomme. Muß Abend sein, unwiderruflich!« schreit er. »Das Gasrohr kann sich nicht selbst reparieren, Erdgas explodiert und zerfetzt den Mann mit dem Streichholz!«
Cliehm stockt, überrascht legt er die Finger an den Mund. Damit habe ich das Gegenteil dessen bewiesen, worauf es mir ankam, begreift er verwirrt. Er schlägt mit der Faust auf die Daunen.

»Dann ist es also nicht möglich!« sagt er mit metallener Stimme. »Ich ziehe den Schluß, daß die Madame heute nacht *einmal* die Treppe herunterkam. Ein einziges Mal! Und nicht öfter. Sie stellte die Waschmaschine an, sah meine Nacktheit und massierte meinen Schwanz. So war es und nicht anders.«

Enttäuscht sinkt Cliehm in die Kissen zurück. Dann bäumt er sich auf, reißt die Decke von seinen Füßen.

»So und nicht anders!« brüllt er und stürzt ans offene Fenster.

»So und nicht anders! Nicht anders, nicht anders!« schreit er in den jungen Morgen. Die Sonne ist hinter dem Kastell aufgegangen. Er kann sie noch nicht sehen, doch ihr Licht gleitet schon über die Dächer der Unterstadt. Alles ist rosig und kühl.

Es klopft.

»Quem está fazendo barulho à esta hora?« hört er die vertraute Stimme.

Cliehm erschrickt. Wieder hat er nichts an, bloß die Jacke seines Pyjamas. Mit gewaltigem Sprung hechtet er zum Bett, verschwindet unter der Decke.

»Was gibt's?«

Die Madame tritt ein.

»Está acordando a casa inteira!« Sie lächelt eigenartig.

»Was grinsen Sie so?!« blafft Cliehm.

Der nächtliche Vorfall, denkt er beklommen. Grinst sie, weil sie hat? Oder grinst sie, weil sie nicht hat? Aber wenn sie nicht hat, dann braucht sie auch nicht zu grinsen. Frag

sie, überlegt er mit klopfendem Herzen. Du wirst sie jetzt ganz einfach fragen.
»Haben Sie mir letzte Nacht einen runtergeholt?«
Wortlos hebt die Madame die Hose in sein Blickfeld.
»Da ist ja meine Hose.«
Sie ist sauber, das sieht er gleich. Der elende Dreck jener Nacht ist verschwunden. Gebügelt scheint sie auch zu sein.
»Haben Sie sich bemüht?« fragt er und macht die Geste des Bügelns.
»Olha, que exageracão esta temperatura, 95 graus«, sagt die Madame und läßt die Hose in ihre natürliche Position fallen. Sie reicht von ihrer Hüfte knapp über die Knöchel.
»Die ist ja eingelaufen!« poltert Cliehm.
»95 graus, não é a temperatura indicada para calças«, antwortet sie und lächelt. Schon wieder.
»Sie *haben* mir doch einen runtergeholt?« Er kann den Zweifel in seiner Stimme nicht verbergen.
Und was wäre, wenn ja? meldet sich die Erinnerung.
Dann wäre die Welt in Ordnung, antwortet Cliehm. Die Zeit hätte sich vorwärts bewegt. Ausschließlich. Unerbittlich. Vom Auftauchen der Alten im Nachthemd bis zu jenem Punkt, an dem sie mein vertrocknetes Würstchen faßte und daran gerubbelt hat. Das Ding wurde größer, bäumte sich auf und hat sich verströmt. Die *Automático* 2001 wusch meine Hose. Meine Hose ging ein. Das ist alles. Nur *eine* Richtung in der Zeit.
Wie langweilig. Die Erinnerung mustert Cliehm voll Verachtung.

Alles passiert nur einmal, beharrt Cliehm. Ein einziges Mal!
»Eu pego o avental.« Die Madame weist in die Ecke. Cliehm muß den Hals recken, um zu sehen, was sie meint.
Die Schürze!
Cliehm erschrickt. Die schwere grauweiße Schürze aus Plastik. Er erkennt sie genau. Die getrockneten Flecken von Fischblut, den Riß an der Seite, die Ausbuchtungen von den Brüsten der Madame. Die Schürze. In meinem Zimmer. Der zweite Anlauf in der Zeit.
Weil *ich* es will? fragt Cliehm. *Wann* ich es will?
Die Madame nimmt die klobige Schürze und legt Cliehms Hose wie ein Tauschobjekt auf den Stuhl. Er sitzt mit offenem Mund. Sie ist draußen.
Cliehm wendet den Blick der Erinnerung zu.
Begabung, sagt die Erinnerung mit ernster Stimme.
Cliehm richtet sich auf und sieht aus dem Fenster. Das Licht ist weißer geworden.

Drei

Denken

Cliehm springt aus dem Bett. Die Beine tragen.
Ich bin Physiker, denkt er. Theoretischer Physiker. Meine Tätigkeiten sind Sitzen, Aufundabgehen und Denken. Brotbrei und Sardinen haben mich stark gemacht. Jetzt will ich denken. Zum Denken brauche ich den richtigen Ort. Stadtab, stadtauf, überlegt er voll Hoffnung. Das einsame Geviert gegenüber dem Weinlokal wäre ein idealer Platz. Wo in grüner Wand ein einziges Fenster sitzt. Dort will ich Antworten finden.
Cliehm duscht und singt. Er zieht frische Wäsche an, steigt in die gebügelte Hose. Obenherum paßt sie gut. Dünn wie ich bin, kann ich Hosen jetzt zwei Nummern kleiner tragen. Unten reicht sie nicht mal zu den Knöcheln. Graue Socken, beschließt er, schlüpft hinein und angelt nach den Schuhen.
Schnuppernd und zähnefletschend meldet sich sein Drang. Neugier! begreift Cliehm. Der Drang winselt, scharrt mit den Klauen auf den Dielen, hechelt mit entblößten Lefzen, sein Schwanz schlägt rhythmisch gegen die Tür.
Lauf, sagt Cliehm und läßt den Drang von der Leine. Der springt in gewaltigen Sätzen die Treppe hinunter. Cliehm sieht ihn über die Terrasse jagen und die Wendeltreppe erreichen.

Sie stehen in der weißen Vormittagssonne. *Pensao Ninho das Águias* sagt das Schild über dem Tor. Wie ein Blitz schießt der Drang den steilen Weg stadtwärts. Beinahe verliert Cliehm ihn aus den Augen. Er pfeift durch die Zähne. Wir haben doch Zeit!

Zeit, denkt Cliehm. Wie der Platz im Morgenlicht aussehen mag? Eine glatte Fläche. Ich brauche Kreide. Denken ist Rechnen. Aufundabgehen auf dem Platz. Farbige Kreide wäre noch besser. Blau vorzugsweise. Cliehm hebt den Kopf, sucht den Drang, der biegt weit unten um die entfernteste Ecke. Er kennt sein Ziel.

»Weißt du, wieviel Mühe es mich gekostet hat, dich zu finden?«

Tilly bedeckt die Augen mit der Hand, ihre Sonnenbrille sitzt im blauschwarzen Haar.

Cliehm erschrickt. Sein Fuß, zum Schritt erhoben, verharrt in der Luft. Kein Wort bringt er heraus.

»Ist das alles zur Begrüßung?« fragt Tilly. »Seit Minuten sehe ich einem Klappergestell zu, das die Straße entlangtaumelt. Der Kerl hat dein Haar, bewegt die Arme wie du, aber sonst stimmt rein gar nichts. Anton, du hast dich halbiert. Wo ist der Rest von dir geblieben?«

Unterwegs in der Zeit, denkt Cliehm panisch. Vorwärts oder rückwärts? Tilly steht mir gegenüber, stellt er fest, hinter ihr ist ein Café. *Wann* bin ich, verdammt?!

»Anton, was ist los mit dir!«

»Du hast mich also gefunden«, seufzt Cliehm und sinkt in ihre Arme. So lange hat er die Berührung entbehrt, daß er

in derselben Sekunde zu weinen beginnt. Da sind die kräftigen Arme, der Duft ihrer Haare, die heißen Wangen. Cliehm preßt sich an die vertraute Gestalt. Über Tillys Schulter hinweg sieht er den Drang. Ein paar Häuser weiter legt er sich in den Eingang, läßt die Zunge raushängen.
»Du hast mich Anton genannt«, sagt Cliehm unter Tränen.
»Fabelhaft, du kannst also sprechen.« Tilly strählt sein wildwucherndes Haar, wo einmal der Scheitel verlief. Mit der andern Hand tätschelt sie seinen Rücken.
»Sind wir – Jetzt?« Cliehm hebt den Kopf von ihrer Schulter.
»Sind wir jetzt – was?« Tilly sucht seine Augen. »Was sind wir jetzt, Anton?«
»Sprechen wir *jetzt* miteinander?« Mit dem Handrücken wischt Cliehm unter der Nase entlang.
»Wenn du willst. Aber nicht auf der Straße.« Sie dreht sich um. »*Café do Perneta – Café des Einbeinigen* heißt das wohl.«
»Du kannst Portugiesisch?«
»Bißchen rostig geworden.« Tilly lächelt. »Komm, Knochenmann. Wieso hast du die Hosen abgeschnitten?«
Sie nimmt Cliehm bei der Hand, zieht ihn in das Lokal. In der Tür hält sie inne. »Graue Socken, braune Slipper«, sagt sie vorwurfsvoll.
Cliehm wirft einen letzten Blick auf den Drang. Der legt enttäuscht den Kopf auf die Pfoten.
»Du hast nie erzählt, daß du in Portugal warst.« Sie sitzen einander in der einzigen freien Nische gegenüber. Cliehm fühlt sich beklommen.

»War ich auch nie.« Tilly legt die Sonnenbrille auf den Tisch.
»Und wieso kannst du Portugiesisch?«
»Ich habe ein Jahr lang in Rio studiert.«
Cliehm sieht, daß der Kellner sich nähert.
»Lange, bevor es uns gab.« Tilly zieht die Speisekarte heran. »Hier kann man auch essen. Hast du Hunger?«
Er schüttelt den Kopf.
»Komm, eine Kleinigkeit.«
Cliehm spürt, daß das Lächeln ihn anstrengt.
»Senhora, bom dia. Quer almoçar?« Der Kellner hält vor Tilly, streift Cliehm bloß mit dem Blick.
»Grün«, murmelt Cliehm und meint die Gesichtsfarbe des Kellners.
»Mais tarde talvez«, antwortet Tilly. »Me traga uma bica, para meu marido ... Was willst du trinken?« fragt sie.
»Dasselbe wie du.«
»Duas bicas, então.«
Der Kellner notiert und geht.
»Campos de Melo war der beste Gesangslehrer seiner Zeit«, sagt Tilly.
»War?« Cliehm versucht, ihren unbeschwerten Ton nachzuahmen.
»Lebt seit langem nicht mehr.«
»War er so alt?«
»Herzschlag. Sekundentod.«
»Beneidenswert«, sagt Cliehm und denkt an das weiße faserige Seil. »Warst du dabei?«

»Ich hätte nicht in sein Bett gepaßt.«
»Bett?«
»Er lag im Bett mit vier Tänzerinnen, als es passierte.«
»Hast du auch mit ihm ...?« Cliehm lehnt sich etwas zurück.
»Natürlich. Alle wollten zu Campos de Melo«, lächelt Tilly.
»Er hat Blondinen bevorzugt.«
»Du bist nicht blond.«
»Damals schon. Am Tag, als ich von seiner Vorliebe erfuhr, kaufte ich eine Flasche Wasserstoffsuperoxyd. Kurz darauf saß ich im Flugzeug. Trotz der blonden Mähne hat er mich dreimal vorsingen lassen.«
»Und ihr habt miteinander geschlafen?«
»Meistens nach dem Unterricht. Manchmal davor. Er war der größte Lehrer seiner Zeit.«
Der Kellner bringt zwei Kaffee. Cliehm rührt darin.
Tilly greift nach der Karte. »Jetzt bestellen wir. Die da drüben essen gebackenes Gemüse.«
Cliehm dreht sich um. Zwei Tische weiter sitzt ein Trio weißhaariger Frauen.
»Mal sehen.« Tilly überfliegt den Speiseplan.
»Unlängst habe ich Brotsuppe gegessen«, sagt Cliehm. »Scharf.«
»*Açordas*«, nickt Tilly und tippt auf die Karte. »Das ist mir zu wenig. Hier – *Soufflé de verduras*.«
»Was ist das?«
»Gemüseauflauf mit Mangold und Okra.« Sie schlägt die Karte zu. »Bestellst du mir das? Bin gleich zurück.«

Tilly steuert in den dämmrigen Teil des Lokals. Unaufgefordert weist der Mann hinter der Bar ihr den Weg. Cliehm winkt nach dem Kellner. Der läßt sich Zeit.

»Einmal *Soufflé de verduras*«, sagt Cliehm schließlich.

»Isto não da para matar a fome. Tem que comer a carne e salsichas com verduras«, antwortet der mit der kranken Gesichtfarbe.

»Verduras?« fragt Cliehm.

Der Kellner nickt. »Salsicha«, sagt er.

»*Soufflé de verduras*«, wiederholt Cliehm.

Der Kellner dreht um, trifft auf Tilly, strahlt sie an.

»Alles klar?« Sie schaut in den Spiegel der Puderdose.

»Ich glaube, er hat mich verstanden.« Cliehm erkennt, daß Tilly ihn über den Rand des Spiegels betrachtet.

»Ich habe angerufen«, sagt sie vorwurfsvoll.

»Ich weiß.« Cliehm sieht auf die Tischdecke. Graue Flecken neben seinen Fingerspitzen.

»Wochenlang. Du warst nie da.«

»Ich habe nicht abgenommen. Warum bist du gekommen?« antwortet er, ohne aufzublicken.

»Anton?« Sie klappt den Deckel der Dose zu. »Hast du es vergessen?«

»Was?«

»Morgen«, sagt Tilly, als wäre damit alles erklärt.

»*Morgen* ist keine genaue Bezeichnung«, entschlüpft es Cliehm.

Kleine gefährliche Falten bilden sich zwischen Tillys Brauen. »Genaue Bezeichnung?«

Das Ritual, geht es Cliehm durch den Kopf. All die Jahre, nie ging es ohne das Ritual. Letztes Klingelzeichen, denkt er. Der Inspizient steht in Tillys Garderobe. Sind wir voll? fragt sie. Bis auf den letzten Platz, antwortet der Inspizient. Dann nimmt Tilly mein Bild. Ihr Glücksbringer bin ich, ihr Glücksgott. Den letzten Blick vor jedem Auftritt schenkt sie mir. Ich sitze im Zuschauerraum, Mittelloge, Platz vier. All die Jahre, keine Premiere ohne das Ritual.

»Du hast morgen Premiere«, sagt Cliehm. »Aber warum bist du dann hier?«

Eine mächtige Vorlegeplatte wird auf den Tisch gestellt. Der mit der kranken Gesichtsfarbe lächelt.

»O prato do dia é carne e salsicha com acelga e ocra. Bom proveito.«

»Was ist das?« Tilly erhebt nicht einmal die Stimme.

»Para o Senhor«, sagt der Kellner.

»Du hast Schlachtplatte bestellt?«

»Habe ich nicht.« Cliehms Herz klopft. »Du hast mir aufgetragen, ich solle äh ...« Ihm fällt das Wort nicht ein. »Ich soll ... Dings bestellen.«

»Se enganou«, unterbricht Tilly, zum Kellner gewandt. »Ninguém pediu isto.«

Mißmutig schiebt der Kränkliche die Serviette unter die Platte und hebt sie hoch. Er geht ein paar Schritte.

»Andererseits –«, sagt Tilly leichthin, »die Blutwurst sieht frisch aus. Então, pode deixar, está bom.«

Der Kellner macht kehrt, stellt die Platte wieder ab.

»Como a Senhora quiser«, knurrt er.

Tilly gräbt ihr Messer in die Wurst, rotbrauner Schleim quillt hervor.
»Also wieso bist du hier?« fragt Cliehm.
»Hm?« grunzt Tilly mit vollem Mund.
»Machst die weite Reise einen Tag vor der Premiere. Warum?«
»Um dich abzuholen.« Mit Wärme sieht sie ihm in die Augen. »Wie soll ich die *Piratenbraut* singen, wenn du nicht dabei bist.«
»Piratenbraut?«
»Blöder Titel, ich weiß. Willst du kosten?«
Cliehm schüttelt den Kopf. »Mich abholen«, wiederholt er.
Grüne Wand, denkt Cliehm, einsamer Platz, Kreide. Zeit, um zu denken.
»Meinst du nicht, daß es Zeit ist, heimzukommen?« Tillys Blick ist mit einem Mal ernst. »Es ist schön daheim. Frühling. Prächtiger Frühling. Die Kastanien blühen rund um die Oper.«
»Mich abholen. Morgen?« Cliehm sieht Tilly nicht an.
»Nein, heute. Gestern war Generalprobe, heute ist frei und ich habe keine Lust, am Tag der Premiere zu fliegen. Da war ein Kratzen im Hals. Ich will nichts riskieren. Zu viele hohe Fis und Gis in der Partie.« Sie nimmt eine Gabel mit Sauerkraut. »Um sechs geht der Flug. Du hast genug Zeit, um zu packen.«
»Abholen.« Cliehm spürt, wie ein Druck aus der Tiefe emporwächst. Keine Zeit, um zu denken.

»Komm nach Hause, Anton«, sagt Tilly mit ungewohnter Zärtlichkeit. »Ein halbes Jahr! Genug ist genug.«

»Laß uns gehen.« Tilly winkt, der Kellner springt, gleich darauf sind sie draußen.

»Ich komme mit dir«, sagt Cliehm. »Aber erst will ich noch etwas erledigen.«

»Machen wir.« Tilly setzt die Sonnenbrille auf.

»Allein.«

»Kleine Bekanntschaft gemacht?« Cliehm kann nicht sehen, ob Tillys Augen hinter den Gläsern lächeln.

»Wo ist deine Pension?« Sie wischt sich Lippenstiftreste aus den Mundwinkeln.

»Den Berg hoch«, sagt er. »Du hast es beinahe gefunden. Zwei Biegungen, dann auf der rechten Seite ein Schild: *Pensao Ninho das Águias*. Die Wendeltreppe hinauf und du stehst auf der Terrasse. Fabelhafter Blick.«

»Gibt's dort was zu trinken?«

»Sag der Madame, was du willst.«

»Eine Madame, aha.« Tilly wiegt den Kopf. Jetzt erkennt Cliehm, daß sie lacht.

»Warte, bis du sie siehst.« Er schluckt, hat plötzlich die *Automático* 2001 vor Augen. Das war zu anderen Zeiten, denkt Cliehm. Wannanders. Ist nicht wieder aufzufinden.

»Also bis gleich.« Ihr blauschwarzes Haar wird von der Frühlingsbrise erfaßt. Cliehm betrachtet zärtlich das Tier, das sich unter ihrem Hosenanzug bewegt.

»Prächtiges Fahrgestell!« ruft er. Sie wackelt mit dem Hintern, ohne sich noch einmal umzudrehen.

Arie

Cliehm weicht lauten und souvenirbudengesäumten Straßen aus, sucht die Ruhe des dämmrigen Platzes. Steinerne Platten, alle paar Meter von Stufen durchbrochen. Er steigt die Gasse hoch, so schnell er kann. Die Sonne hängt inmitten riesiger Flächen aus Licht. Soviel Weiß, denkt er und ringt nach Luft. Zu schnell gelaufen, zu heiß. Langsam geben die Beine nach.

Woher der Lärm? Hinter ihm, weiter unten. Zum Lärm kommt ein Singen, fremde Stimmen. Er hebt den Kopf. Dampfende Schwaden, berstend vor Helligkeit. Cliehm hält sich am rostigen Gitter eines Fensters fest. Sein Blick fällt ins Innere, blaues Fernsehlicht erhellt den Raum. Ein Glasperlenvorhang streut helle Laute.

Cliehm sucht Halt, die Hände greifen ins Leere. Er torkelt, ein Mauervorsprung scheint Barriere zu sein, die Hände verfehlen ihn. Mit der Schulter rammt er die Ecke des Hauses, stürzt in die Tiefe. Ein Boden aus Gras und Steinen, hohler Gang zwischen zwei Häusern. Cliehm stürzt, kollert, rutscht, bleibt liegen. Ein brennender Schmerz. Er hebt beide Hände über den Kopf. Zerschunden, wie Krallen zeichnen sie sich vor dem Viereck des Himmels ab.

Ganz nahe jetzt der Lärm. Cliehm richtet sich auf, er sitzt auf blankem Stein, dreht die Handflächen um, kühlt die

pochenden Adern. Schnelle Musik. Akkordeon und Trommel. Das Auge gewöhnt sich ans Licht. Tanzende Menschen, staunt Cliehm. Ein Volksfest. Akkordeonist und Trommler spielen vom anderen Ende des Platzes her auf, Tische und Bänke in ihren Rücken. Dort sitzen die Alten vor dem *Cocodrilo riente* und befeuern die Jungen, die paarweise über die steinernen Platten hinspringen. Cliehm wendet den Kopf. Das Fenster in der grünen Wand ist geschlossen, die Läden vorgezogen. Er hört eine Stimme. Sie singt von ferne. *»Die Hand des Liebsten winkt zum Abschied«*, singt die Stimme, *»Das Los der Liebe ist Verzicht. Ein letzter Blick, ein Gruß der Augen, denk an mich, Herz, vergiß mich nicht.«*
Cliehm blickt sich um. Wer singt? Die Leute auf dem Platz sind es nicht. Dort spielt das Akkordeon, die Trommel wird geschlagen. Aber ich höre ein ganzes Orchester.
Wann?! fragt er. Schon erfaßt ihn der Sog.

Cliehm sieht einen rotgepolsterten Sessel. Mittelloge, Platz vier, erkennt er und streicht verwundert über den seidigen Stoff seines Smokings. Die Erinnerung überreicht ihm ein Programmheft.
Die Piratenbraut, liest er. *Operette in zwei Aufzügen von Wenzel Knattek.*
Jetzt ist morgen, begreift Cliehm. Ich beuge mich über die Brüstung. Unter mir das vollbesetzte Parkett. Da ist Margat, der kahle Schädel Reihe drei. Daneben Zinnk und dessen Frau. Und auf der Bühne – Cliehm stockt. Die Vorstellung läuft ja schon!

Wir sind spät dran, nickt die Erinnerung und zieht sich ins Dunkel der Loge zurück.
Cliehm sieht Tilly. Sie kommt aus der Bühnenmitte nach vorn, der Lichtkegel des Scheinwerfers begleitet sie wie ein Hündchen. Sie besteigt das Piratenschiff. Zwanzig Matrosen ziehen es die Rampe entlang. Die Segel bläht ein künstlicher Wind.
»*Rodrigo, dein war meine Sehnsucht*«, singt Tilly, »*du machst mich wünschen, ich bleib da. – Und doch, der Ruf der See ist lauter, Piratenbraut nennt man mich ja.*«
Die Schöße des schwarzen Mantels umspielen ihre Beine. Die Piraten des Herrenchores wiegen die nackten Oberkörper vor und zurück. Wasser und Wind, denkt Cliehm. Ich kenne die Stelle. Tilly hat mir die Arie vorgesungen, daheim. Gleich kommt das zweigestrichene A.
Die Celli spielen ein anschwellendes *Rrrebederamm*, die Holzbläser grummeln im Untergrund. Tilly zieht ihren mächtigen Säbel.
Jetzt! ruft Cliehm.
Jetzt ist keine genaue Bezeichnung, flüstert die Erinnerung aus dem Dunkel der Loge.
Plötzlich fühlt Cliehm den Sog in die andere Richtung.
Zum ersten, zum zweiten! ruft die Erinnerung und stößt Cliehm auf den Platz zurück.

Dort tanzen die jungen Leute. Die Burschen packen die Mädchen um die Taille und drehen sie im Kreis. Cliehm erkennt die freudige Angst in ihren Gesichtern. Sie lachen, doch Cliehm kann sie mit einem Mal nicht mehr hören. Stumm wird das Akkordeon gequetscht, lautlos prallen die Stöckchen des Trommlers nieder. Eine Kellnerin tritt aus dem *Cocodrilo riente*. Spärlich sind ihre Haare und rot. Über den muskulösen Schultern balanciert sie ein Tablett mit Weinkaraffen und Gläsern.

Das ist ja ...! Cliehm erkennt sie sofort.

Die Rote! ruft er der Erinnerung zu und rappelt sich auf. Im Gehen klopft er den Staub von der Hose, tappt in Richtung der Tische. Zwei Tanzende rempeln ihn an, Cliehm bittet um Verzeihung. Gelächter nimmt er von ihren Mienen ab und freudige Laute. Hören kann er es nicht. Mit einer Geste fragt er, ob ihm erlaubt ist, sich zu setzen. Eine fröhliche Alte mit dichtgewickelten Locken bewegt den Mund, rückt zur Seite, Cliehm sinkt auf die Bank. Er hält Ausschau nach der Kellnerin.

»Rodrigo, es wird Nacht in meinem Herzen –«. Unausgesetzt, anschwellend hört er Tillys Stimme. *»Der Abschied fordert Mut und Leid ...«*

Zum ersten UND zum zweiten! befiehlt die Erinnerung strahlend.

Ich bin tatsächlich hier, staunt Cliehm. Ich sitze auf der Bank, rund um mich tanzende Menschen, die rote Kellnerin kommt auf mich zu.

Aber ich bin auch tatsächlich dort.

Ich sitze im rotgepolsterten Sessel, unter mir das vollbesetzte Parkett. Auf der Bühne beugt Tilly sich mit blankem Säbel zu den Piraten, die das Schiff umlagern und in ein vierstimmig wehmütiges »*Hmmjaaa*« ausbrechen.

Die Kellnerin trägt ein volles Tablett. Mit der freien Hand wischt sie die Tischplatte trocken. Die Träger ihres Oberteils haben zwei dunkle Straßen in die gebräunten Schultern geschnitten. Sie wartet auf Antwort, begreift Cliehm. Er nickt, zum Zeichen, daß er Erfrischungen möchte.

»*Und wenn ich dir auch heut' entschwindeee ...*« Im rotgepolsterten Sessel verfolgt Cliehm atemlos, wie Tilly Ton für Ton zum zweigestrichenen A emporklettert. Ein Blick ins Publikum. Die vielhundertköpfige Schar wartet auf dieses A, denkt er, sie bestehen auf dem zweigestrichenen A. Sing das A! flüstert Cliehm. Hinauf, Geliebte, hinauf zum A! feuert er Tilly an.

»Das hohe A«, sagt er zur roten Kellnerin. Sie nimmt einen der Krüge und stellt ihn samt Glas vor ihm ab. Cliehm gießt ein und trinkt.

»Tilly singt das hohe A.« Selbst seine eigene Stimme hört Cliehm nicht mehr. Der stumme Tanz der Jungen auf dem Platz wird wilder; heftiger dehnt der Akkordeonist sein Instrument, die Sitzenden klatschen im Takt. Cliehm betrachtet das leuchtende Haar der Kellnerin.

»Jetzt kommt die Stelle ...«, sagt er tonlos und hebt den Finger.

»Entschwindeeee –«

»Es ist das hohe A«, frohlockt Cliehm und blickt zur Roten auf. »Was für ein A!« Er schmeckt dem Wein hinterher.

Mit einem Mal gickst es.

»O Gott, es gickst!« Die Kellnerin läßt ihn nicht aus den Augen.

Es ist nur ein leichtes Kratzen, das Cliehm vernimmt, ein Wackeln, als der Ton auf seinem strahlenden Weg schon verklingt. Und doch schiebt sich ein krächzendes Geräusch unüberhörbar dazwischen.

»Das ist schrecklich für Tilly«, ruft Cliehm. »Jetzt muß sie weitersingen und darf sich das Entsetzen nicht anmerken lassen, das ihr im Hals sitzt.« Er schenkt sein Glas wieder voll und leert es mit hastigem Zug.

Die Kellnerin bewegt die Lippen.

»Ich höre nichts von dem, was Sie sagen«, sagt Cliehm unwillig.

Die Rote schüttelt den Kopf und geht.

»Entschwindeeeeee –«, singt Tilly immer noch, *»Rodrigo, Liebster, ich bin daaaiiiiin!«* Der letzte Ton der Arie.

Großartig, denkt Cliehm und klatscht in die Hände. Bloß ein G diesmal, aber so schamlos phrasiert, daß die Leute im Parkett es für einen ebenso hohen Ton halten wie das verpatzte A. Sein Blick schweift über die Ränge. Wo er hinsieht, heftiges Applaudieren.

Die lockengewickelte Frau neben ihm auf der Bank grinst ihn an. Auch sie klatscht. Im Hintergrund heben die Burschen die Mädchen hoch und drehen sich mit ihnen um

die eigene Achse. Der Akkordeonist spielt, als wolle er die Harmonika in Stücke reißen. Die Lockengewickelte hebt ihr Glas, prostet Cliehm zu. Lautlos schlagen ihre Gläser aneinander.
Aktschluß, der Vorhang fällt. Cliehm beobachtet, wie die Premierenbesucher zu den Erfrischungen strömen. Sie haben Tilly das verpatzte A schon vergeben, denkt er. Ich muß in ihre Garderobe. Nach so einem A will sie in den Arm genommen werden.
Er öffnet die Loge, tritt hinaus und eilt durch den plüschenen Wandelgang zur Bühnenseite hin.
»Das Buffet?« fragt ein bulliger Herr mit Narbe.
»Sie laufen direkt darauf zu.« Cliehm weist hinter sich, wo Stimmengewirr zu hören ist. Dort kommt Zinnk. Verdammt, ausgerechnet er!
»Ich zeige es Ihnen.« Hastig zieht er den mit der Narbe hinter die Vorhangbordüre, von wo ein schmaler Gang ins Seitenfoyer führt. Über die Schulter blickt Cliehm zurück. Zinnk klappt eine schwarze Schachtel auf. Mit schiefgelegtem Kopf eilt er vorbei, verschwindet am anderen Ende des Ganges.
»Was soll das?« Die Backen des Narbigen sind rot gesprenkelt. Grunzend schüttelt er Cliehms Hand ab.
»Nur ein paar Schritte, sehen Sie.« Cliehm tritt zurück, der Narbenmann schnaubt und geht. Cliehm setzt seinen eigenen Weg fort.
Die schmale Tür in der Farbe des Foyers. Er dreht den Knauf, steht zwischen zwei Metalltüren, tritt hindurch –

der dämmrige Seitenstreifen der Bühne. Niemand beachtet ihn. Tillys Pappmachéschiff wird nach unten gefahren, die Bühnenarbeiter rollen die nächste Dekoration heran. Cliehm folgt der schwarzgestrichenen Mauer, eine Abzweigung bringt ihn zu den Garderoben. *Solo Damen* liest er. Links und rechts flattern Türen, Piratenbräute, Indianerinnen, weibliche Matrosen laufen durch den Flur. Eine von ihnen nickt Cliehm schelmisch zu, er senkt den Kopf.
Da kommt Andrea, die ältliche Ankleiderin, aus Tillys Garderobe. Sie hat den schwarzen Mantel der Piratenbraut überm Arm.
»Ist sie drin?« fragt Cliehm.
Andrea nickt flüchtig. »Guten Abend«, sagt sie. »Ein Riß, ich muß . . .« Sie stockt.
Ich sehe schrecklich aus, weiß Cliehm. Der Smoking schlackert mir um die Gebeine wie einer Vogelscheuche. Andrea weist wortlos auf die Garderobentür und geht weiter.
Was soll ich sagen? denkt er. Tilly haßt es, getröstet zu werden. Und doch will sie, daß ihr Schicksal als das schwerste auf Erden erkannt wird. Er nähert sich ihrer Tür. Im Schminkmantel kommt Tilly heraus. Ihre Augen sind auf den Gürtel geheftet, den sie hektisch verknotet. Sie eilt an Cliehm vorbei, ohne ihn zu bemerken.
Sie muß in die Maske, ihr Makeup erneuern. Cliehm will ihren Namen rufen – und tut es nicht. Der Moment ist verpaßt. Unschlüssig steht er auf dem Flur. Ich werde auf sie warten, beschließt er und tritt ein.

Wie klein die Garderobe ist, wundert er sich wie jedesmal. Sein Blick fällt auf den Schminktisch. Premierengeschenke, Blumen, Briefe, Karten. Er bückt sich, öffnet die Schublade, seine Hand tastet nach Tillys Glücksbringer, der Photographie. Mein Bild, denkt er und spürt Karton zwischen den Fingern. Er zieht ihn hervor, es ist nicht das Photo. Eine Karte, erkennt er. Flott, unbesorgt, auftrumpfend ist die Schrift. Cliehms Blick streicht darüber.
Wenn wir uns vorher sehen, dann am besten – liest er.
Ich stöbere doch nicht in Tillys Post, sagt er zu sich und legt die Karte wieder zurück.
Tilly geht nicht in die Maske! durchfährt es ihn plötzlich. Der Maskenbildner kommt zu ihr, wenn es sein muß. Sie ist woandershin unterwegs. Cliehm schließt die Schublade und eilt auf den Flur. Tilly ist schon verschwunden. Die Feuerschutztür, spekuliert er und läuft. Auf dem neonbeleuchteten Gang kommt ihm die Bühnenmannschaft entgegen.
»Fährt zum Privatvergnügen mit'm Lastenaufzug«, brummt die Bärenstimme des Bühnenmeisters. »Und wir müssen laufen.«
Die Männer verschwinden, Cliehm sieht die metallene Tür. Er läuft hin, späht durch das kleine viereckige Fenster. Anschlagen von Eisen hört er, über ihm schiebt sich der mächtige Fahrkorb in die Höhe. Da drin sitzt Tilly.
Cliehm nimmt die Treppe. Eine Etage, drei, er kommt außer Atem. In jedem Stockwerk lauscht er auf das Geräusch der sich quietschend aufwärtsschiebenden Kabine.

Zum Dachgeschoß will sie? Über sich hört er das Halten des Fahrstuhls. Er läuft durch den Korridor, nimmt die andere Treppe, steht schließlich keuchend in jenem finsteren Raum direkt unterm Dach. Schritt für Schritt tastet er sich voran. Schwaches Licht fällt aus dem Lift. Cliehm späht durch das Sichtfenster der Tür.

Ein graues Viereck mit metallenen Wänden erkennt er, hört noch das Echo vom Anschlagen der schweren Kabine im Schacht. Cliehm senkt den Blick. Dort liegt Tillys Schminkmantel auf dem Trittblech, das von Hunderten Schuhen zerschabt ist.

»Faß sie an«, hört er eine Stimme sagen.

Tilly hockt nackt auf dem Boden. Cliehm sieht den kleinen Wulst ihres Bauches, unter dem das Schamhaar hervorwächst. Sie ergreift eine Kette, deren oberstes Glied am nackten Gesäß eines Mannes endet. Seine Haut ist an manchen Stellen von weißlichen Flächen durchzogen. Pigment, denkt Cliehm. Tilly zieht an der Kette.

»Fester!« hört er die keuchende Stimme des Mannes.

Tilly zerrt, bis der Mann zwischen ihren Schenkeln in die Knie geht. Cliehm sieht, daß die Kette mehrfach um seine Eier geschlungen ist. Der Mann berührt Tillys Brüste.

Cliehms Augen sehen schweres Fleisch, Hände, die greifen und kneten, sie heben die Glocken, als gälte es, ihr Gewicht zu bestimmen. Fingerkuppen klemmen blaßrote Nippel. Tillys Brüste.

»Nicht anfassen«, zischt sie.

»Wieso?«

»Weil mir das verdammte A vorhin verreckt ist und ich noch drei solch beschissene As vor mir habe. Angefaßt wird nicht!«
Der Mann gehorcht und dreht sich um.
Cliehm erkennt Zinnk.
Zinnk bückt sich zu seinem Smoking und zieht die schwarze Schachtel hervor. Er klappt sie auf.
»Dann das andere«, sagt er. Cliehm sieht die blaue Kapsel. Zinnk bricht sie entzwei.
»Du auch?« fragt er. Tilly schüttelt den Kopf. Zinnk schluckt die Hälfte, steckt die Schachtel ins Jackett zurück. Cliehm sieht, wie sein Kopf zur Seite fällt, die Pupillen sich nach oben verdrehen.
Stirb, denkt es in Cliehm. Gift, hofft es in Cliehm.
Zinnk stöhnt, strafft sich. Vom Boden nimmt er eine Kerze und zündet sie an. Er legt sich flach auf den Rücken, rittlings steigt Tilly über seine Beine, nimmt die Kerze. Der Docht glüht, sie zielt und läßt heißes Wachs auf Zinnks Brustwarzen tropfen.
Cliehm zwingt sich, Tillys Gesicht zu betrachten. Schweißperlen, geöffnete hängende Lippen, Speichel. Tillys Augen folgen der Spur aus Wachs. Durchsichtig fällt es auf Zinnks Brust, wird weiß, schon im nächsten Moment. Zinnk zuckt nicht, starrt nur zur Decke empor.
»Sing«, keucht er.
»Was?« Sie senkt die Flamme dicht über das Männergesicht. Wachs auf den Wangen, der Braue.
»Sing!«

»*Ausgelaufen unterm Neumond fuhren wir* –«, beginnt Tilly leise, als sänge sie ein Wiegenlied. »*Tage Tage Tagelang* ...«
Heute ist der Mond ein weißer Dämon, denkt Cliehm. Tilly im Klavierzimmer. Endlose Repetition. Heute ist der Mond – der Mond – der Mond –
»*Heute ist der Mond ein weißer Dämon* –«, singt Tilly, »*dem wir unterworfen sind. Süßer Mond in der Karibik, laß dein Silberleuchten glühn. – Süßer Mond in der Karibik, sehnsuchtsvoll mein Liebessinn.*«
Cliehm bewegt die Lippen, flüstert die letzten Worte mit. Zinnk lacht. Das Wachs bahnt sich den Weg in die Kuhle seines Halses. Cliehm beobachtet, wie er einen Finger in die weiße Schmelze taucht und daran nascht.
»Was für eine Scheiße«, sagt Zinnk, hebt die Arme und stemmt sie gegen die Liftwand. Die Kette klirrt.
»Ach ja?« Tilly kippt die Kerze und rammt ihm den heißen Docht ins Ohr. Winzige Härchen lodern kurz auf, die Flamme erlischt. Zinnk umfaßt Tillys Hand.
»Nicht berühren!« zischt sie.
»Nachher!« fordert Zinnk.
»Wir feiern«, sagt sie.
»Danach!«
»Anton ist wieder da.«
Tilly versucht aufzustehen, Zinnk hält sie fest. Sie tritt ihm gegen die Nieren, das Fleisch ihres Schenkels zittert. Zinnk lacht. Cliehm sieht, wie Tilly ihren Mantel aufnimmt. Er macht einen raschen Schritt zur Seite. Die Fahrstuhltür öffnet sich, Tilly kommt heraus, ohne ihn zu bemerken. Cliehm schließt die Augen. Der Sog setzt ein.

Er öffnet die Augen. Die Weinkaraffe ist leer. Sein Glas liegt umgekippt auf dem Tisch. Die Alten auf den Bänken sind verschwunden. Einige Junge stehen in Gruppen beisammen, dort küßt sich ein Paar. Zwei Tische weiter brütet der Akkordeonist über einem Teller Sardinen. Der Trommler steht im Schankraum und spricht mit der rothaarigen Kellnerin. Cliehm hebt den Kopf. Die Sonne hat den Zenit längst überschritten, steht hinter dem Haus mit der grünen Wand. Die Läden des einzigen Fensters sind geschlossen.
Tilly wartet, stichelt die Erinnerung. Oben in der Pension liegt sie auf deinem Bett und starrt an die Decke. Sie sieht das Gasrohr, sieht die Spinne. Was wirst du tun?
Cliehm richtet sich auf. Alles Träumende verbannt er aus seinen Gedanken. Schmerz spricht, sagt er mit hohler Stimme.
Cliehm hält Ausschau nach der Kellnerin. Sie bemerkt ihn, kommt an seinen Tisch.
»Verstehen Sie meine Sprache?« fragt er ohne das Bemühen eines Lächelns.
»Verstehen schon.«
»Wie lange sitze ich hier?«
»Der Herr hat keine Uhr?« Die Kellnerin schiebt den Träger ihres Kleides hoch.
»Ist es schon sechs?« Er hält den Atem an. Tillys Fleisch, denkt er, Zinnks Hände.
»Gerade halb vier durch«, antwortet die Rote.
»Gut. Ich brauche einen Platz, um zu denken.«
»Was hindert Sie daran, es hier zu tun?«

»Die Zeit«, sagt Cliehm. »Alles bewegt sich hier, das braucht Zeit. Ein Ort zum Denken ist ein Ort ohne Bewegung.«
»Wie wäre es mit unserem Weinkeller?« fragt sie lächelnd.
»Wie wär's mit Ihrem Zimmer.« Cliehm sieht sie entschlossen an.
Ihr Lachen verschwindet auf der Stelle. Sie dreht sich um. Der Akkordeonspieler glotzt auf die fettige Sardine in seiner Hand.
»Was glauben Sie, wird jetzt geschehen?« fragt die Kellnerin.
»Sie werden mir Ihr Zimmer zeigen.« Cliehm schiebt die leere Karaffe über den Tisch.
»Und wieso sollte ich das tun?« Das Glas berührt ihren Handrücken, sie greift nicht danach.
»Weil ich in Ehren darum bitte. Und weil wir nur über den Platz zu gehen brauchen, in das Zimmer, dessen einziges Fenster geschlossen ist.«
Sie sieht über die Schulter zur grünen Wand.
»Dort«, nickt Cliehm. »Aber zuvor werde ich bezahlen.«
Er greift in die Hosentasche. Frisch gewaschen und gebügelt, fällt ihm ein. Kein Geld eingesteckt. Er betastet das Sakko, dort ist nie Geld.
»Es ist in der Pension. In einer Stunde hole ich es. Geben Sie mir eine Stunde? Ich muß denken.«
Sie sieht ihn verwundert an, wendet sich zum Akkordeonisten. »Fernando, eu vou subir«, sagt sie.
»Volte ás quatro«, antwortet der und ordnet die fünf Sardinen auf seinem Teller in Sternform.

»Gehen wir«, sagt die Rote.
Cliehm steht auf. Die Beine tragen. Entschlossen stakst er hinter ihr über den Platz. Ich weiß, was ein Held ist, denkt er und blickt direkt in die Sonne.

Nach Oktober

Die Rote öffnet die dunklen Läden, deren Holz so oft übermalt wurde, daß die Schichten runklige Landschaften bilden. Wie ein Viereck aus Licht liegt der Platz Cliehm zu Füßen. Der Akkordeonist hockt vor seinem Teller. Hinter dem *Cocodrilo riente* ist eine Gasse zu sehen. Nichts bewegt sich, die Stadt hält inne.
Das Zimmer ist leer bis auf eine Matratze. Die Wände sind hellblau gestrichen. Hoch und ruhig.
»Sie sind nicht von hier«, sagt Cliehm zur Kellnerin und lehnt sich in die Ecke, von der aus er das Fenster sieht.
»Nein.« An der Wand gleitet sie zu Boden.
Kräftige Beine. Cliehm beobachtet, wie ihre Schenkel auf den Waden zu ruhen kommen. Zweiundzwanzig, schätzt er. Fünfundzwanzig höchstens. Mein halbes Leben. Ihr fester Hals. Wie aus einem jungen Stamm wächst der Kopf hervor. Das Gesicht mit dem kräftigen Kinn und den großen, ganz blauen Augen.
»Im Oktober werden bei uns die Fasane geschossen. Da bin ich fort von zu Hause.« Cliehm bückt sich und zupft am

unteren Ende der Hose. Es ist grau von Staub. Die Rote fährt mit der Hand durch ihr Haar. Ob sie es manchmal länger trägt? überlegt er.
»Woher kannten Sie meine Sprache?«
»Drei Jahre in der Schule«, antwortet sie.
»Nein, die Zeichensprache.« Cliehm bewegt die Finger. Er bildet ein Dreieck zwischen Daumen und Ringfinger, streckt den kleinen empor, überkreuzt mit den inneren die äußeren Finger. »A.R.I.E.«, buchstabiert er.
Amüsiert hebt die Rote die Brauen. »Nie gesehen.«
»Und was ist das?« Cliehm greift zu Boden und nimmt die Stablampe hoch.
»Meine Lampe.« Sie zuckt die Schultern. »Der Strom fällt manchmal aus.«
»Seit wann ist das *Cocodrilo riente* wieder geöffnet?« will er wissen.
»Na immer.« Sie hält ihm die Hände hin, weist auf die Schwielen. »Kein Ruhetag im *Cocodrilo riente.*«
Wie fest ihre Unterarme sind.
»Ich war gestern auf dem Platz«, entgegnet Cliehm. »Das Lokal hatte geschlossen. Verrammelt war alles, vernagelt. Kein Mensch zu sehen, drinnen wie draußen.«
»Kann nicht sein.« Sie schüttelt den Kopf, dann kreuzt sie die Finger. »Was soll das für eine Sprache sein?«
»Sie haben sie gesprochen. A.R.I.E. – Wissen Sie es nicht mehr?«
Die Rote mustert ihn mit seltsamem Ausdruck. »Ich werde unten gebraucht«, sagt sie und steht auf. »Strecken Sie sich

beim Denken ruhig aus.« Sie zeigt auf die Matratze. »Mich stört es nicht.«

»Wie spät ist es?« fragt Cliehm.

»Jetzt muß es vier sein.«

Sie geht aus dem Zimmer, Cliehm hört die Wohnungstür zufallen. Ihre Schritte verklingen im steinernen Treppenhaus. Vier Uhr, denkt Cliehm. Um sechs geht das Flugzeug. Tilly wird unruhig. Man braucht eine dreiviertel Stunde zum Flughafen. Ich habe noch nicht gepackt. Jetzt müßten wir aufbrechen, genau jetzt. Sein Blick fällt an die Decke. Wo sind die Schlaufen? Die weißen Schlingen, an denen die Rote herabhing. In der hinteren Wand ist ein Zuganker eingelassen, um die Mauer zu stützen. Vier rostige Schraubengewinde ragen aus hellblauem Grund. Nichts bewegt sich, keine Veränderung, wohin er auch blickt. Keine Spinne, die über den Boden läuft, nicht der Schatten eines Zweiges, der durch das Fenster nickt, nicht einmal Cliehm selbst bewegt sich. Alles steht still.

Nach einer Weile dreht er sich um. Hinter dem Zimmer liegt der Flur in grauem Dämmer. Cliehm geht hinaus, tastet die kühle Wand entlang. Seine suchende Hand kreuzt einen Lichtfleck, er betrachtet die blauen Adern der Hand. Der Blick schweift nach oben, ein schwarzer Christus hängt an schwarzem Kruzifix. Die Augen des Heilands sind gebrochen, seine Dornenkrone lastet schwer.

Ich will nicht zu Tilly. Cliehm preßt die Stirn an die Mauer. Will nicht in dieses Flugzeug steigen, nicht zurückfliegen und morgen in ihrer Premiere sitzen, um das zweigestrichene A krepieren zu hören. Ich will Zinnk nicht gegenübertreten und die ausgebeulte Stelle an seinem Smoking sehen, wo er die Kette versteckt. Ich müßte ihn schlagen, erwürgen, auf der Stelle vernichten. Müßte Tilly verstoßen, in Schmerzen das Leben beenden, das die Hülle meiner Tage war. Mein Heim räumen, das Haus verkaufen, müßte die Freunde einteilen in meine und Tillys. Ich will nicht zurück!

Mußt du? läßt der Gekreuzigte sich plötzlich vernehmen. Der Lichtfleck ist weitergewandert, sitzt jetzt genau auf der Dornenkrone.

Ja, ich muß.

Cliehm richtet sich auf. Muß zurück zu dem Punkt, an dem ich gescheitert bin. Jahrzehntelang saß ich in meinem Büro, habe das genoppte Linol, die Resopalwände angestarrt und nach der Zeit gesucht. Jetzt brauche ich Zeit. Ein paar Monate bloß. Ein verrücktes, irregeführtes, aus den Geleisen gesprungenes halbes Jahr. Er sucht die Augen des Heilands. Jetzt ist Mai, sagt Cliehm. Ich will zurück nach Oktober. Vergangenen Oktober. Ich kam nach Lissabon, um einen Schuß abzugeben. Fand kein Waffengeschäft, nur einen Laden für Fischereibedarf. Ich kaufte das Seil. Es war ein prächtiger Oktober. Dorthin will ich zurück.

Cliehm hat nicht mit Tränen gerechnet, brennend und salzig laufen sie ihm übers Gesicht. Er fängt sie mit der Zunge, schluckt, hustet. Weicher Speichel schießt hervor, ein Batzen hängt an seinem Ärmel.

Fünf nach vier, meldet sich der Heiland respektvoll.

Ich weiß. Cliehm nickt. Tilly löchert die Madame schon mit portugiesischen Fragen. Wo ich sein könnte, wie man mich findet. Dann schultert sie ihre Tasche, schaut auf die Uhr, zieht die Luft ein, als hätte sie Zahnweh. Auf der Fahrt zum Airport haßt sie mich. Während des Fluges wägt sie das Für und Wider ab, und wenn sie landet, freut sie sich auf das nächste Stelldichein mit Zinnk.
Cliehms Körper strafft sich, mit großen Schritten geht er zum Fenster.
Bevor die Rote zurückkommt, ruft er dem Heiland zu, bevor sie durch diese Tür tritt, bin ich in Oktober!
Oktober! kommandiert er mit ausgebreiteten Armen.
Die Sonne bricht sich im geöffneten Fenster als gleißende Fläche. Er hält den Atem an, blickt hinaus. Unten vor dem Lokal leckt der Akkordeonist sich die Finger, noch zwei Sardinen liegen auf seinem Teller. Keine Gäste vor dem *Cocodrilo riente*. Da kommt die rote Kellnerin über das grasbewachsene Pflaster.
Erschrocken tritt Cliehm zurück. Wird sie nicht mehr gebraucht? Hat sie mir etwas zu sagen vergessen?
Hektisch guckt er nach unten. Unbeirrt geht die Rote über den Platz. Ihr Schatten fällt vor sie aufs Pflaster, schleicht ihr voran.
Ich bin noch immer im Mai! begreift Cliehm.
Die Rote kommt näher und näher. Er sieht, wie ihr Kopf sich hebt. Gleich wird sie hochblicken. Im Mai, nicht im Oktober blickt sie zum Fenster empor. Cliehm rennt zurück in den Flur.

Oktober! betet er den schwarzen Christus an.
Alles Schmerzliche spricht, antwortet der Heiland.
Natürlich! Cliehm schlägt sich mit der Hand an die Stirn.
Er läuft zurück, schwingt sich aufs Fensterbett, wirft der Roten eine Kußhand zu, im Augenblick, da sie aufblickt.
»Oktober lautet der Schlachtruf!« Cliehm wirft die Arme hoch und springt aus dem Fenster. Springend schließt er die Augen. Er hört den gellenden Schrei der Kellnerin, das Pflaster rast auf ihn zu.
Bravo! applaudiert die Erinnerung, an die grüne Mauer gelehnt.

Cliehm öffnet die Augen. Der Verkäufer wickelt ein weißes Seil zwischen Ellbogen und Daumenbeuge auf. Er nennt einen Preis. Cliehm versteht nicht, betrachtet das Seil. Der Verkäufer tippt eine Zahl in die Kasse. Cliehm faßt in die Tasche und zieht ein Bündel Escudos hervor, hält sie dem Mann mit dem mächtigen Schnauz entgegen. Der nimmt, was er für richtig hält.
»Obrigado«, sagt er freundlich und will das Seil einpacken. Cliehm zieht es zurück, nimmt es gleich so. Fest fühlt es sich in der Hand an, faserig. Imstande, zu töten. Cliehm tritt aus dem Laden und blickt hoch. *Accesórios de pesca* steht über dem Eingang.
Kein Waffengeschäft, wispert die Erinnerung.
Cliehm nickt. Seile und Stricke statt dessen, *Fischereibedarf*. Er dreht sich einmal um sich selbst, sein Blick streift den Festungsberg, das Kastell. Dort krallt sich das kleine turmför-

mige Haus in den Felsen, da ist die Madame. Schweiß auf Cliehms Oberlippe. Wie heiß es ist. Sehr blau der Himmel. Daheim fallen schon die Blätter, überlegt er, der Weizen ist geerntet, die Fasane werden erschossen. Hier hält der Sommer noch alles im Griff. Die Farben sind so kräftig wie bei uns nur im Frühling. Die breite Straße, auf der er steht, ist beinahe menschenleer. Sie sitzen drinnen in ihren kühlen Häusern, begreift Cliehm, und warten auf den Abend, wo sie fröhlich sein werden in den Gassen. Er denkt an die Rote. Ob sie schläft? In der Hitze ist es das beste. Er stellt sich die Matratze in dem blauen Zimmer vor, sieht die junge Frau daliegen, mit angezogenen Knien. Die langen hellen Wimpern zittern leicht, der Mund ist geöffnet.

Oktober, sagt Cliehm, als hielte das Wort ein Geheimnis verborgen.

Der einzelne Schlag einer Glocke, Cliehm fährt zusammen. Hinter ihm erhebt sich das Portal einer Kirche. Steinerne Märtyrer blicken ihn an. Die Glocke schweigt. Cliehm geht unter den Steinfiguren hindurch, betritt den großen dunklen Raum. Römisch-Katholisch.

Eine plappernde Reisegruppe wird durch das Hauptschiff geführt und auf berühmte Fresken verwiesen. Nur wenige Betende in den Bankreihen. Männer und Frauen suchen Schutz vor der Hitze, dösen im Kirchengestühl. Cliehm setzt sich an den äußersten Rand, lehnt den Rücken an, legt den Kopf in den Nacken. Die Säulen, der Seitenaltar, das unstete Licht der Kerzen verschwimmen vor seinem Blick zu einer Landschaft. Er tut nichts, als mit weit geöffneten

Augen seinem Atem zu folgen. Nach einer Weile, in der er sich nirgendwohin wendet, keine Pläne faßt und in keine ihn umgebende Handlung eingreift, meint er, die Zeit zu sehen. Der raunende Raum, in dem das Licht von überallher kommt, der Klang der Menschenstimmen und ihrer Schritte, die Luft an seinen Händen, über seiner Stirn, die Dunkelheiten zwischen den Schnitzereien und Heiligenbildern, in den Vertiefungen der Säulen – all das ist Zeit.
Ich könnte sie auch an anderen Plätzen treffen, denkt Cliehm. Wenn ich am Fluß säße, wissend, daß ich Jahre, Jahrzehnte so dasitzen könnte, und neben mir flösse immer der Fluß. Oder in Nächten, draußen, wenn über mir sich die Dunkelheit wölbt, egal, ob Wolken oder Sterne zu sehen sind.
Hier ist es die schimmernde Dämmerung. Das Licht, die Geräusche und Schatten, die Reisenden und die schlafenden Menschen. Cliehm legt die Hände auf das schwarze Holz der vorderen Bankreihe. Nimm einen dieser Teile heraus, denkt er, und es ist nicht mehr dieselbe Zeit. Es könnte ein anderes Universum sein, so groß wäre der Unterschied.
Die Reisegruppe steuert dem Ausgang zu, Licht fällt herein. Ich bin in der anderen Stadt, denkt Cliehm und wird plötzlich ganz froh. Rund um mich ist es wieder Oktober geworden. Mein halbes Jahr! Sechs köstlich gewonnene Monate. Cliehm betrachtet die braunen Mosaike, über die die Füße der Gruppe achtlos hinschlappen. Die hellen und dunklen Steine bilden parallele Linien, die als weitläufige Mäander durch das Kirchenschiff laufen. Immer nebeneinanderher, nie überkreuzen sie sich.

Cliehm steht auf und kehrt in die Hitze zurück.
»Oktober!« ruft er und winkt dem Seilverkäufer durch das Schaufenster zu. Dann läuft er die Straße hinunter.
»Oktober, Oktober!« jauchzt Cliehm, daß sich die wenigen Spaziergänger umdrehen.
»O alemão não se deu bem com o sol«, hört er eine Frau hinter sich sagen. »O que ele quer fazer com a corda?« antwortet ihre Freundin.
»Alles spricht!« ruft Cliehm den Frauen zu. Er wartet, bis sie auf seine Höhe kommen. »Bitte sprechen«, verlangt er.
Die beiden wenden den Blick zur Seite. »Nao fiques parado«, sagt die eine. »Ele tem o ar bem maluco«, die andere.
Cliehm lauscht begierig. »Kein Wort zu verstehen«, sagt er glücklich. »Nicht ein einziges Wort.«
Die Frauen gehen weiter, Cliehm breitet die Arme aus, als könnte er damit besser hören.
»Alles spricht!« lacht er. »Hunderte, Tausende reden, und ich bin mit meiner Sprache allein!« Er rennt durch die Straße, die weiß ist von Hitze, vor einem Fernsehgeschäft bleibt er stehen. Begierig lauscht er, was aus dem Lautsprecher kommt.
Nos próximos dias não vai chover excepto na Serra Esmeralda ...
Absolut unverständlich, nickt Cliehm. Sein Blick gleitet den Festungsberg hoch, der hinter der Straße emporwächst. Die Madame weiß noch nicht, daß ich komme, denkt er. Und ich weiß es eigentlich auch nicht. Mit einem Winken der Hand grüßt er zum Kastell hoch.
»Ich werde mir's überlegen!« ruft er und faßt das Seil

fester. Cliehm steuert hinein ins Treiben der Stadt. Er gibt sich den Menschenwellen willenlos hin, schreitet aus, hält inne, legt die Arme auf den Rücken, flaniert im Sonnenschein. Vor einer Litfaßsäule bleibt er stehen und hängt lesend Buchstabenketten aneinander, die keinerlei Sinn für ihn machen.
Er tritt in eine Einfahrt, sucht den Schatten des Hauses. Dort wartet sein Drang. Still sitzt er auf der untersten Stufe des Aufgangs.
Jetzt bestimmst du die Route, sagt Cliehm.
Der Drang hebt die Schnauze, als hätte er Witterung bekommen. Er springt auf und läuft los. Cliehm folgt seinem Drang.
Durch baumgesäumte Straßen erreichen sie einen steilen Weg, den Cliehm schon zu kennen meint. Mehrfach von Stufen durchbrochen führt er empor, einstöckige Gebäude zur Linken. Mit einem Mal sieht Cliehm einen großen steinernen Kopf. Am Schnittpunkt zweier Häuser ragt er aus dem Gemäuer. Es ist der Kopf eines Mohren. Sklaven, denkt Cliehm. Von hier aus wurden jahrhundertelang Sklaven verschifft. Das steinerne Gesicht grinst. Braun muß die Farbe gewesen sein früher, jetzt sind Graffiti darauf gesprayt. Cliehm streicht über die Stirn des steinernen Sklaven. Rechts von dem Kopf führt eine schmale Gasse ins Innere eines verwinkelten Viertels. Der Drang knurrt, setzt Pfote vor Pfote. Cliehm folgt ihm.
Die Gasse endet, gleich nachdem sie begann. Cliehm steht vor einem niedrigen Haus. Über dem Portal ein Gebilde

aus Leuchtstoffröhren. Er braucht einige Zeit, um die Form zu begreifen: Die Röhren stellen ein Krokodil dar. *Cocodrilo riente* liest er ungläubig auf einem Schild. Cliehm tritt zurück, bis sein Rücken ein Geländer berührt. Dahinter fällt der Hügel steil ab. Kein Zweifel, es ist dasselbe Lokal. Wenn es Nacht ist hier oben, denkt Cliehm, muß das lachende Krokodil weithin erstrahlen. Der Drang schmiegt sich folgsam an seine Wade.

Sie treten ein, durchqueren den Schankraum gemeinsam. Licht fällt nur durch die Fenster der hinteren Front. Am Tresen nickt der Wirt. Cliehm erkennt den Akkordeonisten. Mit einer Geste fragt Cliehm, ob es erlaubt ist, sich draußen zu setzen, der Wirt nickt ermunternd. Cliehm und sein Drang erreichen den Hinterausgang, stehen inmitten von Tischen und Bänken. Vor ihnen der Platz mit dem begrasten Pflaster. Das Lächeln überfällt Cliehm ganz von selbst. Die grüne Wand, denkt er glücklich und streichelt den Drang. Wir haben sie gefunden, ohne über Geröllhalden zu stürzen, ohne volle Hosen und zerschrammte Hände. Lächelnd sind wir zur Tür hereinspaziert, setzen uns an einen Tisch. Wir lehnen uns behaglich zurück und halten Ausschau nach der Bedienung. Cliehm betrachtet die grüne, abbröckelnde Wand mit dem einzigen Fenster darin.

»Que deseja tomar?« fragt eine Stimme.

Der Drang springt hoch, kläfft einmal kurz, wedelt mit dem Schwanz.

Eine Kellnerin steht vor Cliehm. Sie ist groß, das blonde Haar fällt ihr bis auf die Schultern, ihr T-Shirt ist weiß.

Cliehm faßt den Drang an der Mähne.
»Por favor –«, stammelt er. »Ementa, faz favor.«
»Nao temos ementa«, sagt die Blonde. »E'uma bodega de vinhos.«
»Wie?« Cliehm hebt bedauernd die Hände.
»Wir haben keine Speisekarte«, wiederholt sie. »Dies ist ein Weinlokal.«
»Ich verstehe«, nickt er. »Ich habe Hunger.«
»Wollen Sie Roten oder Weißen?«
Der Drang reißt sich los, umspringt die Blonde, jault in Tönen, die Cliehm nicht von ihm kennt.
»Rot oder weiß?« Sie wartet auf Antwort.
Der Drang leckt ihre Hand, legt sich auf den Rücken, will gekrault werden.
»Rot«, sagt Cliehm.
Und erkennt sie im selben Moment.
»Was haben Sie mit Ihrem Haar gemacht?!« fragt er, ohne zu überlegen.
Eine Sekunde behält sie ihn lauernd im Blick. »Glas oder Karaffe?« fragt sie leise.
»Beginnen wir mit einem Glas«, antwortet Cliehm.
Wortlos geht die Blonde in den Schankraum zurück.
Der Drang kommt zu Cliehm, legt sich unter den Stuhl. Cliehm streichelt ihn. Wir müssen uns im Oktober erst einleben, flüstert er. Der Drang seufzt, seine Flanken beben. Nur die Schnauze ragt unter dem Stuhl hervor.
Die Kellnerin kommt wieder, bringt ein volles Glas.
»Wie lange arbeiten Sie schon hier?« fragt Cliehm.

»Drei Tage.« Sie mustert ihn neugierig.
»Ich bin erst heute in Oktober angekommen«, sagt Cliehm.
»In Oktober?«
Er nickt. »Ich habe ein halbes Jahr«, fügt er hinzu.
»O vinho está demorando muito hoje, Gretakulla!« ruft ein Gast drei Tische weiter.
»Já vai.« Die Blonde schüttelt den Kopf und geht.
Wie geschmeidig ihre Schulterblätter sich bewegen, raunt Cliehm dem Drang zu. Der legt zufrieden die Schnauze auf die Pfoten.
Das Lokal füllt sich. Cliehm nippt am Wein. Er betrachtet die Arme der Blonden, wenn sie ein volles Tablett bringt, genießt das Spiel ihrer Finger beim Zählen von Geld. Er erwartet das leichte Aufklaffen ihres Rockes, wenn sie sich bückt.
Nach einer Weile winkt er sie wieder heran.
»Kann ich einen Kaffee bekommen?«
»Wir sind ein Weinlokal.« Sie hebt bedauernd die Schultern.
»Ich habe noch nichts gegessen. Wenn ich eine Tasse Kaffee kriegen könnte, trinke ich später wieder Wein in diesem Weinlokal.«
Die Kellnerin geht in den Schankraum und spricht mit dem Mann hinter der Theke. Der schüttelt den Kopf. Sie zeigt auf Cliehm. Der Wirt rollt die Augen und schlurft in die Küche.
»Wie lange haben Sie heute geöffnet?« fragt Cliehm, als sie die Tasse vor ihm abstellt.

»Bis Mitternacht.« Sie wischt über den Tisch.

»Mitternacht«, wiederholt er und rührt im Kaffee. Der Drang stöhnt im Traum, schlägt mit dem Schwanz aufs Pflaster. »Ich muß mich um ein Quartier kümmern.« Cliehm greift in die Tasche, hält der Blonden seine Escudos hin. Sie nimmt einen Schein. »Geben Sie mir ein paar Münzen heraus«, bittet er.

Cliehm packt sein Seil, winkt der Kellnerin zu und verläßt das *Cocodrilo riente* durch den Schankraum. Mit einem Nicken bedankt er sich beim Akkordeonisten für den Kaffee.

»É uma bodega de vinhos«, sagt der und weist hinter sich, wo sich Hunderte Flaschen stapeln.

Es dämmert. Der Drang ist nirgends zu sehen. Cliehm fühlt sich schwer und benommen. Fusel, denkt er, Rotwein bekommt mir nie. Er geht durch die schmale Gasse zurück, bis er den Mohrenkopf erreicht. In seiner Hose spürt er die Münzen gegen den Oberschenkel schlagen. Die Sonne ist verschwunden. Noch ist alles blau in der Straße. Wird bald grau sein, denkt Cliehm und beginnt den Abstieg.

Pensao

Die Madame bleckt die wenigen Zähne und winkt Cliehm, in die kleine Halle zu treten. Sie mustert ihn neugierig. »Há uma vista unica aqui«, lockt sie lächelnd und beginnt rücklings die Stufen hochzusteigen.

»Oben links.« Cliehm versucht um die Ecke zu zeigen, wo das Zimmer mit dem mehrfach gebogenen Gasrohr liegt. Die Madame steuert nach rechts.
»Links, Madame, links«, beharrt Cliehm. Auf dem oberen Treppenabsatz deutet er, daß er woandershin möchte.
»Bem, como o Senhor quiser.« Sie macht kehrt, überholt ihn und öffnet die Tür zu dem vertrauten Raum.
Cliehm bleibt auf der Schwelle stehen. Rechts das Bett, blütenweiß, das Fenster im Hintergrund, die Jalousie halb heruntergelassen. Dahinter das dunkle Blau des Abendhimmels. Zur Linken die winzige Küche. Drei Gasauslässe zählt Cliehm auf dem Herd. Explosion, denkt er. Sein Blick wandert empor. Das Gasrohr endet an rostiger Halterung in der Ecke. Kein Fußabdruck an der Decke. Cliehm umkrampft das Seil in seiner Tasche.
»Oktober«, murmelt er.
»Outubro«, nickt die Madame. Mit sanftem Druck schiebt sie ihn weiter. Cliehm steht im Zimmer, dreht sich einmal um sich selbst. Bett, Schrank, Küche, Bad, Fenster, Stuhl, Telefon. Cliehm hebt ab, hört das Freizeichen.
»Todos os quartos tem telefone«, sagt die Madame stolz.
Halbtot hing ich dort oben, denkt Cliehm, lag tagelang auf der Erde, wimmernd, preßte Tillys Hemd an mein Herz wie ein sterbender Soldat den Brief der Geliebten. Aß nicht, hoffte nichts, wollte Auslöschung. Ihm wird schwach in den Beinen, am Bettpfosten hält er sich fest. Die Madame springt bei, Cliehm winkt ab, bemüht sich, zu lächeln. Ich habe seit langem nichts mehr gegessen, fällt ihm ein. Der

Wein macht mich schwach. Hier kann ich unmöglich bleiben, beschließt er. Keine einzige Nacht. Abwehrend hebt er die Hände. An den Manschetten erkennt er das Hemd. Ich trage Tillys Hemd. Es riecht nach mir. Früher roch es nach Tilly.
»Danke«, sagt Cliehm. »Ich kann nicht.« Er schüttelt der alten Frau freundlich die Hand. Ohne eine Antwort abzuwarten, geht er aus dem Zimmer und die Treppe hinunter. In der Halle bleibt er kurz stehen. Er öffnet die Tür zur Toilette, der Heiland mit dem Dolch im Herzen hängt wie stets an der Rückwand.
Alles Schmerzliche spricht, sagt Cliehm, als wäre es das Losungswort. Der Gekreuzigte hält die Hand an die Einstichstelle unter seinem Herzen. Cliehm schließt die Tür, verläßt das Haus, geht über die Terrasse zur Wendeltreppe hin.
Vorsicht, sagt die Luft, als er aus dem Haus tritt. Da taumelt er schon gegen das Tor. Ich habe dich gewarnt, sagt die Luft. Ich muß unbedingt etwas essen, denkt Cliehm.
Pensao Ninho das Águias sagt das Schild dicht vor seiner Nase. Er wirft einen letzten Blick auf den Turm. Tut mir leid. Sanft streicht er über die verblaßte Schrift.
Du kommst wieder, sagt das Schild.
Cliehm schüttelt den Kopf.
Er steht vor dem Café mit dem unaussprechlichen Namen, starrt durch das Glas. *Café des Einbeinigen* hat Tilly es genannt. Sein Hunger ist mächtig. Laut und derb pöbelt er durch Cliehms Innereien. Der betrachtet die Essenden. Gemüse

und Fleisch haben sie auf ihren Tellern, gegrillte Sardinen. Sie brechen Brot, trinken Wasser und Wein und unterhalten sich.
Geh hinein! fordert der Hunger mit hohler, bedrohlicher Stimme.
Der unfreundliche Kellner ist da. Cliehm reckt sich auf die Zehenspitzen. Durch die Scheibe zeigt er auf den Kerl mit der kranken Gesichtsfarbe.
Na und? knurrt der Hunger.
Ich mag ihn nicht. Er bringt Schlachtplatte, wenn man Gemüse bestellt.
Schlachtplatte, Schlachtplatte! echot der Hunger.
Nein. Cliehm wendet sich ab.
Es wird spät, sagt der Hunger.
Wir haben Zeit. Cliehm setzt entschlossen Fuß vor Fuß.
Viele Schritte später stapft er die Stufenstraße hoch. Seine Füße brennen, der Kopf tingelt kraftlos von einer Seite zur andern, die Hände sind aufgequollen und feucht. Jede dritte Stufe bleibt er stehen und verschnauft.
Sofort! sagt der Hunger.
Gleich, antwortet Cliehm.
Unverzüglich! befiehlt der Hunger.
Ich gehe nicht in jedes x-beliebige Lokal, bin auf der Suche nach jenem kleinen Restaurant.
Seit Stunden, grollt der Hunger.
Ein wenig Geduld, lockt Cliehm. Wir haben dort schon einmal gegessen. Der Koch ist ein Künstler. Oh, diese wunderbaren Gerichte. Das war im ... im Mai, stellt er verblüfft

fest. Tatsächlich – kommenden Mai haben wir dort gegessen. Er lächelt schwach.
Weiter! sagt der Hunger.
Wir werden es finden, keucht Cliehm und nimmt die nächste Stufe. Seine Zunge ist ein übelgelauntes Plüschtier, die Augen treten hervor.
Cliehms Schulter rammt ein Hindernis. Erschöpft blickt er hoch. Ein violetter Klotz verstellt ihm den Weg. Telefonzelle, erkennt Cliehm. Er hebt die Hände, legt sie an die gläserne Schwingtür, läßt das kalte Licht der Kabine zwischen seinen Fingern spielen.
Tilly, murmelt Cliehm voll plötzlicher Sehnsucht.
Nicht eßbar, knurrt der Hunger. Weiter!
In seiner Hose spürt Cliehm Münzen gegen den Oberschenkel drücken.
Spar dir das Geld, sagt der Hunger.
Cliehm tritt in die gläserne Zelle. Die Schwingtür knallt ihm ins Kreuz. Mit dem Fuß hält er sie auf. Er kramt die Münzen hervor, läßt drei Stück nacheinander in den Schlitz gleiten. Tilly, denkt er und stellt sich das weiße Telefon zu Hause vor. Weiß, darauf hatte sie bestanden. Er hört das Freizeichen und wählt die lange Folge von Ziffern.
Die Leitung ist da, es läutet. Cliehm betrachtet die Schwingtür zu seiner Rechten. Sie hängt schief, am oberen Scharnier fehlen die Schrauben. Gedankenverloren schiebt er die Finger der freien Hand dazwischen. Es läutet zum zweiten Mal. Sie kommt aus dem Ankleidezimmer, spekuliert Cliehm. Jetzt geht sie durch den Korridor, durchquert die

Küche, den kleinen Salon, kommt ins Wohnzimmer. Das dritte Läuten, das vierte.

Welchen Wochentag haben wir? Freitag, stellt er fest. Freitag? Tilly ist ins Haus gefahren!

Es läutet zum fünften Mal.

So muß es sein, denkt Cliehm. Tilly ist nicht in der Stadt. Sie sitzt im Kombi, auf dem Weg in unser Haus. Unser wunderbares Haus neben dem Hügel mit Mischgras, wo die Fasane schlafen. Der Kombi bringt sie den Berg hoch.

Das sechste Läuten.

Fasane! ächzt der Hunger.

Was wird sie essen? denkt Cliehm. Freitags hat das Wirtshaus im Dorf geschlossen. Und Tilly vergißt jedesmal, Lebensmittel mitzunehmen. Was wird sie essen?

Brutal schlägt der Hunger Cliehm auf den Kopf. Der schnappt nach Luft. Langsam rutschen die Finger tiefer zwischen Scharnier und Glas, feuchte Schlieren hinterlassend. Sie wird den Bauern fragen, überlegt Cliehm. Ein paar Eier, ein Brot wird er ihr geben. Und Tomaten.

Der Hunger schlägt wieder zu. Hart, von unten.

Es läutet zum siebten Mal.

Und Kartoffeln, fiebert Cliehm. Tilly mag keine Kartoffeln. Sie nimmt sie trotzdem höflich entgegen, verabschiedet sich vom Bauern und macht sich auf den Weg ins Haus. Dort legt sie die Kartoffeln in die Kammer, wo sie bleiben, bis lange Triebe die Knollen verknoten. Sie brät die Eier, die pappen am Pfannenboden fest. Sie ißt nur das Oberste, stellt die verkrustete Pfanne in die Spüle, ohne Wasser dar-

auf zu lassen. Am Morgen ist alles steinhart. Tilly schmeißt die Pfanne weg, kauft eine neue. Kartoffeln, denkt Cliehm.
Ins Haus! fordert die Erinnerung plötzlich.
Du forderst? protestiert Cliehm. Ich habe das Kommando!
Die Zeit reckt sich hinaus in die Dunkelheit. Cliehms Hand umklammert die Telefonmuschel. Der Hunger tritt ihm in den Bauch, knüppelt ihn zu Boden. Cliehm entgleitet der Hörer. Über sich hört er das achte Läuten. Stürzend schließt er die Augen.

Er hebt die Lider. Es ist beinahe vollkommen dunkel.
Wann? fragt Cliehm mit schwacher Stimme.
Die Erinnerung steht über ihm.
Cliehm tastet um sich. Terrakotta. Er liegt auf Fliesen. Ein großer Raum, durch Dunkelheit unendlich.
In unserem Haus? fragt er bang.
Die Erinnerung verschwimmt mit den Konturen, die Cliehm langsam wahrnimmt.
Es passiert, ohne daß ich es will, stöhnt er. Warum hier, jetzt?
Denk an die Linien aus Stein, sagt die Erinnerung und zieht sich lautlos zurück.
Cliehm wendet sich um. Ihm zu Häupten schimmert die vertraute Gestalt des mächtigen Kühlschranks. Weiß und majestätisch. Der Hunger ist immer noch da. Tilly hat nichts eingekauft, denkt Cliehm. Wozu sich Illusionen machen? Er hievt sich auf die Knie, daß er den Griff des Turmes erreicht und zieht daran. Zu schwach. Noch ein-

mal. Das Tor gibt nach und geht auf. Grelles Licht, Cliehm schließt geblendet die Augen. Weiß und eisig schlägt ihm der Atem des Riesen entgegen. Sauber blinken die Fächer. Kein Rot einer Tomate sieht Cliehm, nicht das freundliche Braun von Erdnußbutter oder die runkligen Wülste einer Salami. Alles leer. Seine Hand klappt mechanisch das Käsefach nach unten. Schwarz springt es ihn an.
»Schwarz«, flüstert Cliehm. Schwarz heißt, daß wir beim letzten Mal die Zartbitterschokolade vergessen haben. Tilly mag Zartbitterschokolade, ich nicht. Aber jetzt ist sie das Brot der Götter. Er reißt die Hülle auf, zerfetzt das Stanniol, bricht den kalten Körper in kantige Teile und frißt. Lutscht, beißt, leckt mit der Zunge über das eisigbittere Ding in seinem Mund. Er schnaubt wie ein Wildschwein, sackt mit dem Rücken gegen den offenen Turm, daß ihm die Haare im Nacken fröstelnd zu Berge stehen. Immer wieder knakken die Finger ein Stück schwarzbraune Wonne ab und schieben es in den Mund.
Ein Schlüssel knarzt im zweihundert Jahre alten Schloß, das Türblatt wird herangezogen, geruckt und gerüttelt.
Tilly! denkt Cliehm in freudigem Schrecken.
Ich habe keine Erinnerung, erkennt er plötzlich. Was war vorher? Wie bin ich in diese Lage geraten?
Wer jetzt durch die Tür kommt, ist eine Bedrohung, weiß Cliehm. Darum kann es Tilly nicht sein. Er widersteht dem Wunsch, ihren Namen zu rufen. Das letzte Stück Schokolade klemmt er zwischen die Zähne, wälzt sich herum und schlägt die dampfende Kühlschranktür zu. Schwarzschwarze

Finsternis. Cliehm springt auf die Füße, hält sich am steinernen Pfeiler fest, bis die tanzenden Punkte verschwinden. Er tastet sich durch den Raum, kennt jeden Vorsprung der Wand, jedes Möbelstück, betritt das schmale Treppenhaus, steigt rasch die Stufen hoch.

Unten wird der Schlüssel gedreht, die Scharniere kreischen. Cliehm erreicht die erste Etage.

Jemand wirft sich gegen die untere Eingangstür, sie gibt nach. Gleichgewicht suchend landet eine Gestalt im dunklen Flur. Unkenntliche Silhouette. Cliehm späht um die Ecke. Er macht eine Wendung nach rechts, rammt den Art-déco-Kandelaber. Es klirrt. Cliehm hört ein Scharren, sonst nichts. Keine Stimme sagt *Hallo, wer da?*

Das ist nicht Tilly, ist Cliehm nun überzeugt. Halb in die Kniekehlen geduckt friert er jede Bewegung ein. Über ihm schwankt der Kandelaber. Die Gestalt nimmt die untersten Stufen. Leise wohlgesetzte Schritte, sie kommen näher.

Ohne auf den eigenen Lärm zu achten, läuft Cliehm zum nächsten Fenster und reißt es auf. Er steigt auf das Vordach der Pergola, balanciert drei Schritte abwärts und springt. Der Sandhaufen ist hoch genug, ihn sicher zu fangen. Gut, daß wir die Steinplatten noch nicht verlegt haben, denkt er fallend, wird in Sand paniert, rollt, bis der Boden erreicht ist. Sofort blickt er hoch. Oben steht die Gestalt als Silhouette im dunkleren Fenster. Cliehms Hüfte schmerzt. Er reißt sich zusammen, steht auf und humpelt links um das Haus, will freies Gelände erreichen.

So schwarz ist der Himmel, so dunkel alles rundum, daß

Cliehm Metall rammt, ohne sich gegen den Aufprall zu schützen. Seine Finger berühren Blech. Ich bin gegen den Kombi gerannt! Ist Tilly doch hier? Ist sie unten beim Bauern? Aber wenn sie beim Bauern ist, wer schleicht dann durch das Haus?

Der Bauer ist auf die Kanaren geflogen! durchfährt es Cliehm. Mit Frau und allen fünf Kindern. Für drei Wochen. Vorgestern abgereist. Das ist eine sehr konkrete Erinnerung, begreift er. Aber wenn ich weiß, daß der Bauer nicht da ist, dann bin ich erneut im Oktober. Oktober zu Hause. Wann?! Die Eingangstür prallt auf, reißt Cliehm aus seinen Gedanken. Kein Bauer in der Nähe. Zehn Kilometer im Umkreis nichts als Mischgras, Fasane – und dort steht eine fremde Gestalt. Wo ist Tilly? Cliehm spürt Schweiß seinen Rücken abwärts rinnen. Mit wachsender Panik umkreist er den Kombi, läuft hinters Haus, ertastet das Gatter zum Werkzeugschuppen, reißt ihn auf. Er tappt sich voran, Schläuche, Rasenmäher, die Sense hängt vom Gebälk. Cliehm erreicht die andere Tür. Sie ist versperrt. Von draußen hört er Schritte.

Oktober! wimmert Cliehm. Wann immer ich auch gelandet bin, ich will zurück nach Oktober. Er stolpert wieder zum Gatter, reißt es nach innen, legt den Riegel vor. Gefangen, denkt er. Falle. Oktober, betet er verzweifelt. Oktober! kommandiert er. Von draußen wird am Gatter gezerrt. Ein Ruck, ein Tritt. Cliehm hört das Scharren von etwas an der Wand. Ein hartes Geräusch, Metall. Quietschen, Splittern von Holz. Das Gatter bebt, eine Latte bricht.

Schmerz spricht, denkt Cliehm. Schmerz läßt mich reisen.
Er greift hinter sich auf den Werktisch. Da ist sein Hammer. Er faßt den hölzernen Griff. Wohin schlagen? Das Gatter ächzt, die Gestalt hebelt mit Wucht. Die Hand, entscheidet Cliehm. Er legt seine Linke auf die Werkbank und holt aus. Im selben Moment wird das Gatter erbrochen, ein schwacher Schimmer fällt herein. Dort steht die Gestalt.
Cliehm erkennt nun die Axt in seiner eigenen Rechten. Es ist nicht der Hammer, versteht er im letzten Moment. Die Axt saust nieder, Cliehm reißt die Hand weg. Nicht ganz. Die Klinge fährt in den Finger. Cliehm schließt die Augen. Er schießt hinaus in die Dunkelheit.
Jetzt hast *du* das Kommando! hört er die eisige Stimme der Erinnerung.

Das neunte Klingeln. Es klopft. Mit geschlossenen Augen prallt Cliehm gegen die Glastür. Sein Finger sitzt in der Rille, das Scharnier quietscht.
Ein beißender Schmerz. Er reißt die Augen auf. Eine Frau mit weißen Locken pocht höflich gegen das Glas. Sie lächelt bedauernd.
»Eu não quero incomodar«, sagt sie. »Mas antes da meia-noite tenho que dar uma ligada urgente.«
Cliehm läßt den Hörer fallen und zieht vorsichtig den Finger aus der Rille. Mit dem Fuß drückt er die Tür auf.
»O que tem? Ficou ferido?« fragt die Frau.
Cliehm sieht ihre Augen. Das eine ist voller Güte, über dem andern schwimmt ein milchiger Film.

»Olha, está sangrando.« Entsetzt zeigt sie auf Cliehms Hand.

Er folgt ihrem Blick. Blut fließt seinen Unterarm entlang. Der Ärmel, die Manschette haben sich dunkel gefärbt. Violett, scheint es Cliehm im Licht der Telefonzelle. Er starrt auf die Hand. Am Ringfinger fehlt ein Stück. Da ist kein Nagel mehr, der Knochen liegt bloß. Violett quillt es hervor. Wann kommt der Schmerz?

»Um médico, rapido!« ruft die Frau mit den weißen Locken.

»Kein Medico«, stöhnt Cliehm, läßt die Kabinentür los und macht der Weißhaarigen Platz. Unschlüssig bleibt sie stehen. Cliehm spürt, daß sie ihn beobachtet, und entfernt sich rasch.

Er läuft die Stufenstraße hoch, am Mohrenkopf macht er halt. Genügend Filme gesehen, denkt er, zieht sein Jackett aus, öffnet die Manschette und reißt. Der Stoff gibt nach. Cliehm fetzt den Ärmel aus der Schulter und umwickelt damit seine Linke.

Der Schmerz erwacht ganz plötzlich zum Leben. Cliehm reißt die Luft in die Lungen, so groß ist der Schreck.

Lauf! ruft der Schmerz und beißt zu. Er geißelt Cliehm in die schmale Gasse hinein. Cliehm taumelt gegen Mauern, läuft ziellos, schmerzerfüllt weiter, bis ein heller Schein ihn zum Stehen bringt. Vor der gleißenden Silhouette eines lachenden Krokodils sieht er hoch. *Cocodrilo riente* liest er geblendet.

Mit einem Mal erlischt das Leuchten, Cliehm steht im

Dunkeln. Unerbittlich frißt der Schmerz an seiner Hand. Cliehm schaut durch das niedrige Fenster der Schenke. Der Akkordeonist stellt Stühle auf die Tische.
Mitternacht, begreift Cliehm. Ich komme zu spät, die Kellnerin ist gegangen. Er pocht mit der Rechten an die Tür, versteckt die blutende Linke hinter dem Rücken.
Mit dem Stuhl in der Hand dreht der Wirt sich um.
»Ist die junge Frau noch da?« ruft Cliehm. »Die Blonde!«
Die Sitzfläche kracht auf den Tisch, müde winkt der Wirt ab.
»Es ist noch nicht spät!« schreit Cliehm und schlägt gegen den Laden. Der Wirt beachtet ihn nicht mehr.
»Sie haben doch noch ein halbes Jahr Zeit«, hört Cliehm eine bekannte Stimme. Er dreht sich um. Die Blonde hat eine rote Jacke über ihr T-Shirt gezogen.
»Morgen hat das *Cocodrilo riente* wieder geöffnet.« Sie lächelt nicht, aber ihre Augen sind freundlich.
»Nein. Ja. Stimmt.« Cliehm bemüht sich, die Linke zu verbergen.
»Was ist mit Ihrer Hand?«
»Ein Versehen. Nicht so schlimm«, stammelt er. »Was heißt Apotheke?«
»*Farmácia*.« Die Kellnerin macht einen Schritt auf ihn zu, will einen Blick auf die Wunde werfen. »Verband heißt *ligadura*.«
»Und Jod?« Cliehm wendet die verletzte Seite ab.
»*Iodo*.« Sie schließt die rote Jacke. »Haben Sie ein Quartier gefunden?«
»Ich ... habe mich noch nicht entschieden.«

»Es ist Mitternacht.«
»Machen Sie sich keine Sorgen um mich.« Cliehm ist elend zumute, trotzdem versucht er zu lächeln.
»Wenn Sie einen Arzt brauchen . . .«, beginnt sie.
»Keinen Doktor! Es ist nichts.«
Sie schüttelt den Kopf und will gehen.
»Wissen Sie, ob hier in der Nähe eine Wohnung zu vermieten ist?« fragt Cliehm rasch.
Sie wendet den Kopf. »Nein. Ich suche selbst noch.«
»Das Zimmer dort oben steht leer.« Cliehm hat es gesagt, ohne einen Augenblick zu überlegen.
»Wo?«
Über das *Cocodrilo riente* hinweg weist er auf die grüne Wand. Sie folgt seinem Finger.
»Das Fenster mit den Läden?«
Cliehm nickt. »Man müßte von dort eine schöne Aussicht haben.«
Bevor er imstande ist, weiterzusprechen, bohrt sich ein glühender Eispickel durch seine Hand.
Schluß mit dem Flirt! sagt der Schmerz.
Cliehm schnappt röchelnd nach Luft.
»Steht leer?« Die Blonde ist überrascht.
»Soweit ich weiß«, stößt Cliehm hervor. Der Pickel windet sich in seinem Fleisch. »Man könnte wenigstens fragen.« Cliehms Arm beginnt zu zittern, hinter dem Rücken greift er ihn mit der Rechten. Er preßt die Lippen aufeinander.
»Sind Sie sicher, daß Sie keine Hilfe brauchen?« Ihre Augen sind ernst.

»Alles bestens«, knurrt Cliehm.
»Dann gute Nacht.« Sie dreht sich um und geht.
Cliehm taumelt an die Fassade des *Cocodrilo riente*. Der Stoff um seine Hand ist rot und feucht. Nun, da er schreien könnte, bringt er nichts als ein Wimmern hervor.
»*Farmácia* heißt Apotheke«, murmelt er, als spräche er ein Gebet. »*Ligadura* der Verband, *iodo* heißt Jod.«
Er stößt den Rücken von der Wand ab und taumelt die Gasse wieder zurück.
»Farmácia – ligadura – iodo«, leiert er weiter. Kaum kann er die Füße sehen, die ihn übers Pflaster tragen. Der Schmerz allein ist sein Führer.
Haus, denkt Cliehm mit einem Mal. Verschwommen erkennt er die violette Telefonzelle wieder. Er fängt sich an der gläsernen Wand, drückt gegen die Schwingtür, sackt in die grellerleuchtete Kabine. Nacken und Leib schmiegt er in die Ecke des durchsichtigen Käfigs. Heimat, denkt Cliehm inmitten von Weiß. Er zieht die Beine an den Körper, so nahe er kann, die Schwingtür schließt sich quietschend.
»Licht«, lallt er, dann entläßt ihn der Schmerz in die Finsternis.

»Hier müßte gestrichen werden.« Die Blonde geht die Längsseite des Zimmers entlang.
»Heller vielleicht.« Cliehm fühlt sich schwach.
»Aber nicht weiß.« Sie dreht sich um.
»Mögen Sie Blau?« fragt er.
»Ja. Aber hell.«
»Sie sollten die Wände streichen, wenn Sie die Wohnung nehmen«, nickt Cliehm. Der gußeiserne Schlüssel ruht in seiner Rechten, er hält ihn der Blonden hin. »Ihr Schlüssel«, sagt er.
»Wo haben Sie die Nacht geschlafen?«
Er versucht, die Falten seines Anzugs zu glätten. »Es war eine laue Nacht«, antwortet er.
Sie tritt näher, pickt ein Stück Plastik aus seinem Haar. »Sie sehen so aus, als hätten Sie genug Geld, sich ein Hotel zu leisten.«
»Es hat sich anders ergeben.« Cliehm schaut aus dem Fenster. Warum soll ich es ihr nicht sagen?
»Ich habe in einer Telefonzelle übernachtet.«
»Und Ihre Hand?« fragt sie ernst.
»Farmácia, ligadura, iodo«, antwortet Cliehm und präsentiert die Binde um seine Linke.
»Es blutet durch.« Sie greift seinen Ellbogen, schwenkt den Unterarm hoch. »Der Verband ist nicht dicht.«

Dunstiges Weiß umgibt Cliehm mit einem Mal, als hätte sich Nebel erhoben. Er tappt ins Leere, zwingt sich, nicht zu Boden zu sinken. »Ihr Schlüssel!« Er hält ihn der Blonden ein zweites Mal hin.

Sie verschränkt die Arme vor der Brust. »Als wir uns das erste Mal sahen, haben Sie eine Bemerkung über mein Haar gemacht.«

»Das war unpassend, verzeihen Sie.« Cliehm spürt die stützende Wand in seinem Rücken, zur Rechten das offene Fenster.

»Was gefällt Ihnen nicht daran?«

»Warum interessiert Sie das?«

»Ich habe schon lange vor, das Blond wegzumachen. Aber ich kann mich für keine Farbe entscheiden.«

»Was schwebt Ihnen vor?« Cliehm betrachtet die zarten Strähnen, die sich an ihren Schultern nach innen kringeln.

»Dunkel«, antwortet sie. »Brünett oder Schwarz.«

»Niemand hier wird Sie für eine Einheimische halten«, sagt Cliehm, »auch wenn Sie sich Ketten an die Arme hängen und ein Goldzahn in Ihrem Mund blinkt.«

»Wieso? Schwarz steht mir.«

»Es sind die Augen. Das Graublau verrät Sie.« Er überlegt. »Ich schlage Rot vor. Rotes Haar würde zu Ihnen passen.«

»Ich laufe doch nicht als Fahnenmast durch die Stadt.«

»Und wenn Sie es schneiden?«

»Daran hab' ich auch schon gedacht.«

»Ein Kurzhaarschnitt würde Ihnen exzellent stehen«, fügt Cliehm hinzu.

»Ex-zel-lent«, skandiert sie. »Ist das ein Wort, das man bei Ihnen verwendet?«
»Nicht häufig. Ich benutze es.«
»Ex-zel-lent. Kurzhaarschnitt.« Sie greift in ihr Haar, als ob sie einen Schwamm ausdrücken würde.
»Die Gäste im Lokal haben Sie beim Namen gerufen«, sagt Cliehm. »Ich konnte ihn nicht verstehen.«
»Es ist ein seltener Name, sogar bei uns. Ich heiße Gredkulla.« Sie geht in den Flur.
Cliehm lächelt, als hätte sie ihm ein wunderbares Geheimnis enthüllt. »Gredkulla«, murmelt er.
»Es gibt noch ein anderes Zimmer«, ruft sie von draußen.
Cliehm nickt, ohne ihr zu folgen.
»Es ist kleiner als das mit dem Fenster.« Die Blonde kommt zurück in den dämmrigen Flur, ein Lichtfleck beleuchtet ihr Haar.
»Haben Sie das Kruzifix gesehen?« fragt sie. »Es ist vollkommen schwarz.«
»Vielleicht hat es einmal gebrannt«, antwortet Cliehm leise.
»Ich will das Zimmer mit dem Fenster.« Sie tritt neben ihn und beugt sich hinaus. »Von hier aus erkenne ich immer, wieviel Betrieb im *Cocodrilo riente* ist. Wenn Fernando mich braucht, gehe ich einfach hinunter.«
»Das ist eine gute Idee«, sagt Cliehm nach einer Pause. Er wendet den Kopf. »Der Blick von hier oben ist wirklich sehr schön.«

Gemeinsam sehen sie über die Dächer der Oberstadt.
»Sie könnten das kleinere Zimmer nehmen.« Die Blonde spitzt die Lippen, räuspert sich und spuckt. Unten pitscht es lautlos aufs Pflaster. »Schluß mit Telefonzellen.«
»Ja«, antwortet Cliehm und genießt die anschwellende Wärme in seinem Bauch.
»Wir brauchen Matratzen.« Sie sieht ihn an.
»Ist das Bad zu Ihrer Zufriedenheit?«
»Ich brauche kein warmes Wasser.« Sie zuckt die Achseln. »Und Sie?«
»Wie lange hält der Sommer in Lissabon an?« Mein halbes Jahr, denkt Cliehm.
»Nicht mehr lange.« Sie zieht einen Fensterladen heran, prüft, ob er schließt. »Der November kann kühl werden.«
»Und Dezember?«
»Richtig kalt.«
»Gibt es Heizung hier drinnen?«
»Sicher nicht«, sagt sie.
»Dann werde ich Heizstrahler besorgen.«
»Das muß ein Arzt sehen.« Sie deutet auf Cliehms Verband. Der braune Fleck ist größer geworden.
»Ich will nicht.«
»Ich hole Matratzen.« Sie tritt vor ihn, nimmt seine Schultern mit beiden Händen. Der pochende Schmerz durchzuckt ihn.
»Sie bleiben solange hier.« Streng sieht sie ihm in die Augen.
»Brauchen Sie Geld?« Er greift in die Tasche, fühlt das fase-

rige Seil. Der Schlüssel entgleitet ihm, schlägt hell auf den Steinboden.
»Wer behält ihn?« fragt er und kämpft gegen den Nebel in seinem Kopf.
»Wir finden ein Versteck.« Sie geht zur Tür und steckt den Schlüssel von innen ein. »Hart oder weich, die Matratze?«
»Hart. Die Bandscheiben.«
Sie verläßt die Wohnung, Cliehm hört ihre Schritte im steinernen Treppenhaus verklingen. Mit dem gesunden Arm stützt er sich aufs Fensterbrett, zieht sich ein wenig hoch. Er beobachtet, wie sie mit großen Schritten den Platz überquert und im *Cocodrilo riente* verschwindet.
Zu Hause fallen die Blätter, denkt er, der Weizen ist geerntet, die Fasane werden erschossen. Hier hält der Sommer noch alles im Griff. Er blickt hoch. Der Zuganker, vier rostige Schraubengewinde ragen aus der Wand. Ausmalen, hellblau, überlegt er. Gredkulla. Seine Hand schmerzt. Er birgt den fleckigen Verband an der Brust, streckt die Beine aus und sinkt augenblicklich in Schlaf.

»Wieder wach?« fragt die Blonde auf dem Stuhl.
Cliehm wendet den Kopf. Er liegt auf einer Matratze. Kein Bettzeug, kein Kissen, bloß die Matratze.
»Wann haben Sie mich ...?« fragt er benommen.
»Sie haben tief geschlafen.« Sie reckt sich nach oben. Der Stuhl, auf dem sie steht, ist in der Mitte des Tisches plaziert. Auf Zehenspitzen erreicht sie den Plafond.
»Sie haben die Matratze allein hochgetragen?« Er rich-

tet sich auf. Ihre rote Jacke hängt am Haken neben der Tür.
»Die andere liegt schon in Ihrem Zimmer.« Die Blonde zeigt Richtung Flur. »Ich war sicher, ich könnte *Sie* auch dorthin verfrachten.« Sie spannt den nackten Bizeps. »Aber Sie sind schwerer, als Sie aussehen.«
»Ich bin doch nicht krank.« Entschlossen will er aufstehen, die Beine versagen den Dienst. Sofort ist das Weiß wieder in seinem Kopf.
»Alles klar?« fragt sie, ohne sich umzuwenden.
Cliehm sackt zurück. Er betrachtet den Turm vor seinen Augen. Der Tisch sieht stabil aus, denkt er, der Stuhl aber wakkelt. Der fette Pinsel in ihrer Hand ist hellblau und tropft.
»Hätten wir bloß eine Leiter.« Die Blonde malt mit ruhigen Strichen.
»Die halbe Decke ist schon fertig«, staunt Cliehm.
»Sie hatten einen guten Schlaf.« Der Stuhl knarrt, sie schwankt, rudert mit der Pinselhand, hält sich am Schraubengewinde des Zugankers fest.
»Gefällt Ihnen die Farbe?« fragt sie und findet ihr Gleichgewicht wieder.
»Seien Sie vorsichtig.« Cliehm stützt sich auf die Ellbogen. »Ich würde Ihnen gerne helfen.«
»Ein andermal. Sie machen den Flur.« In großen Bewegungen holt sie aus, bedeckt Bahn um Bahn mit dem Blau.
»Mit welcher Behutsamkeit«, sagt Cliehm leise.
»Be-hut-sam-keit«, murmelt sie und tupft so lange in eine Vertiefung, bis sie vollkommen blau ist.

Stunde, denkt Cliehm. Zeit. Eine Stunde in meinem halben Jahr.

»Was ist in einem halben Jahr?« will sie wissen.

Hat sie meine Gedanken gelesen? Cliehms Blick ruht auf den Beinen der Blonden. Je nach Pinselstrich belastet sie das eine, dann das andere. Kräftige Waden, reizende Knie, straffe Schenkel. Sie verschwinden unter einem grünblau gestreiften Minikleid.

»In einem halben Jahr?« wiederholt Cliehm. »Tilly wartet auf mich in einem halben Jahr. Unten in der Pension. Sie will das Flugzeug nicht verpassen.«

»Tilly.« Die Blonde taucht den Pinsel ein. »Und danach?«

Cliehm schweigt.

Sie streift überschüssige Farbe ab, reckt sich hoch, das fleckige Graubraun über dem Fenster wird allmählich blau. Plötzlich hält sie inne.

»Ich muß zur Arbeit«, sagt sie und läßt den Pinsel in den Eimer plumpsen.

»Schon?« Cliehm will die wiegenden Beine nicht missen.

»Fernando winkt.« Sie zeigt aus dem Fenster. »Er braucht mich unten.«

Cliehm reckt den Kopf. Vom Boden aus kann er den Platz nicht sehen.

»Sie bleiben liegen.« Die Blonde klettert vom Stuhl auf den Tisch, springt, tritt an die Matratze. Ohne Vorwarnung zieht sie Cliehms Hand aus dem Hemd. Der Verband ist braun.

»Und das –«, sie tippt darauf, Cliehm verzieht schmerzlich die Lippen. »Das sehe ich mir nachher an.«

»Halb so schlimm.« Er bemüht sich zu lächeln. Wundstarrkrampf, denkt er mit Blick auf den pochenden Fleck. Eiter und Pestilenz, Blutvergiftung, Amputation.
»Sie sind einfach ein Feigling«, sagt die Blonde und richtet sich auf. »Das muß genäht werden oder geklammert. Sie haben Schiß.« Sie geht.
Stimmt. Ich bin kein Held, denkt Cliehm. Habe ich auch nie behauptet. Er hört ihre Schritte im Treppenhaus. Halb blau denkt er und läßt sich zurücksinken. Halb hellblau. Die hellblaue Decke. Ruhig und gleichmäßig. Eine Decke, um nach oben zu blicken, stundenlang. Stunden in meinem Halbjahr. Wie schön wäre es, wenn die halbe hellblaue Decke ganz hellblau wäre, überlegt er. Ich muß es versuchen. Eine Stunde lang, vielleicht zwei. Solange die Kräfte reichen. Auf den gesunden Arm gestützt, erhebt Cliehm sich von seinem Lager. Die Knie sind zittrig, aber er steht. Fünf Schritte bis zum Tisch. Der Nebel in seinem Kopf ist nicht so dicht wie erwartet. Er faßt die Tischkante mit der Rechten, schiebt ein Knie darauf, den pochenden Arm in Tillys Hemd geborgen.
Cliehm kniet auf dem Tisch. Gut gemacht, denkt er, richtet sich auf und faßt die Lehne des Stuhles. Er knarrt, der Farbeimer pendelt. Cliehm verharrt, klettert weiter. Sein tastender Fuß sucht die Sitzfläche des Stuhles und steigt.
Klein sieht das Zimmer von oben aus, denkt er und ergreift lächelnd Besitz von der Spitze des Turmes. Nicht aus dem Fenster schauen, befiehlt er, der Platz liegt zu tief unten. Ich werde sie überraschen. Cliehm greift nach dem Pinsel.

Dick und schwer von Farbe, er streift sie behutsam ab. Hochwärts, befiehlt er, hebt den Pinsel, richtet sich auf. Ein Tropfen stürzt auf ihn zu, trifft Cliehm an der Nase, er mißachtet ihn. Als könnte er mit dem lotrechten Pinsel steigen, wird Cliehm größer, dehnt sich, bis er die Borsten an die Decke klatscht. Blau, denkt er stolz. Er schwenkt die Hand vor und zurück, das Blau dehnt sich aus. Wenn ich langsam arbeite, gehe ich kein Risiko ein, macht er sich Mut. Er bückt sich, holt Nachschub, wächst empor und vergrößert das Blau.

Gute Stunde, denkt Cliehm nach einer beeindruckend langen Weile. Zweimal bin ich vom Stuhl gestiegen und vom Tisch. Ich habe meinen Turm verrückt und bin wieder hochgeklettert. Jetzt ist die Decke vollkommen blau. Der Himmel ihres Zimmers, denkt er. Wie sie es sich wünscht.

Der Finger im Verband pocht. Der ganze Arm ist siedend heiß. Schweiß klatscht das Hemd an seinen Rücken. Seit Ewigkeiten muß er aufs Klo. Diese Opfer haben sich gelohnt, denkt Cliehm und bückt sich mit zittrigen Knien. Er faßt die Lehne des Stuhles, läßt sich auf den Tisch sinken. Vertrautes Knarren, Stille. Cliehm klettert weiter. Sein Fuß sucht den Boden, verlagert das Gewicht.

Farbe, begreift er im Moment, als er rutscht. Flüssige Farbe! Taumelnd sieht er die hellblaue Schleifspur, die der Schuh hinterläßt, reißt die Linke aus dem Hemd, um Balance zu gewinnen. Der Verband prallt auf den Tisch. Ein kräftiger Blitz durchfährt den Arm. Cliehm kracht zu Boden und landet im Schatten. Bevor die Wolken sich zuziehen, betet er,

kurz und schmucklos: Ich möchte im Jetzt bleiben. Keine Sprünge. Weder vor noch zurück. Nur *Jetzt*.
Wenn's dir so viel bedeutet, antwortet die Erinnerung.
Das ist für dich! singt der Schmerz und tritt Cliehm kräftig in den pochenden, brodelnden Arm.
Du nimmst deine Aufgabe ernst, preßt Cliehm hervor.
Ich gehe dann, sagt die Besinnung und verläßt Cliehm im selben Moment.

»I am Doctor Dreyfus«, hört Cliehm eine Stimme. »This will hurt a little.«
Der Eispickel ist wieder da, begreift er zwischen Bergen von Wolken. Ein sehr dünner, langgezogener Pickel diesmal. Er sticht zu und verströmt seinen eisigen Saft.
»You will feel better now«, sagt die Stimme.
»*Now* ist keine exakte Bezeichnung«, lallt Cliehm zwischen den Wolken hervor. »Bin ich *Jetzt*?« Er wendet die Augen dorthin, wo er die Stimme vermutet. Den Schopf der Blonden erkennt er. Sperrig spießiges Grau taucht neben ihr auf. Sind das Haare? Darunter ein dickes Gesicht mit blutunterlaufenen Augen und feuchtrotem Mund.
»I'm Doctor Dreyfus«, sagt der Mund. »Hello and good bye.«
»Good bye?«
»This is a sedative.« Der Arzt zeigt auf die Spritze.
»Er muß Ihren Arm einrichten.« Die Blonde schiebt sich dazwischen.
»Welchen?« haucht Cliehm.

»Es ist immer derselbe, leider. Sie haben ihn gebrochen.«
»Not very complicated, as far as I can see.«
»Tragen Sie ein Toupet?« fragt Cliehm und deutet auf das starrgraue Haar des Doktors.
»You better relax now.« Geschäftig beugt sich der Arzt über den gebrochenen Arm.
»Ich kann gar nichts spüren«, sagt Cliehm nach einer Weile zur Blonden. »Was war das?« Er hört ein knackendes Geräusch. »Wie beim Hühneressen, wenn man die Knochen zerbricht.«
»Das ist ein gelungener Vergleich.« Die Blonde verzieht das Gesicht und wendet sich ab.
Strahlend tritt die Erinnerung vor Cliehm. Der Moment ist gekommen, sagt sie. Es gibt viel zu tun.
Jetzt? Ich werde operiert, erwidert Cliehm.
Das ist ein anderes Jetzt.
Ein anderes? Cliehm ist verwirrt. Gibt es mehrere?
Jetzt ist Büro, Institut. Jetzt ist eine große Entscheidung.
Cliehm nickt, zum Zeichen, daß er einverstanden ist. Ich bin gespannt, sagt er und schließt die Augen.

Als er sie öffnet, sieht er den Zylinderschlüssel in seiner Hand. Er blickt zurück, hinter ihm liegt der graublaue Flur des Instituts. Cliehm steckt den Schlüssel ins Schloß. Zwischen Tür und Schwelle ist ein Brief eingeklemmt. Er hebt ihn auf, betritt sein Büro, knipst den Schalter um.
Hier war ich schon einmal! ruft Cliehm der Erinnerung zu. Was soll ich ein zweites Mal hier?

Es ist nicht das zweite Mal. Es ist Jetzt.
Ich weiß doch genau, was passiert, widerspricht Cliehm. Dlung, dlung, zing machen die Röhren im Innern des Plastikvierecks, das graublaue Licht flackert auf. Es ist vier Uhr früh und noch dunkel draußen, sagt er. Ich komme vom Landhaus. Der Kombi sitzt auf dem Stein, Tilly und ich haben uns auf lehmigem Grund geliebt und sind zu Fuß über die Felder gegangen. Warum das Ganze noch einmal?
Zwei Geleise. Du stellst die Weiche, antwortet die Erinnerung.
Der Brief, denkt Cliehm und betrachtet den Umschlag in seiner Hand. Zugeklebt. *Anton Cliehm* steht handschriftlich darauf. Selten verwendet jemand meinen Vornamen. Flott, unbesorgt, auftrumpfend ist das geschrieben. Wen kenne ich, der flott, unbesorgt, auftrumpfend schreibt? Ich kenne jemanden.
Cliehm wischt die Hände an den Taschen des grauen Anzugs ab und öffnet den Brief.
Wir müssen uns unterhalten. Wann Sie wollen.
Zinnk
Zinnk! Der Name ist wie ein eitriger Nerv. Immer Zinnk! Wohin ich auch reise, an welchem entlegenen Punkt das Jetzt mich auch absetzt, überall erwartet mich Zinnk.
Cliehm senkt das Blatt, seine Hand umklammert die Arbeitsplatte des Tisches. Was will er von mir? Wir haben Oktober, denkt Cliehm, so lange geht das mit Tilly schon? Zinnk ist kein Heimlichtuer. Er hat ein Verhältnis mit ihr, jetzt will er mich demütigen. Zinnk will reden. Von Mann zu Mann. Er

will ernste Gesichter, gedrückte Stimmung, vielleicht einen Drink. Es gibt nichts, was richtige Männer untereinander nicht klären könnten, so denkt Zinnk.

Hätte ich den Brief doch verbrannt! Cliehm starrt auf das Papier. Ich kann es immer noch tun. Er bückt sich, nimmt den stählernen Korb, stellt ihn auf den Tisch. Die *Rosenstolz*-Hölzer liegen auf dem Bord der Tafel, gleich unter der Formel.

Der *Fehler!* erkennt Cliehm. Die Formel. Noch habe ich die Kreidezeichen nicht gelöscht, mein Werk noch nicht vernichtet.

Du stellst die Weiche, flüstert die Erinnerung dicht hinter Cliehm. Jetzt!

Cliehm hört seinen eigenen Atem. Er öffnet die Schublade, zieht das Telefonbuch hervor. Freizeichen, er wählt die Nummer. Schneller als er erwartet, wird abgenommen.

»Guten Morgen, Ada«, sagt Cliehm. »Könnten Sie Maximilian wecken?«

Stille am anderen Ende. Sie sieht auf die Uhr, denkt er. »Ich weiß, wie spät es ist. Bitte verzeihen Sie.«

»Hat das nicht Zeit?« fragt eine wache Frauenstimme.

Cliehm atmet durch. »Es ist dringend.«

»Zinnk«, kommt es gleich darauf aus der Leitung.

»Ich habe Ihr Schreiben erhalten«, sagt Cliehm mit angespannter Stimme. Er hört Zinnk lachen.

»Dachte mir, daß Sie sich melden«, sagt er leichthin.

»Heute abend?« fragt Cliehm.

»Paßt mir.« Zinnk antwortet, ohne eine Sekunde zu zögern. »Im Institut?«

»Nein. Ich will das nicht im Büro besprechen.«
»Aha?« Zinnk klingt überrascht.
»Draußen im Haus.«
»Ist das nicht zu weit?« zögert Zinnk.
»Heute abend im Haus«, befestigt Cliehm seine Entscheidung.
»Sie haben keinen Führerschein«, hört er die schneidende Stimme. »Wie wollen Sie hinauskommen?«
Der Kombi sitzt auf dem Stein! begreift Cliehm. Und der Bauer ist auf den Kanaren.
»Trotzdem. Ich erwarte Sie um neun.«
Er legt auf. Der Kombi. Cliehm greift erneut zum Telefonbuch, notiert sich die Nummer des Pannendienstes. Er langt hinter die schwarze Tafel, holt die halbvolle Flasche mit Grappa hervor, nimmt einen kräftigen Schluck. Die Augen wandern die Straße seiner Formel entlang. Da ist das μ, denkt er, dort das Pluszeichen und dazwischen der unerbittliche *Fehler*. Andere Bilder tauchen auf. Die Kette, Tilly im Fahrstuhl. Brennende Kerze, heißes Wachs, Zinnks blaue Kapsel. Cliehm schließt die Augen. Weiße Blitze beginnen seinen Kopf zu bevölkern. Der schimmernde Pfeil streckt sich ins Leere.

Er öffnet die Augen.
Es ist gar nicht die Vergangenheit, die ich gestalte!
Es ist nicht die Zukunft, die ich verändere.
Es ist die Gegenwart.
Zum ersten, zum zweiten, zum dritten, denkt Cliehm.

Die Erinnerung sitzt an seiner Seite.
Jetzt, zum zweiten, sagt Cliehm. Zwei Gegenwarten. Er hebt den Kopf.
Auf der Matratze liegt er, über ihm die blaue Decke, draußen dämmert es.
Zwei Gegenwarten.
In der einen verbrenne ich alles und verlasse die Stadt. Ich lege die Schlinge um meinen Hals und baumle vor dem Spiegel hin und her.
In der anderen lese ich den Brief, telefoniere mit Zinnk. Ich lasse den Kombi abschleppen und fahre ins Haus.
Zum ersten, zum zweiten ...
So langsam, daß er die Bewegung mit den Augen nicht mehr verfolgen kann, legt Cliehm die Hand an den Mund.
... und zum dritten! flüstert er.
Ich bin in ihr, sie ist in einer der anderen begründet. In dieser Gegenwart liege ich auf dem Rücken, blicke zur Decke empor und habe den verzweifelten Wunsch, mich zu kratzen. Da ist ein grauer Berg, erkennt Cliehm. Der Berg beginnt unter meiner Achsel und endet außerhalb von mir. Er verdeckt meinen linken Arm, die ganze Hand. Der Berg ist aus Gips. Cliehm hebt die Rechte, klopft an den Berg. Steinhart. Könnte ich mich nur kratzen! denkt er. In welcher Gegenwart kratze ich mich? Welche lebe ich?
Jede, die du kennst, sagt die Erinnerung.
Cliehm starrt auf den Gips.
Das Geräusch ist schneidend und kurz. Er hebt den Kopf.

Da! schon wieder. Es kommt von draußen. Ist jemand in der Wohnung? Cliehm horcht. Stille.
Lautlos rollt er sich auf die Knie, der Berg begleitet ihn. Cliehm stellt den Fuß auf, hält sich an der Wand fest, zieht das andere Bein nach und steht. Steht wackelnd auf der Matratze.
Man hat mir die Schuhe ausgezogen, erkennt er. Auf Socken schleicht er los, Fersen und Ballen geräuschlos abrollen lassend. Vorsichtig schmiegt er sich durch die Tür. Der Flur ist leer. Da, wieder, schneidend und kurz. Im anderen Zimmer ist nichts, erkennt Cliehm. Nur eine Matratze liegt auf dem Boden. Er schleicht zurück in den Flur, langsam wandert sein Kopf um den Türrahmen des Bades.
»Ich habe das Zeug in der Salatschale angerührt«, sagt die Blonde und zeigt auf eine Schüssel. Cliehm erkennt sie kaum wieder. Sie beugt den Hals und schneidet ein Büschel Haare in der Schläfengegend ab.
»Alles ab?« Cliehm begreift nicht.
»Kurzhaarschnitt wurde mir empfohlen.«
»So viel.« Reglos steht Cliehm in der Tür und starrt das Blond im Waschbecken an.
»Wußten Sie, daß wir nur vier Stunden am Tag Wasser haben? Wasserknappheit in der Altstadt.«
Vier Stunden ist keine genaue Bezeichnung, denkt Cliehm.
»Sind Sie ein Früh- oder Abendduscher?«
»Duscher?«
»Oder sind Sie ein Stinker?« Sie nähert die Nase seiner Achsel. Unwillkürlich tritt er zurück.

»In nächster Zeit werden Sie ohnehin nicht duschen.« Sie klopft auf den Gips.

Der Arm schmerzt, Cliehm verzieht das Gesicht.

»Bei uns zu Hause werden solche Operationen im Krankenhaus gemacht«, sagt er.

»Das mit dem Finger war höchste Zeit.« Sie läßt ein weiteres Büschel ins Waschbecken fallen, dreht den Kopf hin und her. »Dr. Dreyfus mußte schneiden. Er hat genäht und Sie gegen Wundstarrkrampf geimpft.«

»Und?« fragt Cliehm.

»Es wird wieder.« Sie senkt die Schere. »Hinten müssen Sie mir helfen. Es gibt keinen zweiten Spiegel in der Wohnung.« Sie sieht ihn an.

»Ich hab' das noch nie ...«, wehrt Cliehm ab. Er stockt. Einmal habe ich Tilly den Pony geschnitten. Er verbittet sich diesen Gedanken. »Mit *dem* Arm?« fragt er und pocht auf den Berg.

»Nur hinten.« Sie drängt ihm die Schere auf.

Cliehm stülpt Daumen und Mittelfinder durch die Ringe der Schere, preßt den Gips an die Brust und tritt hinter die Blonde.

»Anmutig runder Kopf«, sagt er, greift sich ein Büschel knapp über dem Hals und zwirbelt es.

»Mmmmh«, macht sie. Cliehm bemerkt die Gänsehaut, die ihr über den Nacken kriecht. Mit langsamen Bewegungen schneidet er, was sie an Haar übrigließ. Sie wendet den Kopf. Fester Hals. Knabe, denkt Cliehm beim Spiel ihrer Sehnen.

Sie zeigt auf die Schüssel mit dem Haarfärbemittel und rümpft die Nase. »Sieht aus wie Sauce für Spaghetti.«

»Wie macht man's?« Vorsichtig legt er die Schere an den Rand des Beckens.

»Alles reinschmieren.« Sie setzt sich auf den winzigen Hocker, wirft ein Handtuch über die Schultern. Mit den Fingern zieht sie eine Linie auf dem Grat ihres Schädels. »Sie müssen es bis zu den Wurzeln reinkleistern«, sagt sie. »Machen Sie kleine Scheitel, sehen Sie, so.«

»Mit einer Hand?« Er hebt den Gips.

»Wir haben doch Zeit.« Sie lächelt.

Ein Schwall Wärme breitet sich in Cliehm aus. Zeit, denkt er. *Unsere Zeit*. Er greift sich den Pinsel.

»Handschuhe vorher«, warnt sie.

»Einer genügt.« Cliehm läßt sich von ihr den durchsichtigen Fingerling über die Rechte stülpen.

»Meine Haare sind ziemlich dünn«, sagt sie entschuldigend.

»Fein und anmutig«, murmelt er.

Verschwenderische Stunde. Cliehm betrachtet die geschlossenen Lider der Blonden und beginnt. Nach und nach überzieht er die Wölbung ihres Schädels mit bräunlicher Paste. Er pinselt hinter den Ohren, im Nacken, widmet sich sorgfältig jeder einzelnen Strähne.

»Haben Sie Kinder?« fragt sie, ohne die Augen zu öffnen.

»Ich bin zu alt«, antwortet Cliehm mitten im Strich.

»Viele meiner Freundinnen haben Kinder. Ich möchte auch welche.« Sie dreht den Kopf. Cliehm bewundert die

Linie des Halses.
»Sie sind noch zu jung.«
»Kann sein. Von wem hätten Sie eins bekommen?«
»Nicht bewegen«, sagt er und tritt zurück.
»Wollten Sie keins?«
»Es sieht ehrlich gestanden nicht besonders rot aus«, antwortet Cliehm.
»Kommt alles.« Sie beugt sich vor den Spiegel. »Gut machen Sie das.«
»Sorgfalt.« Cliehm pinselt weiter.
»Es stand nie zur Diskussion«, sagt er nach einer Weile und vermeidet, ihren Augen im Spiegel zu begegnen. »Kinder, meine ich. Tilly ist Sängerin. Das war wichtiger.«
Sie schweigt.
»Ich würde sagen, jeder Fleck hat was abgekriegt.« Cliehm tritt zurück.
»Fertig?«
»Fertig.« Der Arm im Gips schmerzt.
»Dann werden wir jetzt einfach *nichts* tun.«
Cliehm folgt ihr in den Raum mit dem Fenster. Es wird schon hell über dem Platz. Das *Cocodrilo riente* wird von den ersten Sonnenstrahlen bedrängt. Der Wirt tritt vor sein Lokal und spielt lange traurige Töne auf dem Akkordeon. Sonst ist kein Mensch zu sehen. Sie setzt sich auf die Matratze, zieht die Beine an. Cliehm kommt zu ihr.
Sie betrachten einander, bis die Schatten aus ihren Gesichtern verschwinden. Das Akkordeonspiel verklingt.
Köstlichkeit, denkt Cliehm.

»Runter damit.« Sie nimmt das Handtuch von den Schultern, steht auf und verläßt den Raum. Cliehms Blick bleibt an die Stelle geheftet, wo sie saß.
»Ich muß gleich zur Arbeit!« ruft sie. Von draußen hört er Wasser fließen und wendet sich um. Im Flur sieht er den schwarzen Heiland. Das Wasser wird abgedreht. Stille. Sie kommt zurück, strählt ihr Haar mit den Fingern.
»Halt«, sagt Cliehm. Sie bleibt stehen. »Ein Schritt zurück.« Sie gehorcht. Der Streifen aus Licht trifft ihren Kopf. Feuer, denkt Cliehm. Flammenwald.
»Fahnenmast«, sagt sie und kommt zu Cliehm an die Matratze.
»Oktoberrevolution«, antwortet er.
»Das haben Sie gut gemacht.« Sie kramt in ihrer Stofftasche, zieht eine grüne Jacke hervor. »Sie sollten liegenbleiben«, sagt sie, als Cliehm Anstalten macht aufzustehen. »Lassen Sie sich Zeit.« Sie berührt ihn an der Schulter.
»Gut.« Er sinkt auf das Lager zurück.
»Schlafen Sie gut.«
Er hört Ihre Schritte verklingen. Zeit, denkt Cliehm. Ein ganzer Tag. Erst abends habe ich meine Verabredung.
Die Sonne steht links vom *Cocodrilo riente*, flach strahlt sie vom Osten herein, als rotgoldene Perle. Sie steigt über das Gebäude, steht über Bairro Alto.

Cliehm wälzt sich auf die andere Seite, betrachtet die Landschaften auf seinem Gips. Die Sonne überschreitet ihren Zenit, wandert aus dem Ausschnitt des Fensters hinaus. Nur die hellen Streifen auf den Läden erzählen von ihrem weiteren Weg. Cliehm zieht die Decke über die Beine.
Ohne Vorwarnung wird es dunkel. Die Luft erhebt sich als mächtiges Blau über dem Platz, allmählich verlischt ihr Glanz, graue Silhouetten zeichnen sich ab, bald sind auch sie verschwunden. Schwärze im Zimmer, als wolle das Licht nie wieder zurückkehren.
Nichts bewegt sich, denkt Cliehm. Der Arm schmerzt. Cliehm hebt den dunkelgrauen Koloß, daß er sich wie ein Schlachtschiff vor dem schwarzen Viereck des Fensters abhebt.
Jetzt! kommandiert Cliehm. Der Pfeil weist in die Nacht. Cliehm schließt die Augen.

Der Kombi frißt sich durch die rabenschwarzen Hügel. Der grelle Blitz eines entgegenkommenden Wagens läßt Cliehm die Augen aufreißen. Bäume, ein Haus, Wegweiser kommen ins Blickfeld. Unmerklich geht es aufwärts. Ich weiß, wo ich herkomme, denkt Cliehm. Jetzt zum zweiten.
Er senkt den Fuß aufs Pedal, mühelos schnellt das schwere Fahrzeug voran. Das erste Dorf, das zweite, Cliehm bremst, wird in den Gurt gedrückt. Der Kombi passiert den Gendarmerieposten, ein Beamter blickt im erleuchteten Fenster auf.
Meinen Führerschein wollen Sie sehen? redet Cliehm mit

dem Mann, dessen Häuschen schon im Rückspiegel verschwindet. Wie dumm, ich habe ihn heute nicht mit. Genaugenommen habe ich noch nie einen besessen. Lächelnd lehnt Cliehm sich zurück. Freie Fahrt bis zum Haus, er steigt wieder aufs Gas. Die Straße ist von Bäumen gesäumt, die Scheinwerfer entreißen sie der Finsternis.

Der Schlüssel knarzt in dem zweihundert Jahre alten Schloß, Cliehm zieht das Türblatt heran, ruckt und rüttelt so lange, bis er sich drehen läßt. Die Scharniere kreischen, Cliehm wirft sich gegen das Holz und landet, sein Gleichgewicht suchend, im Flur.

Neumond, denkt er. So undurchdringlich finster war es noch nie. Er drückt die Tür mit dem Rücken zu. Seine Hand sucht den Lichtschalter, bleibt darauf liegen. Dunkel, beschließt er, macht kein Licht und tastet sich voran, bis er im großen unteren Raum steht. Der Kuhstall. Dort war die Tränke. Hier zog sich die Jaucherinne längs durch den Stall. Drei Jahre hat die Renovierung gedauert. Cliehms Schulter streift den schwarzen Kaminsims. Sein Fuß gleitet so unvorbereitet weg, daß er erst fallend versteht, was das Hindernis war. Tillys Reflexzonenmassageroller. Die kleinen Holzräder knirschen auf den Fliesen, Cliehms Beine geraten in äußerste Spreizung. Bevor es ihn zerreißt, gibt er nach, läßt sich fallen. Linksseitig kracht er zu Boden, ein Blitz durchfährt seinen Arm. *Es ist immer derselbe!*

Cliehm zieht den Arm vor die Brust, er hört sich selbst wimmern. Gebrochen scheint nichts. Vielleicht doch? Er öffnet einen Hemdknopf und schiebt den Arm durch die

Öffnung. Leises Klickern an seinem Fuß, er versetzt dem Reflexzonenmassageroller einen Tritt, hört ihn gegen die Fensterwand schlittern.
Zu Cliehms Häupten schimmert die vertraute Gestalt des mächtigen Kühlschranks. Er hievt sich auf die Knie, zieht am Griff. Das Tor gibt nach und geht auf. Grelles Licht, weiß und eisig schlägt ihm der Atem des Riesen entgegen. Sauber blinken die Fächer. Siegessicher klappt Cliehm das Käsefach nach unten. Eiskalte Zartbitterschokolade. Tillys bittere Gelüste, denkt er, reißt die Hülle auf und zerfetzt das Stanniol. Er knackt ein Stück ab und wartet. Mit dem Rücken sackt er gegen den offenen Turm, daß ihm die Haare im Nacken zu Berge stehen.
Der Schlüssel knarzt im Schloß, das Türblatt wird herangezogen. Jemand ist draußen.
Cliehm klemmt das letzte Stück Schokolade zwischen die Zähne und schlägt die dampfende Eisschranktür zu. Phantastische Finsternis. Er springt auf die Füße und tastet mit vorgestreckten Armen zur Treppe beim Eingang. Er nimmt die unteren Stufen, hinter ihm kreischen Scharniere. Cliehm erreicht die erste Etage. Jemand wirft sich gegen das Holz und landet im Flur. Cliehm linst um die Ecke. Unten legt die Gestalt den Kopf schief und lauscht. Cliehm macht eine Wendung nach rechts. Der Art-déco-Kandelaber. Tilly hat ihn aus Paris mitgebracht. Er versetzt der zierlichen Lampe einen Stoß. Die Glasperlen klirren. Stille.
Warum ruft er nicht? Wieso sagt er nicht *Hallo, ist jemand zu Hause?* Er hat doch den Kombi gesehen. Cliehm grinst ins

Dunkel. Zinnk macht sich auf Einbrecherjagd. Er soll nicht enttäuscht werden.
Ein Scharren von unten, mit wohlgesetzten Schritten werden die Stufen genommen. Cliehm reibt sich die Schulter. Vollkommen taub, denkt er und läuft zum Ende des Ganges. Mit übertriebenem Lärm reißt er das Fenster auf, steigt auf das Vordach. Hinter ihm Schritte. Cliehm balanciert abwärts und springt. Der Sand fängt ihn, er rollt, landet auf festem Grund. Sein Arm schmerzt.
Oben steht die Gestalt als Silhouette im dunkleren Fenster. Cliehm packt den Arm an die Brust und läuft ums Haus.
Der Kombi. Seine Finger ertasten das Blech.
Die Eingangstür prallt auf. Cliehm versichert sich, daß die Gestalt ihn gesehen hat, dann schleicht er zum Werkzeugschuppen. Der andere folgt. Cliehm öffnet das Gatter, schließt sich im Schuppen ein. Schläuche, Rasenmäher, Sense. Er erreicht die Werkbank, seine Finger suchen die Axt. Von draußen wird am Gatter gezerrt. Ein Ruck, ein Tritt. Cliehm hört Scharren an der Wand, Metall. Quieken, Splittern von Holz. Das Gatter bebt, eine Latte bricht. Cliehm faßt den hölzernen Griff.
Ehebrecher, denkt er. Du sollst nicht begehren deines Nächsten Weib!
Das Gatter bricht, dort steht die Gestalt.
»Du sollst nicht begehren!« schreit Cliehm und schleudert die Axt mit Wucht. Sie saust durch den Schuppen, kurz blitzt es auf, dann prallt das Eisen gegen den Spaten, den die Gestalt schützend hochhält. Die Axt fällt zu Boden.

Zinnk springt zurück, schreit.
»Ich bin bewaffnet!« ruft er.
»Das würde mich überraschen«, antwortet Cliehm ruhig.
»Wer ist da?«
»Zinnk, sind Sie das?« fragt Cliehm mit gespieltem Erstaunen.
»Cliehm?! Himmelherrgott, was machen Sie denn!«
»Einbrecher, dachte ich.«
»Sie haben mich für einen Einbrecher gehalten?« Zinnk schnauft. »Sie wußten doch, daß ich komme! Ich war beunruhigt. Ihr Wagen stand da, aber nirgends war Licht.«
Cliehm kippt den Schalter um. Die Glühbirne ist hell wie die Sonne, beide halten die Hand vor die Augen. Cliehm fingert den Schlüssel aus der Vertiefung zwischen den Steinen.
»Um ein Haar hätten Sie mich getroffen«, sagt Zinnk. »Was ist mit Ihrem Arm?«
»Nicht so schlimm.« Cliehm öffnet die Tür, geht voraus. Sie stehen im großen unteren Raum.
»Was zu trinken?«
»Kann ich jetzt gut vertragen.« Zinnk steht unschlüssig in der Mitte des Saales.
»Soll ich Feuer machen?«
»Mir ist nicht kalt. Warum sitzen Sie allein im dunklen Haus?« Zinnk geht zum langen Tisch.
»Muß eingenickt sein.« Cliehm kommt mit der Flasche und zwei Gläsern hinterher. »Sie wollten mich sprechen.« Er gießt ein.

»Ich finde es ehrlich gestanden seltsam, die Sache hier zu bereden. Um diese Stunde.« Zinnk setzt sich, Cliehm tritt vor ihn, bemerkt die weiße Haut rund um seine Augen. Leguan, denkt er.
»Sie haben doch gar keine Unterlagen hier.« Nervös öffnet Zinnk den Knopf seines Jacketts.
»Unterlagen?«
Zinnk hebt sein Glas. »Auf den Schrecken«, sagt er.
Die Gläser klacken aneinander. Cliehm nippt, Zinnk trinkt aus.
»Ist das ein Bild aus *Walzertraum*?« fragt er, steht auf und beugt sich über das gerahmte Photo auf der Anrichte. War sie nicht umwerfend?«
Du hast ihre Haut gerochen, ihren Atem gespürt, denkt Cliehm.
»Das ist die allgemeine Meinung«, antwortet er.
»Sie gibt auf niemandes Urteil so viel wie auf Ihres«, sagt Zinnk. »Unlängst haben wir uns gesehen ... vor dem Theater, nach einer Probe. Sie war erschöpft, ich habe ihr angeboten, sie mitzunehmen. Auf der Fahrt sprach sie von nichts anderem, als daß Cliehm mit der letzten *Walzertraum*-Vorstellung unzufrieden gewesen ist.« Zinnk lacht. »Cliehm tadelt und die Frauen sind vernichtet.«
Du hast dich auf sie gewälzt, denkt Cliehm. Hast ihre Brüste berührt, deine Finger spielten mit ihren blaßroten Nippeln.
Er packt das Schnapsglas wie einen Faustkeil. Zinnks Lächeln verschwindet. Er kommt zurück an den Tisch.
»Jeder kennt Ihren eigentümlichen Humor«, sagt er und

setzt sich. »Aber gehen Sie diesmal nicht zu weit?« Er legt den Kopf schief. »Sie haben ihn eingebaut, habe ich recht?«
»Eingebaut?« Cliehm stützt beide Unterarme auf die Eichenplatte.
»Die meisten Kollegen haben ihn bei der Überprüfung einfach übergangen. Weil er so harmlos aussieht, Ihr Fehler.« Zinnk öffnet den obersten Hemdknopf, ohne die Krawatte zu lockern. »Aber er ist es nicht.«
»Fahren Sie fort.« Cliehm fühlt plötzlich ein Pochen in der Schläfe.
»Dritte Zeile, ganz rechts«, sagt Zinnk. »Sie haben ihn absichtlich eingebaut, das ist mir klar«, fügt er hinzu. »Ich würde nur gerne wissen, warum! Die Formel wurde mehrfach abgedruckt. Sie liegt in London bei der McGregor-Stiftung. Nicht daß dort jemand imstande wäre, sie zu begreifen oder den Fehler zu finden, aber ...«, Zinnk gießt sich nach, »... aber Sie wissen am besten, daß der Fehler das ganze Gebäude zum Einsturz bringt. Also warum?«
Ein unerwarteter Ruck reißt Cliehm hoch. Noch einer.
»Und das – hupp – wollten Sie mir sagen?« Cliehm hat Mühe, Luft zu bekommen. Wieso Schluckauf?
»Seit Wochen brennt es mir unter den Nägeln.« Zinnk rutscht mit dem Stuhl näher. »Ich dachte, Sie würden selbst damit kommen. Was das Geheimnis ist! Wo liegt der Clou? Das μ-Zeichen am Ende der dritten Zeile birgt ein Geheimnis. Soviel ist mir klar. Aber welches?«
Zinnks Augen zucken erregt. Weiß und schuppig, denkt Cliehm.

»Ich schlafe kaum noch! Die Formel spukt in meinem Kopf wie bei anderen der Traum vom Fliegen. Meine Frau macht sich Sorgen. Nachts sitze ich stundenlang im Bad und zermartere mein Gehirn: Was hat Cliehm gemeint? Was will er verschlüsseln? Was ist das Geheimnis?!«
Tilly läuft über gelbgrüne Wiesen, denkt Cliehm. Sie hat ihr Hemd abgeworfen und kommt auf mich zu. Ich empfange sie mit offenen Armen. Wir rollen zwischen Hafer und Mischgras und kümmern uns nicht um den Fehler am Ende der dritten Zeile.
»Wissen Sie, was ich glaube?« funkelt Zinnk. »Es ist ein Geheimnis, das den alten Einstein wie einen armseligen Rechenlehrer aussehen läßt! Und aus irgendeinem Grund halten Sie es zurück.«
»Ich bin froh, – hupp – daß Sie sich mir anvertrauen«, sagt Cliehm.
Abends machen wir Feuer, denkt er, beschwören die grüne Fee im Absinth, lieben uns vor dem Kamin.
»Ja und?!« fragt Zinnk. Ein Speichelfaden hängt ihm vom Kinn. »Wollen Sie es mir sagen?«
»Die Zeit ist noch nicht reif«, antwortet Cliehm bedeutungsvoll.
»Die Zeit?« Zinnks Backenknochen treten hervor. »Wir arbeiten seit zehn Jahren für dasselbe Institut. Für niemanden unserer Wissenschaft hege ich solche Wertschätzung. Wenn Sie mich ins Vertrauen ziehen, Cliehm! – Sie würden es nicht bereuen. Überlegen Sie, was wir Seite an Seite mit der Entdeckung anfangen könnten.« Zinnks Zunge

schießt hervor, leckt über die obere Zahnreihe. »Wenn Sie ...«

»Geben Sie mir Zeit, Ihr Angebot zu überlegen«, unterbricht Cliehm.

»Gut! Ich habe nicht erwartet, daß Sie es mir heute abend verraten.« Ein kindliches Lachen entschlüpft Zinnk. »Aber daß Sie eine Axt nach mir werfen, dachte ich auch nicht. Sie haben etwas gerufen, vorhin im Schuppen.«

»Gerufen?«

»Für mich klang es wie: ›Du sollst nicht begehren.‹ Was meinten Sie damit?«

»Zehntes Gebot«, lächelt Cliehm. »Du sollst nicht begehren deines Nächsten Gut.«

»Der Einbrecher!« Zinnk trinkt sein drittes Glas Birnenschnaps leer. »Da habe ich ja noch mal Glück gehabt.« Sein Blick fällt auf das Photo. »Ich muß mir Tilly im *Walzertraum* bald wieder ansehen«, sagt er.

Walzertraum. Cliehm schließt die Augen. Sein Arm pocht. Tilly.

Cliehm öffnet die Augen. Finsternis. Jemand hat die Läden vorgezogen, der Wind rüttelt sachte daran. Cliehm schnuppert – der Geruch von Knoblauch in Öl. Er hört Fernandos Akkordeonspiel. Kniend, die Arme tastend vorgestreckt, bewegt er sich auf das Fenster zu. Die Fingerkuppen treffen auf Holz, der Gips stößt krachend den Laden auf.

Das *Cocodrilo riente* ist erleuchtet, Musik dringt heraus. Drinnen wird getanzt, erkennt Cliehm. Die Kellnerin geht durch das Lokal. Sie hat leuchtendrotes Haar. Cliehm hält den Gipsarm gegen den durchsichtig schwarzen Himmel. Jetzt zum dritten.

Langsam steht er auf, verläßt den Raum mit dem blauen Plafond und geht hinüber ins kleinere Zimmer. Er legt sich auf seine Matratze und lauscht den Akkordeonklängen.

Vier

Sangre

Sie liegt als Wurm in die Decke gehüllt, neben ihrer Schulter ist ein Buch aufgeschlagen. Cliehm kommt mit dem Tablett aus der Küche.

»Ist Ihnen kalt?« fragt er. Der Wurm regt sich nicht.

»Draußen finde ich es nicht kalt.« Er balanciert das Tablett zu Boden. »Bloß sind die Räume hier so gelegen, daß es zieht. Steht im Bad das Fenster offen, bläst der Wind durch alle Ritzen.« Er gießt sich Kaffee ein.

»Ich verdiene nichts mehr«, hört er, ohne daß der Wurm sich bewegt. »Von dem, was Fernando bezahlt, kann ich gerade verhungern.« Sie hebt den Kopf, ein rotes Büschel taucht auf. »Und jetzt bleiben die Touristen aus.«

»Das heißt?« Cliehm beobachtet, wie sich ein Ohr, die Nase, schließlich das ganze verschlafene Gesicht ihm zuwendet.

»Trinkgeld heißt das. Amis, Deutsche, Holländer.«

»Kommt da so viel zusammen?«

»Ich lebe davon.« Sie reibt sich die Augen, ihr Kopf plumpst zurück. »Im Oktober fährt keiner mehr nach Lissabon.«

»Wir haben November.« Cliehm greift nach dem Messer.

»Was?!« Sie kommt wieder hoch.

Er klemmt die Weißbrotscheibe in den Schlitz seines Gipses. »Schon seit fünf Tagen«, nickt er.

»Bald ist Advent«, sagt sie.
»Nicht sehr bald.« Portugiesisches Brot ist weitgehend geschmacklos, denkt er und streicht dick Butter darauf.
»In der Adventszeit wollte ich zurück sein. Spätestens zu Weihnachten.«
Er führt den Gips an den Mund, beißt vom Brot ab. »Ich war Weihnachten immer zu Hause«, nickt er. »Tilly singt Heiligabend, Geistliches meist.« Er leckt sich Krümel aus dem Mundwinkel.
»Und dieses Jahr?«
»Dieses Jahr ist es ein besonderer Fall.«
»Wieso?«
»Ich habe in diesem Jahr . . .«, er lächelt, »ein wenig Zeit gewonnen.« Jetzt zum dritten, denkt Cliehm und setzt sich ans untere Ende der Matratze. Er spürt ihre Füße. »Es gibt Jahre, da ist Weihnachten doppelt. Oder dreifach.« Er trinkt.
Sie legt die Hand an seine Hüfte. »Ich jedenfalls möchte Weihnachten zu Hause sein«, sagt sie.
»Warum fahren Sie nicht?« Er bemerkt, daß er den Gedanken nicht mag.
Sie reibt Daumen und Zeigefinger aneinander. »Kein Brennstoff«, sagt sie.
Cliehm stellt die Tasse auf den Boden, steht auf, geht zu seinem Jackett.
»Ich hätte Plastik.« Er läßt Kreditkarten aus der Brieftasche klappern.
»Ich nehm' kein Geld von Ihnen«, schüttelt sie den Kopf.

»Wenn ich's aus eigener Kraft schaffe, bin ich Weihnachten daheim. Sonst nicht.«

Er nimmt sich ein zweites Stück Brot.

»Ist der Heizstrahler an?« Sie wickelt sich enger in die Decke.

»Höchste Stufe«, sagt er. »Gleich springt die Sicherung heraus. Wenn Sie Weihnachten heimfahren, kommen Sie dann wieder?«

»Keine Ahnung.« Sie setzt sich auf.

Cliehm sieht aus dem Fenster. Nur zwei Tische stehen vor dem *Cocodrilo riente*. Der Himmel ist wie geronnene Milch. Die Männer tragen Hüte, die Frauen Tücher.

»Kennen Sie das?« Cliehm leckt die Finger der Rechten ab, bildet damit ein Dreieck.

»Dreieck«, sagt sie, nimmt Cliehms Tasse vom Boden und trinkt.

»Nein. Das ist ein A.« Cliehm setzt sich. »In der Schule dachte ich mir diese Zeichensprache aus. Sehen Sie –«, er bewegt die Finger. »A, B, C –«

»Für jeden Buchstaben ein Zeichen?« fragt sie kauend.

»Es gibt auch Zeichen für gängige Silben.« Er legt den Daumen flach in die Innenseite der Hand. »AUS« sagt er, winkelt ihn an. »AUF.« Er lächelt.

»AUF.« Sie macht es ihm nach. »AUS. Und was heißt RÜCK?«

Er schiebt die Daumenspitze zwischen Ring- und Mittelfinger.

»Ich dachte, das heißt *Leck mich*«, lacht sie. »Machen Sie weiter.«

»Dazu bräuchte ich die andere Hand.« Er hebt den Gips.
Sie läßt seine Hüfte los, rollt zur Seite, greift sich die Stablampe aus der Ecke.
»Kennen Sie das?« Der Lichtkegel wandert die Wand empor, steht an der Decke als blauweißer ovaler Fleck. Sie nimmt die andere Hand zu Hilfe. Einen Moment lang ein klumpiger Schatten, dann zucken die Finger hoch, bewegen sich auf und ab. »Was ist es?« fragt sie.
»Hund, der bellt«, sagt Cliehm zu dem Schattengebilde. Die Rote kichert, ändert die Haltung der Finger.
»Ente.«
Beim nächsten Tier zögert Cliehm. »Meerschweinchen?«
»Das ist ein Tiger«, sagt sie beleidigt.
»Dazu müßte er knurren.«
»Fffff«, macht die Rote. »Ffffffchhhhh!«
Cliehm lacht. »Klingt gefährlich.« Die Hand verschwindet aus dem lichten Oval.
»Ihre Blutwerte sind gut.« Unvermittelt zieht sie einen Umschlag unter der Matratze hervor.
»Werte?«
»Dr. Dreyfus hat Ihnen Blut abgenommen. Er hat es untersuchen lassen.«
»War das nötig?«
»Es ist alles in Ordnung.« Sie gibt ihm das große Kuvert.
Cliehm zieht die Papiere hervor. »P.s.Vg.«, liest er. »Sub. Mt.AHG.«
»Gutes Blutbild für Ihr Alter, sagt der Doktor.«

»Was ist das da alles in meinem Blut – *Ancam p.bz.* und 100 *buloçiadao?* Ich möchte solche Dinge nicht wissen.« Er schiebt die Formulare in den Umschlag zurück. »Was geschieht damit?«
»Wieder unter die Matratze am besten.« Sie schnappt den Umschlag und läßt ihn unsichtbar werden.
»Stehen Sie auf?« fragt er.
»Wozu?« Sie wickelt sich in die Decke.
»Dann dusche ich zuerst.« Cliehm erhebt sich.
»Duschen?« Sie lacht. »Habe ich gesagt, daß Sie schon riechen wie ein Büffel?«
»Heute oder nie.«
»Soll ich Ihnen helfen?«
»Nein.« Rasch geht er zur Tür.
»Dann schlafe ich weiter. Fernando braucht mich erst später.« Sie rollt sich zur Wand.
Cliehm geht ins Bad. Der linke Hemdärmel ist aufgeschnitten, das Ausziehen bereitet keine Mühe. Hose, Socken, Unterhose landen auf dem winzigen Hocker. Cliehm steigt in die Dusche.
Es ist schlimm. Es kostet Überwindung! Es fällt schwer, bereitet er sich vor und dreht das Wasser auf.
»Es ist schlimm!« schreit er. »Braaaaaaaaak!« Er dreht wieder ab. Kann man in Eiswasser duschen?
»Alles in Ordnung?« hört er von draußen.
Cliehm antwortet nicht. Vorsichtig dreht er einen rieseligen Strahl wieder an, schiebt die Wade hinein. Unmöglich, denkt er, man stirbt. Das Wasser berührt seine Knie.

Ich werde erfroren sein, bevor der Nabel erreicht ist. Er jappt nach Luft.
Keine Kompromisse, beschließt er. Tod oder Sieg. Jetzt!
Er nimmt die Brause aus der Halterung, holt Luft und hält sich den Strahl direkt ins Gesicht.
Eispickel gefällig? fragt der Schmerz und prasselt auf Cliehms Wangen.
Ich besiege dich! schreit Cliehm. Die eisige Brut erreicht seinen Hals, die Brust. Er hebt den Gipsarm so hoch er kann, trotzdem kriechen die Schlangen in den grauen Schacht. Unten läuft es wieder heraus.
Wie lange noch? fragt sich Cliehm inmitten des Eises. Bin ich nicht sauber genug?
Du stinkst wie ein Iltis, sagt der Schmerz und gähnt.
Was ist los? Cliehm fühlt sich besser.
Gewöhnungssache. Der Schmerz nickt allmählich ein.
Stimmt! Cliehm läßt die Brause von überall an sich heran. Jungbrunnen! Er betrachtet seine schlaffgelbe Haut, die Brustwarzen zeigen abwärts. Euch werd' ich's besorgen, ruft Cliehm und massiert die Nippel mit dem Strahl. Sofort stellen sie sich auf. Soldaten! lacht Cliehm. Alles gehorcht. Er macht seine Männlichkeit springen, indem er das Wasser von unten darauf richtet. Aufwärts, befiehlt er. Der Strahl spielt mit dem Gehänge zwischen Cliehms Beinen. Plötzlich bemerkt er, daß er singt.
Was ist es? fragt er die Melodie.
Du kennst mich, antwortet sie. – *Das Zittern in der Hand des Liebsten ...*

Ich weiß! ruft Cliehm und beginnt schallend zu singen.

»Das Zittern in der Hand des Liebsten,
der Hauch von Frühling um und um.
Das liebe Wort, die heißen Wangen,
die fragen nicht, weshalb, warum!«

Es hallt von den Wänden des winzigen Raumes, erfüllt Cliehm mit Stolz und Lust. Er denkt an die Schenkel der Roten. Unbändigkeit, denkt er und wölbt die Brust dem Wasserstrahl entgegen.

»Das Zittern in der Hand des Liebsten!« trompetet er.

Ist es ein Geräusch oder eine Ahnung? Nicht zu singen aufhören, entscheidet er und stimmt den Refrain ein zweites Mal an. *»Der Hauch von Frühling um und um!«*

Er schiebt den Duschvorhang ein wenig beiseite. Im Türrahmen steht die Rote, in ihre Decke gehüllt. Lauscht sie oder guckt sie? Cliehm wendet dem Vorhang den Rücken zu, schiebt ihn beiläufig zur Seite.

»Das liebe Wort, die heißen Wangen,
die fragen nicht, weshalb, warum!«

Er wässert sein Gesicht und blinzelt dabei. Sie steht immer noch da, erkennt er zwischen den Perlen. Steht und guckt. Guckt mich an, denkt er stolz. Du Prachtkerl, sagt er und dreht sich singend einmal im Kreis. Er stellt das Wasser ab. Bevor er die Augen öffnet, fühlt er Weiches an seiner Schulter.

»Ich gucke nicht«, sagt die Rote und hält ihm das Badetuch hin.

Cliehm wirft es über. Cäsar, denkt er, Tunica.

»Soll ich Ihnen beim Abtrocknen helfen?«
»Ich ...« Einen Augenblick lang wünscht er Berührung. »Ich komme zurecht.« Er beginnt zu rubbeln.
»Dann gehe ich wieder ins Bett.« Sie verläßt das Bad.
»Danke für das Handtuch.«
Körper, denkt Cliehm triumphierend und trocknet sich zwischen den Beinen. Du Teufelskerl. Er bläst eine Perle von der Nasenspitze.

»Neuer Mensch«, lacht Cliehm. Gescheitelt, mit frischem Hemd, die Socken erst vor wenigen Tagen gekauft, steht er vor der Tür. Der Himmel muß eben aufgerissen sein. Cliehm tritt in die Sonne. Mein Platz, mein heimatliches Häusergeviert. Langsam überquert er das grasige Pflaster, um die Sonne länger im Nacken zu spüren.
»Tudo bem?« nickt er dem Akkordeonisten beim Durchqueren des Schankraumes zu. Die Rote hat ihm die Frage beigebracht. Jedesmal erhält er eine andere Antwort.
»Ela ainda está dormindo?« fragt der Wirt heute.
Cliehm lächelt vielsagend.
»Os gatinhos precisam de muito sono«, meint Fernando und lacht dümpelnd. Cliehm erreicht den Ausgang.
Den Rundgang rechts herum, beschließt er. Grund? Kein besonderer. Er schlendert die schmale Gasse entlang, erreicht den Mohrenkopf. Vielleicht wäre die violette Telefonzelle ein Grund. Er faßt in die Hosentasche. Münzen habe ich, stellt er fest. Leicht, als wolle er sich Wind zufächeln, bewegt er die Schwingtür hin und her.

Ich könnte telefonieren. Beim zweiten Klingeln würde sie abheben. Morgens verläßt Tilly die Wohnung niemals. Läßt ihre Cremes einwirken und liest Artikel über berühmte Frauen. Sie wird nie früher als elf Uhr zur Probe bestellt, Privileg der Diva. Wie würde sie auf meine Stimme reagieren? ›Gut geschlafen?‹ könnte ich sagen. Sprachlos würde sie mit dem Telefon durch die Wohnung laufen, so weit das Kabel reicht. Sie würde die Tür zu meinem Zimmer aufstoßen und dort wäre – *ich*.

Vielleicht schnitte ich gerade meine Zehennägel oder säße einfach nur da. ›Weißt du, wer dran ist?‹ würde sie sagen und mir den Hörer hinhalten. Vielleicht stünde ich auf. Wahrscheinlich würde ich fragen, was man von mir will. ›Da verstellt einer seine Stimme‹, antwortete Tilly. Ich würde den Hörer nehmen.

Und dann? Cliehm öffnet die Glastür. Könnte ich mit mir sprechen? Von einer Gegenwart zur andern? Zu Hause ist auch November, überlegt er. Ich trüge den grauen Rollkragenpulli und zwei Paar Socken. In der naßkalten Jahreszeit friere ich an den Füßen. Hier habe ich mir ein Paar dünner Zwirnstrümpfe gekauft. Angenehm an Tagen wie heute, wo es mittags noch warm wird. Der Mann in Zwirnsocken telefoniert mit dem Mann, der doppelte Wollsocken trägt.

Würde die Zeit implodieren? Stürzen die Gegenwarten ineinander, wenn sie sich berühren? Oder laufen sie gleichmäßig fort, wie zwei Geleise, die zu unterschiedlichen Zielen führen, sich aber irgendwo auf der Strecke be-

gegnen? Eine Weiche in der Zeit? denkt Cliehm. Kann ich sie stellen?
»Disculpe, quer telefonar ou não?« hört er eine angenehme Stimme. Cliehm dreht sich um. Die Frau mit den weißen Locken erkennt er sofort.
»Nein. Bitte. Die Zelle ist frei.« Er angelt die Tür nach außen. Sie bedankt sich mit einem Lächeln. Cliehm sieht ihre Augen. Die Pupille des einen ist mit milchiger Haut bedeckt.
»Wir haben uns hier schon einmal getroffen«, sagt er, auch wenn er weiß, daß sie nicht versteht. Sie nickt unsicher, betritt die Kabine, zögert, den Hörer abzunehmen. Cliehm geht weiter. Zweimal dreht er sich noch um und beobachtet die Weißhaarige verstohlen.
Der Spaziergang. Er steigt die Stufenstraße hoch. Für das kleine Restaurant ist es zu früh. Der Kellner würde mich zum Genuß von Speisen verführen, die mir nicht bekommen. Einen Block vor dem Lokal bleibt Cliehm stehen. Eine Regenrinne trennt zwei Häuser. In ihren Schatten ist ein Stock gelehnt. Kein Stock, das ist ein Besen. Abgegriffener Stiel, fransige Borsten. Cliehm langt danach, holt ihn aus dem Halbdunkel hervor. Faßt sich an wie etwas, das ich kenne, überlegt er. Langsam, als wolle er ein Kunststück ausprobieren, dreht er ihn um, rammt die Spitze des Stieles auf den Boden. Er schiebt die Borsten unter die Achsel und stützt sich darauf.
»Das ist mein Besen!« ruft Cliehm in die schattige Gasse hinein. »Jemand hat ihn gefunden und hier angelehnt.«

Er betrachtet den Besen genauer. Ich verliere ihn doch erst im Mai, stutzt er. Wir haben November. Es kann nicht meiner sein. Enttäuscht schüttelt Cliehm den Kopf. Holzbesen ähneln einander eben. Behutsam, als halte er eine Antiquität in Händen, stellt er den Besen zurück.
Keine Lust auf den Rest des Spaziergangs. Cliehm dreht um, steigt wieder abwärts. Laut hallen seine Schritte durch die Gasse. Schon kommt der Mohrenkopf in Sicht. Das verrostete Gitter. Cliehm lächelt. Hier bist du schon öfter gestrandet, denkt er, stellt den Fuß auf den Bordstein und faßt die schmiedeeisernen Schnörkel. Er blickt ins Innere des Raumes. Blaues Fernsehlicht sieht er, eine wütende Männerstimme stößt englische Beschimpfungen aus. Der Glasperlenvorhang klickert im Wind. Cliehm preßt die Stirn zwischen die Gitterstäbe, reckt sich, um mehr von dem Zimmer zu sehen.
»O que você quer?« hört er eine Stimme.
Er prallt zurück. Aus dem Sessel arbeitet sich ein schmächtiger Körper empor. Weiße Locken sieht Cliehm. Sie dreht sich um. Es ist die Frau aus der Telefonzelle.
»Está me perseguindo?«
»Bitte entschuldigen Sie vielmals. Ich wollte Sie nicht erschrecken«, stammelt Cliehm und läßt das Gitter los.
Der Stein, auf den er sein Bein stützt, rutscht. Cliehm schreit, sucht Halt, torkelt, ein Mauervorsprung scheint Barriere zu sein. Die Rechte verfehlt ihn, der Gips rammt das Hauseck, seitlich stürzt Cliehm in die Tiefe. Wie immer, denkt er und bemüht sich, den linken Arm an der Brust zu bergen.

Schlitternd sieht er den Boden aus Gras und Steinen, den hohlen Gang zwischen zwei Häusern. Er kollert und rutscht, bleibt auf festem Grund liegen.
Seine Schläfe ruht auf Gras, darunter kalter Stein. Mein Arm, denkt er ängstlich und hebt das gipsene Ungetüm über den Kopf. Schmutzig hebt es sich vor dem Viereck des Himmels ab. Ein Stück am oberen Ende ist weggebrochen, aber im Innern ist alles noch heil. Hinter dem Gips erhebt sich die grüne Wand. Das Fenster ist offen. Cliehm sieht die Rote oben im Zimmer. Auf den Schrecken mache ich mir einen Tee, beschließt er. Portugiesischer Tee ist vorzüglich. Sie trinkt vielleicht eine Tasse mit, hofft Cliehm und steht auf.

Jagdzeit

Die Träume sind anders als früher. Cliehm starrt zur Decke. Sein Zimmer, nebenan schläft die Rote. Durch das dunkle Blau wirkt der Raum kleiner, nachts praktisch schwarz. Blaublau habe ich ihn gestrichen, denkt Cliehm und rollt zur Seite. Nur das Bettzeug ist weiß. Er zieht das Kissen in die Beuge zwischen Ohr und Schulter. Er hat die Tür einen Spaltbreit offengelassen, um den Heiland im Flur zu spüren. Träumst du manchmal? fragt er den Heiland.
Ich bin aus Holz, antwortet der Gekreuzigte. Mein Kreuz ist aus Holz. Nur meine Dornenkrone ist aus Draht.

Cliehm betrachtet den dunklen Streifen zum Flur. Ich mag nicht mehr träumen, sagt er. Träumen heißt, woanders zu sein. Ich bin gerne hier.

Nur einen Augenblick lang hat sich der dunkle Streifen verbreitert, jetzt steht sie an seiner Matratze.

»Schlafen Sie?« flüstert es. Cliehm ist nicht fähig, sich zu bewegen.

»Schlafen Sie ruhig«, flüstert es ein zweites Mal. Dann ist sie mit flinker Bewegung unter seine Decke geschlüpft.

Anakonda, denkt Cliehm und preßt das Kissen gegen sein Ohr. Sie liegt still, wie ein Tier bei einem zweiten liegt, und tut nichts.

»Gredkulla«, flüstert er.

»Sie schlafen nicht?«

»Ich wollte nicht träumen.«

Ihre Hand streicht über sein Hemd, öffnet die Knöpfe von oben nach unten. Er berührt ihren Hals. Sie ist nackt, weiß er, ohne tiefer zu gleiten. Tilly, denkt Cliehm und vergißt es gleich wieder.

Die Rote legt ihren Kopf auf seine Brust. Er fragt nichts. Sie riecht an ihm, seiner Achsel, dem Bauch. Er hebt ihren Kopf zu sich, sie gleitet über ihn weg, läßt sich schwer auf ihn sinken. Ihr Körper ist überall. Cliehm will greifen, was über ihm atmet, sie verbietet es. Mit beiden Händen hält sie seinen gesunden Arm fest, hilflos taumelt zur Linken der Gips. Ich wäre stärker, denkt Cliehm. Trotzdem gibt er ihr nach. Als wüßte sie nicht, was der Grund ihres Kommens sein soll, sinkt ihr Kopf auf seine Schulter. Sie öffnet den

Mund, beißt Cliehm, fest und anhaltend. Er genießt den Ring ihrer Zähne.
Sie weint, merkt er plötzlich und nähert seine Nase ihrem Ohr. Als hätte ein elektrischer Schlag sie getroffen, zuckt sie hoch. Sie reißt die Decke beiseite. Wie man einen Leichnam bloßlegt. Das ist Cliehm, den du siehst, denkt er. Er ist alt und trotzdem voller Gegenwarten. Was bist du? Jung und geschmeidig, mit einer roten Haube, die ich dir gezaubert habe. Sie setzt sich rittlings auf ihn. Er spürt das feste Fleisch der Schenkel, ahnt das dunkle Oval ihres Nabels.
»Gredkulla.«
Sie antwortet mit einem Seufzen.
Zeit, zu gehen, drängt die Erinnerung sich plötzlich dazwischen.
Jetzt? Ich bin nicht bereit! wehrt sich Cliehm.
Du bist, nickt die Erinnerung.
Ich bleibe!
Cliehm hebt das Becken, fühlt die feuchte Scham der Roten. Ich habe das Kommando! schreit er und stößt zu.
Übertreibst du nicht etwas? fragt die Erinnerung.
Ich – habe – das – Kom – mando! Cliehm bäumt sich auf.
Du holder Schmerz, faucht die Erinnerung und schreitet voran.
Cliehm schließt die Augen.

»Die *Piratenbraut* ist nicht die beste Operette von Wenzel Knattek«, sagt Tilly, »aber auch nicht die schlechteste.« Sie sitzt am Kopfende der Tafel.

Jetzt zum zweiten? fragt Cliehm. Was soll ich hier? Ich sehne mich zurück!
Cliehm sieht aus dem Fenster. Nebel vor dem Haus, Morgenluft. Die Jagdgesellschaft im November. Ich will auf die Matratze, stöhnt er.
Von seinem Gastgeberplatz zur Rechten Tillys blickt er auf das Spalier der Geladenen. Für solche Anlässe hat sie den zwölf Meter langen Tisch bauen lassen. Er schweift die Gesichter der Essenden entlang. Die Mooshammers, die Endlers, die Spanners und Elly Behtrù auf dieser Seite. Verwitwet vor Jahrzehnten hat sie das kleidsame Schwarz nie wieder abgelegt. Neben ihr Zinnk mit seiner grauen Madonna. Sie berührt Zinnks Ellbogenbeuge. Wie neckisch sie ihren kleinen Finger hineinklemmt. Zinnk ißt Bauernschinken ohne Brot, sie betrachtet ihn zärtlich. Knechtschaft, denkt Cliehm, so sehr geliebt zu werden. Am anderen Ende thront der Operndirektor. Links davon Margat, stets heiter, stets Junggeselle, denkt Cliehm. Nie erscheint er in Frauenbegleitung und tut immer, als sei ihm wohl dabei. Neben Margat Staatsanwalt Trummer mit seiner Frau, die allgemein für eine fesche Erscheinung gehalten wird. Zuviel Selbstbräunungscreme, ein Décolleté wie aus Leder. Der Staatsanwalt ist der einzige hier, dessen Humor ich ertrage. Cliehm lächelt dem Stahlgrauen zu. Daneben der Kritiker von der *Tagespost* und zwei von Tillys Tanten. Sie hat so viele Tanten, denkt Cliehm, daß wir die Tafel allein mit ihnen füllen könnten.
»In den Zwanziger Jahren war Knatteks *Piratenbraut* ein Ren-

ner«, bellt der Direktor mit Stentorstimme. Sein Blick fängt den Kritiker. »Wurde an mehr als hundert Theatern gespielt und in fünf Sprachen übersetzt.«
Der Kritiker nickt gelangweilt.
»In den letzten Jahren ist es still geworden um Knattek«, läßt der Direktor nicht locker. »Es ist ein Risiko, mit diesem vergessenen Werk die Saison zu beschließen.«
»Wann ist Premiere?« Der Kritiker hätte gern mehr von dem Lachs genommen, doch die Platte ist leer.
»Im Mai.« Tilly gibt Grete ein Zeichen, noch Lachs aufzutragen. Sie hat es nicht bemerkt, denkt Cliehm und sieht Grete in der Küche verschwinden.
»Niemand kommt, um Knatteks Schmonzette zu hören.« Staatsanwalt Trummer weist auf Tilly. »Alle wollen nur *Sie* im knallengen Piratenkostüm lieben, leiden und sterben sehen.« Er entdeckt den Klecks Frischkäse an seinem Kinn, wischt ihn mit der Serviette ab.
So ist es, denkt Cliehm. Sie wollen Tilly auf den Hintern starren, während sie diese sagenhaft hohen Töne fabriziert. Das ist der Sinn von Operette. Er bedenkt Trummer mit einem weiteren freundlichen Blick. Diesmal wird er bemerkt.
»Was sagt der Piratengatte dazu?«
»Solange die Beute stimmt«, antwortet Cliehm. Ich hasse es, originell zu sein, denkt er.
»Was macht der Arm?«
»Wird langsam besser.« Cliehm bewegt die Finger in der elastischen Binde.
»Sehr schmerzhaft, so eine Luxation«, ruft Tilly stolz.

»Wie ist das passiert?« erkundigt sich der Kritiker.
Cliehm sieht, wie Zinnks Oberkörper sich strafft. Die Axt, der Birnenschnaps, das liegt erst wenige Wochen zurück. Du sollst nicht begehren, durchfährt es ihn heiß.
»Dummer Unfall«, murmelt Cliehm. »Beim Geschirrspülen eine ungeschickte Bewegung gemacht.«
Zinnk entspannt sich.
»Wie süß«, kichert die fesche Erscheinung. »Sie spülen selbst?«
»*Die Piratenbraut* ist nicht der *Walzertraum*!« tönt der Direktor vom andern Ende der Tafel. Er fordert die Aufmerksamkeit zurück. »Ich gehe da ein enormes Risiko ein.«
»Es ist nicht die Musik«, säuselt Margat. »Knattek war immer ein Komponist zweiter Garnitur.« Er hält erschrocken inne, als er bemerkt, daß die ganze Gesellschaft ihm zuhört. Margat neigt sich zu Tilly. »Es ist der Zauber Ihrer Stimme, die sich so kraftvoll mit dem Orchester verbindet. Das macht jede Vorstellung zum Erlebnis.« Scheu hebt er die Teetasse, prostet ihr zu.
Seine Fliege sitzt schief, denkt Cliehm. Warum sagt es ihm niemand? Die Staatsanwaltsgattin legt ihre Fingerspitze auf Margats Brust. »Das ist wahr«, sagt sie mit zum Überkippen neigender Stimme. Margat zuckt zurück, windet sich unter ihrer Berührung. »Im zweiten Akt gibt es Passagen, die an Strauß oder Zeller heranreichen«, haucht er.
»Leider wird es danach ziemlich dürftig«, sagt der Kritiker.
»Ich kann doch nicht das ganze Jahr über *Walzertraum* spielen!« trompetet der Direktor.

Mit der Gabel kratzt der Kritiker über den leeren Teller.
»Grete, der Lachs!« ruft Tilly in Richtung Küche. Grete bringt eine Platte mit frisch gebackenen Krapfen, stellt sie vor dem Kritiker ab.
»Krapfen!« schwärmt die Ältere der Tanten.
»Darfst du das denn, Tante Teta? Bei deinem Zucker?«
»Ich darf.« Teta greift sich ein Stück.
»Und wenn sie der Zucker nicht umbringt, dann ist es das Fett.« Der Staatsanwalt lacht. »Backen Sie die Krapfen noch immer in Schweineschmalz aus, Grete?«
»Jaja.« Grete eilt in die Küche zurück.
Der Staatsanwalt greift sich ein Stück, beißt hinein, daß ihm das glänzende Schmalz zu den Mundwinkeln herausquillt.
Der Kritiker lüftet die Brille von den blutroten Flecken auf seiner Nase. »*Walzertraum* ist der klassische Beweis für ein interessantes Werk, das zwei Dezennien zu spät kam.«
»Waren Sie zufrieden mit dem Applaus gestern?« ruft Zinnk Tilly zu.
»Sie waren schon wieder drin?!« entschlüpft es Cliehm.
Ketten, denkt er haßerfüllt, Kerzenwachs, Tillys Brüste.
»Fünfzehn Minuten!« tönt der Direktor. »Fünfzehn Minuten Applaus.«
»Applaus ist nicht alles«, unkt der Kritiker.
»Wie sieht es mit den Fasanen aus?« mischt Diplomingenieur Mooshammer sich ins Gespräch.
»Prächtig.« Tilly läßt die Platte mit den Krapfen herumgehen. »Sollten wir nicht langsam aufbrechen? Bevor die Tiere an Altersschwäche sterben?«

»Welches Gewehr benutzen Sie?« fragt der Staatsanwalt.
»Ich bleibe beim Gamlitzer«, sagt Mooshammer. »Die Entwicklung zum Zweibolzenstutzer sagt mir nicht zu.«
»Ich benütze den Zweibolzer.« Zinnk entfernt die streichelnde Hand der grauen Madonna von seinem Arm.
»Den Achter oder schon das neue P3?«
»P3«, lacht Zinnk stolz.
»Im Katalog ist es mit Zielfernrohr abgebildet!« Mooshammer ist entsetzt. »Sie schießen mit Zielfernrohr auf Fasane?«
»Man kann es abnehmen«, verteidigt sich Zinnk. Als wäre es Efeugeranke pflückt er erneut die Finger der Madonna von seiner Schulter und steht auf.
»Die Stiefel werden wir wohl heute nicht brauchen.« Tilly erhebt sich mit der übrigen Runde. »Scheint trocken zu bleiben.«
»Wie sind die Marschen eingeteilt?«
»Sie und Ihre Frau, Dr. Endler und Elly Behtrù habe ich für die Ostkuppe vorgesehen.« Tilly stellt sich an die Verandatür, zeigt ins Freie.
Wie ein Feldherr, denkt Cliehm und tritt vorsichtig den Rückzug an. Wenn ich die Treppe erreiche, bevor sie sich umdreht, habe ich eine Chance.
»Die Spanners, Zinnk, Ada und der Direktor marschieren nach Süden.« Tilly wendet sich zum Kritiker. »Und Sie bleiben an meiner Seite. Es begleitet uns das Ehepaar Trummer, Gusta und ... Anton?« Ihr suchender Blick findet Cliehm am unteren Absatz der Treppe.

»Ich wollte mit Tante Teta eine Patience legen«, sagt er so arglos wie möglich.

»Anton, wir hatten das besprochen!« zischt Tilly, ohne ihr Lächeln zu verlieren.

»Der Arm.« Cliehm hebt die Schlinge. »Damit kann ich in keinem Fall schießen.«

»Du wirst uns beim Tragen helfen«, insistiert sie. Trotz der Distanz kann Cliehm den violetten Punkt in ihrer Pupille ausmachen.

»Ich hole nur meinen Feldstecher«, sagt er und geht.

»Sie haben mich vergessen, Tilly«, meldet sich Margat mit weinerlicher Stimme.

»Habe ich nicht.« Tilly strahlt ihn an. »Sie werden sich der Gruppe auf der Ostkuppe anschließen.«

»Aha.«

Cliehm ist schon im Flur, trotzdem kann er die Enttäuschung in Margats Stimme hören. Für sein Leben gern wäre er an Tillys Seite auf die Jagd gegangen.

»Die Südpassage hatte ich bereits im Vorjahr.«

Zinnk hat das gesagt. Cliehm verharrt auf der Treppe mitten im Schritt.

»Wäre es eine Zumutung für Sie, wenn wir tauschen?«

Wen fragt er das? denkt Cliehm.

»Und Sie nehmen . . .?« will der Staatsanwalt wissen.

»Wir besteigen das Schulterblatt«, sagt Tilly. »Unser Hausberg, der aussieht wie eine nackte Schulter.«

Cliehms angespannter Schenkel beginnt zu schmerzen, langsam verlagert er das Gewicht.

»Wie sieht's aus?« fragt Zinnk bohrend.

»Alles Wald dort oben, da werden Sie nicht viele Fasane treffen«, sagt der Staatsanwalt. »Von mir aus können wir tauschen.«

»Dann sind wir uns einig«, sagt Zinnk.

Cliehm hört ihn auf den Flur zusteuern. Er nimmt eilig vier Stufen auf einmal, verschwindet im oberen Kaminzimmer. Er lauscht. Zinnk geht vorbei. Cliehm seufzt erleichtert.

Er wendet sich zum Herrgottswinkel neben dem Kamin, öffnet den hölzernen Tabernakel. Ein Christus aus Elfenbein schmachtet an elfenbeinernem Kreuz. Zu Füßen des Heilands liegt der Schlüssel. Cliehm sperrt den Waffenschrank auf. Vorne liegt der Feldstecher. Dahinter sechs Gewehre, ordentlich gereiht, vom Luftgewehr bis zur doppelläufigen *Mannlicher*. Dazwischen die Schrotflinte.

Warum will Zinnk mit uns kommen?

Der Gekreuzigte schweigt.

Zinnk! denkt Cliehm und nimmt sich die Flinte. Immer Zinnk. Er greift eine Schachtel mit Schrot, schließt den Waffenschrank. Auf der Treppe hört er Halaliblasen. Er betritt den unteren Raum, sieht Tilly an der Stereoanlage.

»Seit wann gibt es das auf CD?« will Diplomingenieur Mooshammer wissen.

Der schrilldumpfe Klang des Jagdhorns verschluckt Tillys Antwort. Hysterisches Gedudel, denkt Cliehm und sieht sich um. Der Operndirektor hat doch tatsächlich den Hut abgenommen. Auch die übrigen Herren stehen mit feierlichen Mienen vor den Leuchtdioden der Anlage. Nur Margat

ist damit beschäftigt, seine Stiefel zu schnüren. Das Horn verstummt. Tilly schaltet ab.
»Waidmannsheil«, sagt sie, schultert ihr Gewehr, prüft mit einem Blick, ob Cliehm abmarschbereit ist und öffnet die Tür zur Veranda. Der Nebel hat sich verzogen. Vor ihnen liegen die gelbgrünen Wiesen im Sonnenschein.

»Mein Mann benutzt niemals Schrot«, hört Cliehm die graue Madonna sagen. »Er ist der Meinung, daß auch bei der Jagd auf Vögel nichts zählt als ein scharfes Auge und eine sichere Hand.«
Sie geht neben Tilly, einige Schritte vor ihm. Wenn man nicht genau hinsieht, ähneln sich ihre Figuren, denkt Cliehm. Der Madonnenhintern ist allerdings breiter, ihr massiger Unterleib paßt gar nicht zu den feingliedrigen Händen.
»Wo bleibt ihr?« Tilly dreht sich um.
Cliehm winkt zurück.
»Hätte Teta nicht bis zur Wegbiegung mitkommen können?« fragt er Tante Gusta.
»Teta wird mit ihrer Gicht nicht mehr froh«, antwortet Gusta.
»Dabei haben wir mit dem Wetter Glück.« Cliehm zeigt in die Weite. »So ein warmer Tag ist Anfang November ein Geschenk.« Er atmet die Luft genußvoll ein, während er mit der Tante Schritt zu halten versucht.
»Die Teta ist jetzt in einem Alter, wo es nicht mehr viel braucht, um krank zu sein«, sagt sie.
»Aber ihr seid doch nur zwei Jahre auseinander.«

»Ich war immer die Sportliche von uns beiden«, blitzt Gusta ihn an. Sie verlassen den Weg, machen sich daran, das Schulterblatt zu ersteigen.
»Wo ist Maximilian?« Die graue Madonna blickt sich fast flehentlich um.
»*Walzertraum*«, hört Cliehm. Dort hinten trabt Zinnk mit dem Kritiker an. Cliehm erreicht Tilly.
»Der Zeitungsmann hat die Fußfäule«, raunt sie ihm zu. »Bei dem Tempo werden wir keinen einzigen Fasan sehen.«
Hoffentlich, denkt Cliehm.
»Am besten wir teilen uns«, kommandiert Tilly, als die Gruppe vollzählig ist. »Sie und Tante Gusta nehmen die sanfte Steigung aufs Hochplateau.« Der Kritiker nickt.
»Das machst du auch, Ada.« Zinnk legt der Madonna die Hand auf den Nacken.
»Ach, laß mich bei dir bleiben.« Sie versucht ihre Wange auf seinen Handrücken zu legen.
Unvermittelt packt er zu, schüttelt ihren Hals. Ein Schrei entschlüpft der Madonna. Für einen Moment wird Zinnks Echsengesicht hart. »Geh mit Gusta«, kommandiert er. »Wir treffen uns oben.« Er läßt los, die Madonna taumelt vorwärts, direkt in die Arme des Kritikers.
»Passen Sie gut auf meine Ada auf!« ruft Zinnk. Unter der Haut spannt seine Kaumuskulatur.
»Seid ihr euch einig?« Tilly drängt.
Zinnk nimmt das Gewehr von der Schulter.
»Waidmannsheil!« lächelt er dem Kritiker zu, der die graue Madonna betrachtet, als wäre sie ein giftiger Pilz. Zinnk

steigt voran, Cliehm und Tilly folgen. Der felsige Teil des Hügels beginnt.
Tilly streift an Cliehm vorbei, den Blick in den Wald gerichtet. Er beobachtet Zinnk. Zinnk beobachtet Tilly. Er hat sein Gewehr nicht entsichert, denkt Cliehm. Tilly nimmt den Aufstieg über das junge Gehölz, Zinnk erklimmt den Felsen zur Linken, schneidet ihr den Weg ab. Sie begegnen einander, Zinnk grinst.
Kerzenwachs, denkt Cliehm, das Beben von Tillys Brüsten. Er steht hinter Zinnk. Tilly hebt die Flinte. Zinnk springt in eine ausgetrocknete Wasserkuhle, Tilly schleicht oben entlang. Cliehm nimmt den Arm aus der Schlinge. Zinnk entsichert. Tilly schaut über die Schulter zurück. Zinnk blickt durch das Zielfernrohr. Cliehm hebt das Gewehr an die Schulter. Jagdunfall, denkt er. Sein Arm zittert. Tilly springt auf einen Baumstumpf. Cliehm zielt. Zinnk senkt das Gewehr und blickt hoch. Cliehm sieht direkt in die Augen von Zinnk. Echsenmann.
Hinter ihnen läuft plötzlich Tilly vorbei. Cliehm stößt die Luft aus, wendet den Lauf der Schrotflinte ab. Zinnk folgt der Bewegung. Tilly bleibt stehen. Cliehm geht an Tilly vorbei. Zinnk folgt in einigem Abstand. Ein Rund aus uralten Tannen erhebt sich um die drei. Die Bäume ragen so hoch, daß die Herbstsonne die Lichtung nicht mehr erreicht. Cliehm bleibt stehen. Plötzlich ist Zinnk hinter ihm.
»Das Geheimnis. Die Formel«, zischt er. »Sagen Sie es mir!« Die Haut um seine Augen ist weiß. Cliehm legt den Finger an den Abzug.

»Seien Sie vorsichtig.« Tilly ist da, drückt den Lauf von Zinnks Gewehr zu Boden. Sie zeigt ins Dämmrige. »Hinter den Haselnußsträuchern«, flüstert sie und setzt Fuß vor Fuß. Zinnk starrt ihr nach. Neben einem bemoosten Strunk geht sie in die Knie. Das Gewehr ruht auf ihrem Schenkel. Sie streicht eine Locke aus der Stirn. Zinnk ist hinter ihr. Cliehm richtet den Lauf auf die beiden. Der Finger am Abzug ist feucht. Tilly wendet sich um, lächelt. Das Kimono-Lächeln, denkt Cliehm. Plötzlich schlägt Zinnk mit der Faust an den Schaft seines Gewehres. »Das Geheimnis!« schreit er unbeherrscht.

Ein mächtiges Pulsen ist zu hören. Über den dreien ist die Luft voller Flügel. Die schweren Vögel steigen nur langsam. Die Bäume verschließen ihnen die Flugbahn. Zinnk fährt herum, reißt das Gewehr an die Schulter, schießt. Schießt und trifft. Zielt, trifft. Trifft ein drittes und viertes Mal. Wie Säcke fallen die Körper zu Boden, klatschen auf den moosigen Grund. Tilly legt an. Pulverschmauch, die erste Ladung geht in den Baum. Der zweite Schuß fegt ein Fasanenweibchen vom Himmel. Es ist tot, bevor es den Boden erreicht. Cliehms Hand umkrampft den Lauf der Flinte. Noch fünfmal schießt Zinnk. Dreimal trifft er. Dann sind die Fasane verschwunden.

»Ich habe mich geängstigt.« Die graue Madonna breitet die Arme aus, schweigend kommen die drei den Hügel hoch. Zinnk erreicht das Plateau als erster. Über seiner Schulter baumelt ein praller Beutel.

»Ihr wart so lange weg, und dann die vielen Schüsse.« Die Madonna versucht, seine Wange zu berühren.
»Auf der Jagd wird geschossen.« Zinnk weicht ihr aus. »Wie war's bei euch?«
»Ich glaube Ihnen natürlich, daß hier Fasane sind«, nörgelt der Kritiker. »Gesehen habe ich keinen einzigen.«
»Das kommt noch.« Tilly erreicht die Anhöhe, hält ihre Beute hoch. »Und du, Tante Gusta?«
Die Tante sitzt im Gras. »Ich habe mir den Knöchel verknickt.«
»Schlimm?« Cliehm tritt mit leeren Händen zur Gruppe.
»Es wird gehen, wenn du mir den Arm reichst.« Cliehm hilft ihr auf.
»Ihr wollt schon nach Hause?« fragt Tilly überrascht.
»Ich bringe Gusta nach unten.«
»Mir reicht's auch«, sagt der Kritiker.
»Wollen wir beide noch mal?« Zinnk verstellt Tilly den Weg, hebt das Gewehr.
Langsam wendet sie sich um, läßt sich in Cliehms Augen fallen. »Ich denke«, sagt sie nach einer Pause, »ich sollte Grete zur Hand gehen. Das Abendmenü ist kompliziert.« Sie lächelt. »Aber Sie können mit Ihrer Frau ja noch mal das Jagdglück versuchen.«
»Willst du, Maximilian?« Die Madonna hängt sich an Zinnk.
»Zuerst trage ich meine Beute ins Haus.« Er schüttelt sie ab, schultert den Sack, läuft düster den schmalen Pfad hinunter.
Cliehm schaut in die Ferne. Unten verliert sich alles in

gelblichem Schimmer. Er kann den Pflaumenbaum sehen, unter dem er oft lag. Die Dörfer sind seltsam entrückt.
»Komm, Tante Gusta«, sagt er und stützt sie. Sie humpelt. Nach wenigen Schritten geht es besser. Cliehm atmet tief, hält die Luft lange in den Lungen. Tilly hakt sich bei ihm unter.
»Sie hat schöne Augen«, sagt Cliehm.
»Wer?«
»Das Fasanenweibchen.«
Tilly hält den Leichnam hoch. Die Augen des Tieres sind noch nicht gebrochen.
»Guter Schuß«, lobt die Tante.
Hinter ihnen taumelt die graue Madonna bergabwärts, sie hat den Hut abgenommen. Der Wind zaust ihr dauergewelltes Haar, mit den Fingern versucht sie Ordnung zu schaffen.

Vogelbeerschnaps, Cliehm gießt die Gläschen randvoll. Rindsuppe, fingerdicke Milzschnitten schwimmen darin. Schweinsbraten, Serviettenknödel, Rotkohl und Äpfel. Feldsalat mit gebratenem Speck und gekochten Kartoffeln.
»Grete, Sie mästen uns!« tönt der Direktor und läßt sich den Teller zum dritten Mal füllen. Die Wangen der fleißigen Grete leuchten. Außer Diplomingenieur Mooshammer sind alle mit Rotwein zum Essen einverstanden.
»Von unserem Weinbauern«, versichert Tilly bei jeder neugeöffneten Flasche. »Die Lage ist nur wenige Kilometer von hier entfernt.«

Mooshammer verlangt Bockbier, das er selbst mitgebracht hat. »Ist ein Muß.« Mit schäumendem Glas prostet er in die Runde.
Warmer Marillenstrudel, dick mit Puderzucker bestäubt. »Grete, Grete!« Der Direktor verdreht die Augen und schaufelt. Ströme von Schweiß rinnen von seiner Stirn, werden mit dem Handrücken von den Backen gewischt.
Cliehm vernimmt die Gespräche wie von weither. Fasane, hört er, Gefieder im Mischgras fast unsichtbar. Trotzdem hochgejagt, guten Schuß gelandet. Fasane. Da läuft mir doch einer direkt über den Weg. Habe ihn in Ruhe gelassen, bis er aufflog. Dann aber – Peng. Cliehm wendet den Kopf, hinter ihm liegen die Leichen auf der Anrichte. Dreißig müssen es sein, wahrscheinlich mehr. Zog die Büchse an den Kopf, ein Schuß, plautz, da lag der erste von fünfen. Erschrecke immer vor den Schreien der Todesnot. Cliehm betrachtet die graue Madonna. Fasane schreien nicht, tadelt Zinnk seine Frau. Grete räumt leere Platten ab, bringt Sahne zum Strudel, Tilly reicht Cliehm die Flasche mit dem Vogelbeerschnaps. Randvoll schenkt er die Gläser. Zur Verdauung, sagt Tilly, alle trinken. Mokka, die Madonna verlangt Tee. Grete bringt und räumt ab, stellt Obst auf den Tisch, Zahnstocher und Wasserkaraffen.
Buchenscheite im mannshohen Kamin. Sie brennen zum dritten Mal nieder. Cliehm steht auf, kurze Unsicherheit der Beine, er hält sich an Tillys Stuhllehne fest. Ein Blick, Samt in ihren Augen. Er packt ein meterlanges Scheit, wirft

es auf die Glut. Funken, kurze Besinnung der Flammen, dann lodert es wieder.
Müssen wir aber, ist doch viel gemütlicher! Tilly steht auf, weist auf die Sitzecke. Grete schiebt Sessel im Halbrund um das Sofa. Die Gruppe folgt. Den alten Tanten überläßt man die Plätze direkt am Feuer. Wer nichts Weiches zum Sitzen bekommt, nimmt seinen Stuhl mit. Margat kommt vom Klo und muß stehen.
Cliehm sitzt neben Teta in die Beuge des Sofas geschmiegt. Ich spiele zur Zeit die späten Beethovensonaten, sagt sie. Schwierig mit meinen gichtigen Fingern. Aber schön. Traurig und schön. Cliehm betrachtet die freundlichen Warzen an ihrem Kinn. Ihr Haar hält die Tante mit einem Bernsteinkamm als weißgraue Flamme gebündelt. Cliehm drückt ihren Arm. Sie raunt eine Melodie. Beethoven, Cliehm kennt das Stück. Und das spielst du vom Blatt? fragt er. Natürlich, antwortet sie. Auswendig kann ich es meinem alten Kopf nicht mehr zumuten. Ich besuche dich bald, dann spielst du mir vor, bittet er, Teta zeigt ihre Finger, verzogen von Gicht. Sie streichelt sein Ohr. Du bist ein Stiller, sagt sie. Cliehm lächelt. Die Glut hat seine rechte Gesichtshälfte versengt. Ihm ist, als fingen die Brauen gleich Feuer.
»Sie schmücken sich mit fremden Federn.«
Cliehm kann nicht gleich ausmachen, woher die Stimme kommt. Er wendet den Kopf.
»Ich darf das nicht länger schweigend übergehen.« Neben ihm hockt Zinnk auf dem Melkschemel. Alles ist weich,

denkt Cliehm. Das Feuer, Tetas Schulter, meine Augenbrauen stehen in Flammen.
»Zinnk«, murmelt er. »Zinnklein.« Er hört sich lachen.
»Sie sind gar nicht betrunken.« Zinnk versucht sich so hoch aufzurichten, wie er kann. Der Schemel wackelt, er ringt um Gleichgewicht.
»Zinnk fällt in die Welt.« Cliehm dreht die Augen zur Decke, läßt den Atem ausströmen.
»Du hast eine Fahne«, kichert Teta.
»Hättest du nicht den ganzen Abend Lindenblütentee getrunken, würdest du das nicht bemerken«, grunzt Cliehm.
»Die Formel! So wie Sie das rechnen, funktioniert es nicht.« Zinnks Zunge schießt hervor, leckt hektisch über die Unterlippe. »Ich habe Ihnen Partnerschaft angeboten, aber Sie weichen mir aus. Wir müssen uns treffen. Im Institut. Morgen! Sonst trage ich die Sache der Leitung vor.«
Cliehm wendet den Kopf. Fühle mich wie ein Bär, denkt er. Könnte ihn jetzt mit einem einzigen Prankenhieb erledigen.
»Verraten Sie mir das Geheimnis der S.O.C.K.S.« Zinnk bemüht sich zu lächeln. »Sie werden es nicht bereuen.«
Cliehm schnauft betrunken. Viel Luft kommt aus den Nüstern. »Einverstanden?« bohrt Zinnk.
»In meinem Büro«, hört Cliehm sich sagen.
»Wann?« Zinnk lacht erleichtert.
Cliehm legt ihm die Tatze auf die Schulter, zeigt zur Anrichte. »So viele Fasane haben Sie erschossen. Jetzt sollten Sie erst mal ausschlafen.«

»Montag also.« Zinnk ruckt mit dem Schemel näher.
»Montag Montag.« Cliehm streicht beruhigend über Zinnks Scheitel.
»Liilum liilum dadamm«, singt die Tante.
Sonate f-Moll, opus postumus, denkt Cliehm und betrachtet Tetas Finger. Wie Wurzelwerk. Beethoven, brummt er.

Ruhe, denkt Cliehm. Das ganze Haus ein Kasten voll schlafender Menschen. Poltern zuerst, Gehen im oberen Stock, leises Lachen, geraunte Worte. Türen fallen gedämpft ins Schloß. Dumpfes Rucken, Betten werden bestiegen. Gesprächsreste, wie letztes Wasser, das im Ausguß verschwindet.
Stille. Man erkennt sie, wenn nichts bleibt als das Knacken des Feuers. Die Buchenscheite sind rotschwelende Stäbe. Einer fällt in sich zusammen, die Glut leuchtet auf. Nachlegen? überlegt Cliehm. Sieh dem Feuer lieber beim Sterben zu. Grete ist längst ins Dorf gefahren. Sie hat ihren Hut vergessen. Morgen früh ist sie als erste wieder da, bäckt frische Krapfen aus.
»Kommst du nicht?«
Cliehm hat die Tür nicht gehört. Lautlos ist Tilly die Treppe heruntergeschlichen. Cliehm erkennt seinen Schlafanzug. An Tilly sieht er verführerisch aus.
»Das Feuer ist schön. Meine Zeit. Sitzen, du weißt.« Er legt den gesunden Arm über die Lehne.
»Zinnk treibt es mit der Madonna.« Vor der Anrichte bleibt Tilly stehen.

»Quietscht das Bett?« fragt Cliehm.
»Nein. Sie hechelt, als hätte sie Wehen.«
»Und er?«
»Rammelt stumm.«
»Könnte ein Mann wie Zinnk dir gefallen?« Cliehm schaut ins Feuer, sein Herz klopft. Sie tritt in den Schein der Glut, streckt ihren Körper, für Sekunden sieht er ihre prächtigen Hüften.
»Unter Umständen«, lächelt Tilly. »Man müßte ihn wild machen.« Sie öffnet den obersten Knopf der Jacke.
»Der wilde Zinnk.« Cliehm steht auf, faßt ihre Brust. Sie greift seinen Gürtel. Cliehm drängt sie zur Anrichte hin. Schwere gestapelte Vogelleiber. Die Schwanzfedern der Männchen leuchten grünlich und blau, Schrotlöcher im Gefieder. Cliehm reißt den linken Arm aus der Schlinge, packt Tilly an den Hüften. Sie öffnet seinen Gürtel, zieht das schwarze Leder mit einem Ruck aus der Hose.
»Wie wild?« keucht Cliehm.
Tilly legt ihm den Riemen um den Hals, er schiebt seine Hand unter die Schlafanzugjacke. Sie zieht den Gürtel enger, der Splint flutscht ins nächste Loch, ins übernächste. Cliehm öffnet den Mund. Seine Augen fühlen sich an wie Ballons. Tilly nimmt seine Zunge zwischen die Zähne, beißt zu. Cliehm grunzt, reißt Tilly hoch, wirft sie zu den Fasanen. Sie läßt den Gürtel nicht los, ihre andere Hand krallt sich ins Gefieder der Vögel.
Der Fasan dicht vor Cliehm. Nur ein Einschußloch ist zu sehen. Zinnks Geschoß. Knapp unter der Brust. Tilly zwingt

Cliehms Kopf mit dem Gürtel nach unten. Er zerrt an der Schlafanzughose, vergräbt seine Nase zwischen ihren Schenkeln. Sie stemmt die Füße an seinen Schultern ab. Die Kuckucksuhr über ihnen rasselt. Der hölzerne Vogel kommt aus dem Gehäuse und läßt zwölfmal sein trauriges Lachen ertönen. Tilly stöhnt. Die Fasane sind tot, denkt Cliehm und schließt die Augen. Der Gürtel schmerzt.

Sie schnappt nach ihm. Beißt in seine Schulter, in den Arm. Sie weint. Cliehm öffnet die Augen. Wer weint? Es weint? Seine Zunge sucht die Schamlippen Tillys. Fasane, denkt er.

Die Rote zuckt hoch, schreit mit aufgerissenen Augen. Wie ein Knabe, denkt Cliehm, ihre Brüste sind Kastanien. Ist das Jetzt?

Jetzt ist hier, Jetzt ist dort, antwortet die Erinnerung.

Der Kuckuck schreit im Jetzt, stößt Cliehm hervor. Dreimal, viermal, zwölfmal! Jetzt ist Mitternacht.

Hier wie dort, lacht die Erinnerung. Jetzt an beiden Fronten.

Was für ein Liebhaber! brüllt Cliehm. Hier wie dort.

Er schmeckt die feuchte Lust zwischen Tillys Beinen, schmeckt die Tränen der Roten. Er fühlt Tillys Schenkel an seinen Wangen, spürt die reitende Gestalt der Roten auf sich. Jetzt!

Cliehm hört den Kuckuck verklingen. Die Rote wimmert, faßt Cliehms Schädel, reißt ihn hoch, will seine Augen zu ihrem Genuß. Sie starren einander an. Cliehm spürt, daß sie wartet. Worauf? Wollust! schreit er, warte nicht. Schneller. Zwischen Armen und Brüsten starrt er auf ihren Bauch. Der Nabel schwankt als dunkler Mond auf und ab. Cliehm packt ihren Hintern und stößt. Fort sind die Fasane, das glimmende Feuer. Sie nimmt, springt nicht ab, fordert, läßt ein. Der Schrei ist länger als der Genuß. Cliehms gipsener Arm fällt zur Seite, der andere gleitet über ihren Rücken. Weinend sinkt sie auf Cliehm. Er hebt den Kopf. Draußen kann er den schwarzen Heiland nicht sehen.

Besucher

Gekrümmt liegt er am äußersten Rand der Matratze. Sie soll es bequem haben, denkt er im Halbschlaf. Die erste Nacht ist die schwerste. Jeder Muskel starr, vor jeder Drehung hat man Angst. Nicht röcheln, nicht laut atmen, nicht rumwälzen. Miteinander schlafen braucht Übung. Cliehm bündelt den rechten Arm unter der Brust. Nicht lange durchzuhalten. Er schiebt die Hand unter den Nacken, rollt herum, die Füße hängen im Laken fest. Er öffnet die Augen. Der blaublaue Himmel des Zimmers wird allmählich heller. Es ist vollkommen still. Zu still, wundert sich Cliehm. Keine Vögel? Er blickt zum Fenster. Jemand hat es geschlossen. Graue, glitzernde Bahnen rinnen das Glas entlang. Regen, als ich schlief? Habe ich denn geschlafen? Trüber Morgen, denkt Cliehm. Ich kann den Gips nicht länger in dieser Lage halten. Cliehm dreht sich um.

Sie ist fort. Nichts unter der Decke erinnert an sie. Keine warme Stelle auf der Matratze. Die Tür ist geschlossen. Ich könnte aufs Klo gehen, überlegt er. Nachsehen, ob sie schläft. Es ist kalt, allein zu erwachen, denkt Cliehm. Lieblos. Sie ist bloß auf ihr Zimmer gegangen, beruhigt er sich. In einer Stunde werden wir aufstehen und gemeinsam frühstücken. Ich hole das geschmacklose Weißbrot vom Bäcker, mache Tee und serviere auf dem Boden. Das könnten schöne Stunden werden. Cliehm spürt den Harndrang heftiger, er steht auf. Sei zwanglos, sagt er sich, bleibe entspannt. Es war eine aufregende Nacht, jetzt ist Morgen. So läuft das. An ihren Augen werde ich erkennen, was sie denkt. Steif sind die Beine, kalt. Die Tür läßt sich leise nicht öffnen, besser mit einem Ruck. Auf dem Flur zögert er. Gleich ins Bad oder vorher ein Blick in ihr Zimmer? Cliehm kommt am schwarzen Heiland vorbei.

Ich werde zwanglos sein, sagt er zum Gekreuzigten.

Fröstelnd steht Cliehm in der Tür. Sie ist nicht da. Die Decke auf der Matratze ist zurückgeschlagen, ihr grünblau gestreiftes Minikleid liegt auf dem Laken. Tilly benützt Schlafanzüge, denkt Cliehm, die Rote schläft im Minikleid. Es ist zu früh für einen Spaziergang. Mit dem Fuß dreht er ihren Wecker herum. Sieben Uhr zehn.

Sie will mich mit dem Frühstück überraschen! durchfährt es Cliehm. Läuft durch die Altstadt, kommt mit allem möglichen heim. Sie hat kein Geld, fällt ihm ein. Aber fürs Frühstück genügen ein paar Escudos. Ich könnte Wasser aufsetzen, die beiden Teller spülen.

Ihre Tasche ist fort. Er hat es die ganze Zeit gesehen, erst jetzt begreift er. Einige Dinge liegen noch auf dem Boden – ihre Badekappe, die englische Illustrierte, das Bild von dem Pferd. Der Rest ist verschwunden.
War ich zu wild, zu wollüstig, denkt Cliehm. Zu schlapp und leidenschaftslos? Wollte sie gar nicht mit mir schlafen, kam nur, um zu reden? Aber doch nicht nackt, beruhigt er sich. Sie wollte. Hat es förmlich erzwungen. Sie, der Verführer, ich, das Lustobjekt. Vielleicht schämt sie sich ja, weil ich zu alt für sie bin. Cliehm sieht sein Gesicht im Fensterglas. Ich bin zu alt, nickt er. Wie umgeknickte Buchseiten stehen die Haare zu Berge, viele sind grau. Die Bartstoppel müssen ihr weh getan haben. Cliehm fährt mit der Hand darüber. War meine Nase immer so mehlig, die Tränensäcke so violett? Er schaut aus dem Fenster. *In der Adventszeit will ich zu Hause sein.* Das waren ihre Worte, denkt Cliehm, sie hat es wahr gemacht. Die Liebesnacht war ein Abschied. Sie wollte adieu sagen. Hat mich beschenkt mit sich selbst. Neben dem Fenster sinkt Cliehm zu Boden. Die Wand in seinem Rücken ist kalt. Allein in einem blauen Zimmer, denkt er. Ausgesetzt in meinem selbstgewählten halben Jahr. Niemand da, außer einem schwarzen Heiland mit einer Dornenkrone aus Draht.
Du hast Zeit, raunt die Erinnerung.
Was soll ich mit Zeit, wenn sie nicht abläuft, wie ich es mir vorstelle?
Das ist nicht der Sinn von Zeit, sagt die Erinnerung. Sie ist die Straße. Du gehst darauf.

Ach, wäre sie doch ein Bett! Dann könnte man sie verschlafen. Cliehm springt auf, stürzt sich in die Matratzenkuhle, wo die Rote vor kurzem noch lag. Ihr Geruch, denkt er. Der Duft ihres Bauches, die festen Schenkel, Kastanienknospen. Er zieht sich das blaugrüne Minikleid über den Kopf, bleibt darin wie unter einem Zelt.

Zinnk! hört er die Stimme der Erinnerung.

Laß mich, wimmert Cliehm. Ich möchte heulen wie ein Wolf.

Montag morgen, beharrt die Erinnerung. Die Verabredung.

Ich bin ein Deportierter, jammert Cliehm unter dem Minikleid. Allein auf der Teufelsinsel.

Zinnk hat Besuch, drängt die Erinnerung.

Zinnk Zinnk Zinnk! schreit Cliehm unter Tränen. Immer nur Zinnk! Was soll ich mit ihm? Er will die Formel, er will Tilly. – Schaff mir Zinnk vom Hals.

Tu es selbst, sagt die Erinnerung.

Cliehm schließt schluchzend die Augen.

»Wieso weiß ich nichts davon?« Cliehm öffnet die Augen, rückt die Krawatte zurecht. Neben ihm eilt Margat durch den graublauen Flur des Instituts.

»Zinnk hat uns alle überrascht«, japst Margat. »Montag morgen, in aller Frühe. Was sollen wir jetzt machen?«

»Wie viele Journalisten?« fragt Cliehm.

»Zwei.«

»Sagt doch ab.«

»Absagen?« Margat rennt gegen eine automatische Tür, die

sich nicht schnell genug öffnet. »Nächsten Monat tagt der Finanzausschuß. Soll in der Zeitung stehen, daß wir Millionen verpulvern und keine neuen Ergebnisse haben?«

»Aber es gibt doch nichts Neues, oder?« Cliehm bleibt unvermittelt stehen. Margat taumelt zurück wie die Figur in einem Trickfilm.

»Nichts!« ruft er. »Der Chef hat mich beauftragt, jede Abteilung zu fragen. Da meinte Zinnk, du hättest eine Sensation. Stimmt das, Anton?« Margat mustert Cliehm von der Seite.

Zinnk will das Geheimnis des *Fehlers*, denkt Cliehm. »Unsinn«, sagt er statt dessen. »Die S.O.C.K.S. sind schon zu oft durch die Presse gegangen.« Margat drängt weiter.

»Warum laßt ihr Zinnk die Suppe nicht auslöffeln?« Cliehm schüttelt Margats Arm ab.

»Es geht nicht um Zinnk. Es geht um das Geld fürs Institut.«

Margat schiebt ihn in den Presseraum. Kein graublaues Licht von der Decke. Große Fenster, Morgensonne. Beide sind geblendet.

»Morgen, Cliehm.« Zinnk steht mit zwei Silhouetten in der Mitte des Raumes. »Darf ich Ihnen Professor Anton Cliehm vorstellen«, sagt er.

Eine der Silhouetten bewegt sich auf Cliehm zu. »Guten Tag, Professor Cliehm.«

Sie ist dick und ganz in Schwarz. Sie ist freundlich, denkt Cliehm. Sie gefällt mir. Er nimmt ihre dargebotene Hand.

»Wollen wir hier oder werden Sie uns herumführen?«

fragt sie. Margat nestelt an seiner Fliege. Cliehm sieht zu Zinnk.
Der lächelt eisig. »Ich habe erzählt, daß es Neues über die S.O.C.K.S. zu berichten gibt.«
Cliehm denkt an die Rote. Der Duft ihres Bauches. Die Kastanienknospen.
»Das ist mein Kollege.« Die in Schwarz stellt einen schmächtigen Mann mit Pustelhaut vor.
»Wir können genausogut hierbleiben.« Cliehm setzt sich auf einen der Besucherstühle. Margat atmet hörbar auf.
»Ist Ihr Platz nicht am Rednerpult?« fragt die in Schwarz.
»Den überlasse ich Zinnk.« Cliehm betrachtet die balkendicken Augenbrauen der Frau. Gefällt mir, denkt er. Zinnk lacht bellend, nimmt weiter hinten Platz. Margat lehnt sich an den Diaprojektor.
»Hast du?« fragt die in Schwarz. Der Kollege stellt sein Diktaphon neben Cliehm auf den Stuhl. Sie lächelt fragend, ob sie beginnen kann.
»Test Test«, sagt Cliehm. Alles lacht.
»Professor Cliehm.« Ihre Brauen stellen sich waagrecht. »Wann wird Ihre Theorie anerkannt sein?«
»Wenn nachgewiesen ist, daß sie mit unserer Welt übereinstimmt.«
»Und wenn sie das nicht tut?« Sie beugt sich über das Gerät, vergewissert sich, daß es läuft.
Cliehm denkt an die Rote. Ihr Weinen an meiner Schulter, die Bisse, ihre schreiend geöffneten Augen.
»Wenn meine Theorie keinen Zustand unserer Welt be-

schreibt, ist eine mögliche Schlußfolgerung, daß sie falsch ist. Oder sie beschreibt die Wirklichkeit in einer anderen Welt.« Cliehm beobachtet, wie Zinnk den Kopf schief legt, als könne er so besser hören.

»Wir wissen, daß wir uns in einem Urknall befinden. Aber wir wissen nicht, ob das, was wir beobachten, alles ist. In anderen Universen könnte das, was wir Naturgesetze nennen, völlig unterschiedlich aussehen.«

»Ein *anderes* Universum?« fragt die in Schwarz.

»Vielleicht ist es in unserem beinhaltet.« Cliehm hebt die Schultern. »Man sollte nicht immer fragen, was *da draußen* ist, außerhalb unserer Galaxie. Vielleicht durchschneiden, überkreuzen sich Universen in sich selbst. Nehmen Sie eine Welt nur aus Quarks. Dort gäbe es nichts als Atomkerne. Keine Atome, keine Sterne, keine Galaxien. Kein Leben – und folglich auch keine Wissenschaftler, die diese Welt beobachten könnten.«

»Und ein Universum, in dem es nur S.O.C.K.S. gibt?« ruft Zinnk aus dem Hintergrund.

Ich weiß, wo du mich hinlockst, denkt Cliehm. Hier hast du die Falle aufgestellt. Er mustert Zinnk. Man könnte ihn wirklich für einen Leguan halten, hätte er nicht diesen harten Zug ums Kinn.

»Das allerdings wäre eine beunruhigende Welt.« Cliehm sieht in die Augen der Journalistin. »Eine Welt nur aus S.O.C.K.S. würde einem Flohzirkus ähneln. Ein ständiges Springen und Hopsen. Aber nicht nur im Raum, sondern gleichzeitig in Raum und Zeit.«

»Und wie wollen Sie das beweisen?« Zinnk beugt sich über die Sitzlehne. »Wie wollen Sie das beweisen?!« Erstaunt wendet die Journalistin sich zu ihm um.
Die Dusche, denkt Cliehm. Wie die Rote mir das Badetuch reichte. Das war ein sanfter Morgen. Selbstvergessen beginnt er zu singen. »*Das Zittern in der Hand des Liebsten, der Hauch von Frühling um und um* ...«
Die Frau in Schwarz fährt herum, mustert Cliehm mit gehobenen Brauen. Er reißt sich zusammen.
»Es ist eine Experimentreihe im Teilchenbeschleuniger von Sydney geplant«, sagt er nüchtern. »Die Grundlage dieser Experimente wird das Formelwerk über die S.O.C.K.S. sein.«
»Haben Sie die S.O.C.K.S. schon beobachtet?«
»Nein.« Cliehm setzt sich rittlings auf den Stuhl. »Die S.O.C.K.S. sind sehr klein. Es wird schwierig sein, sie eines Tages wirklich *sehen* zu können. Aber ich möchte Ihnen ein Beispiel nennen. Sie liegen im Krankenhaus, der Arzt bereitet eine Spritze vor. Er sticht die Ampulle auf, der Kolben zieht die Flüssigkeit in den Zylinder. Sie wollen die Spritze nicht sehen, Ihr Blick schweift zum offenen Fenster hinaus. Dort wächst ein Hagebuttenstrauch. Die Früchte sind prall und reif. Plötzlich sehen Sie sich vor dem Haus, das Ihr Vater gekauft hat. Er geht mit Ihnen an der Hecke entlang und pflückt die fetten Beeren mit den stacheligen Köpfchen. Sie kommen ins Haus zurück, der Vater setzt sich an den Tisch und zeigt Ihnen, wie man die Früchte aufschneidet und die kleinen pelzigen Körner herausholt. Er kocht

Wasser, macht Tee aus den getrockneten Hagebutten vom Vorjahr. Dazu gibt es Kuchen. Sie sind glücklich und laufen hinaus, um auf den Kirschbaum mit der Schaukel zu klettern. Der Vater kommt hinterher, setzt Sie auf das blau gestrichene Brett, gibt Ihnen Schwung. Sie halten sich an den weißen Seilen fest, steigen, bis Sie den Himmel unter den Füßen sehen. Von oben überschauen Sie das ganze Tal. Sie wenden den Blick, der Arzt zieht die Nadel aus der Ampulle.«
Cliehm breitet die Arme aus.
»Das Hagebuttenpflücken, die Schaukel, der Kirschbaum – alles passiert, während zweihundert Milliliter Phenobarbiturat in den Zylinder der Spritze gezogen werden. Wie lange sind Sie fort gewesen? Wirklich nur vier Sekunden oder viel länger? Woher kam die Zeit? Wer hat sie Ihnen gegeben? Und vor allem: Wo waren Sie wirklicher? Im Krankenhaus oder draußen bei der Hagebuttenhecke?«
Die in Schwarz spielt mit dem Anhänger auf ihrer Brust.
»Das sind bloß Bilder, Professor Cliehm, Erinnerungen, mit denen wir uns die Angst vor der Spritze nehmen. Keine neuen physikalischen Erkenntnisse.«
Cliehm lockert seinen Krawattenknoten.
»Im Alltag der heutigen Physik arbeiten wir so sehr mit angenommenen Größen, imaginären Zahlen und nicht greifbaren Faktoren, daß mir die Sekundenbilder vom Hagebuttenstrauch weit realer vorkommen. Ich würde eine Wette darauf abschließen, daß die Zeit variabel ist. Es wäre eine gute Wette, weil ich nicht imstande wäre, sie zu verlieren.«

»Wieso nicht?« ruft Zinnk.

»Weil wir uns nur in der gewohnten Zeitrichtung bewegen können. Von der Geburt zum Tod. Die S.O.C.K.S. könnten von uns nicht aufgespürt werden. Unsere Biologie setzt uns Grenzen. Unser Hirn hat sich so entwickelt, daß es nur die dreidimensionale Welt begreift. Die Physiker rechnen inzwischen in zehn oder elf Dimensionen. Das ist reine Mathematik, unserer normalen Vorstellungswelt nicht mehr zugänglich.« Cliehm schweigt. Eine Sekunde, fünf, noch länger.

»Das waren ungefähr zehn Sekunden«, sagt er und beugt sich zur Frau in Schwarz. »In dieser Zeit hat es in Ihrem Gehirn schätzungsweise fünftausend chemische Reaktionen gegeben. Ich glaube, die Lösung liegt im menschlichen Gehirn, von dem wir immer noch so wenig wissen.« Cliehm spricht leise, bewegt fast nur noch die Lippen. Ihr Kopf kommt wie hypnotisiert auf ihn zu. Im Hintergrund reckt Zinnk den Hals.

»Wer sagt Ihnen, daß etwas, das Sie *denken*, nicht realer ist als das Würstchen, das Sie essen, oder das Diktaphon, das hier steht? Ich glaube an die Realität von Gedanken. Daß Gedanken frei sind, haben sich die Menschen schon viele Generationen vor uns gewünscht. Aber wissen wir wirklich, was passiert, wenn wir einen Gedanken aussenden, der an das Sternbild Orion denkt? Ist es nicht möglich, daß der Gedanke tatsächlich dort *ist*, so wie wir möglicherweise wirklich bei unserer Großmutter *sind*, wenn wir an sie denken, auch wenn sie schon vor dreißig Jahren gestorben ist?«

»Das sind sehr starke Gedanken, von denen Sie sprechen.« Auch die in Schwarz senkt die Stimme.
Der Pustelmann schiebt das Diktaphon näher. »Könnte das Böse in unseren Gedanken auch so stark werden?«
»Das Universum ist ein ziemlich unpersönlicher Ort«, antwortet Cliehm. »Die Kategorien Gut und Böse hat der Mensch aus purer Hilflosigkeit erfunden.«
»Würden Sie mich auf einen Ihrer Gedankenausflüge mitnehmen?« fragt Zinnk aus der hinteren Reihe.
»Nein.« Cliehm antwortet unvermittelt scharf. »*Diese* Art zu reisen muß jeder sich allein erobern.« Das fehlte noch, daß Zinnk in meinen Gegenwarten herumstöbert, denkt er. Er gefährdet mein halbes Jahr. Mein köstliches halbes Jahr.
Schleife, zischt die Erinnerung.
Trage ich nie, erwidert Cliehm. Margat trägt Schleifen. Sieht läppisch aus.
Schleife. Die Erinnerung bleibt hartnäckig.
Cliehm beobachtet, wie die Schwarze dem Pustelmann zunickt. Er schaltet das Diktaphon aus.
»Ich denke, da haben wir genug Material«, lächelt sie.
Alle stehen auf. Cliehm schüttelt erst der Schwarzen, dann dem Schmächtigen die Hand.
Zinnk gibt nicht auf, warnt die Erinnerung. Er läßt dich niemals in Ruhe.
Cliehm fühlt den alten Haß in sich hochsteigen. Er gönnt mir meine Zeit nicht, denkt er verbissen.
Zinnk hat Zeit!
Dann soll er auch in seiner Zeit bleiben!

Du sagt es, nickt die Erinnerung. Schleife.

Und Cliehm begreift.

»Zinnk hat Zeit!« ruft er so laut, daß die Redakteure zusammenfahren.

»Zinnk hat Zeit!« Cliehm breitet die Arme aus, läuft auf Zinnk zu. »Sie müssen mich jetzt in mein Büro begleiten. Sofort!«

»Ich wollte die Herrschaften hinausführen«, stammelt Zinnk überrascht.

»Das macht Margat.« Cliehm winkt den Freund heran.

»Lassen Sie sich nicht aufhalten«, sagt die in Schwarz beruhigend zu Zinnk.

»An die Rechentafel!« Cliehm hakt Zinnk unter und schleift ihn zur Tür. Zinnk dreht sich verwundert ein letztes Mal um. »Aber . . .«, sagt er. Cliehm stößt ihn auf den Flur.

»Was denn, was ist denn?« Zinnk stolpert neben Cliehm her.

»Sie wollen doch das Geheimnis erfahren.«

Mit einem Schlag ist Zinnks Widerwillen verflogen. Den Fahrstuhl lassen sie links liegen, laufen vier Stockwerke hoch, als ginge es um die Wette. Keuchend beobachtet Zinnk, wie Cliehm die Tür zu seinem Büro aufschließt, den Schalter umknipst. Dlung, dlung, zing machen die Röhren im Innern des Plastikvierecks, das graublaue Licht flackert auf. Zinnks Leguankopf zuckt neugierig in alle Richtungen.

»Keine Sonne hier drin«, sagt Cliehm. »Ich habe nur Ausblick auf diese Wand. Wie ist Ihr Büro, Zinnk?«

»Ähnlich.« Zinnk zittert vor Aufregung.
»Das Fenster dort drüben ist immer geschlossen.« Cliehm nimmt den Tafelschwamm. »Oder haben Sie schon einmal gesehen, daß es offenstand?« Er beginnt zu wischen.
Zinnk widmet dem Fenster keinen Blick. »Was steht da?« fragt er hastig. Die Zunge leckt über die Lippen.
Cliehm tritt von der Tafel zurück.
»JETZT IST KEINE GENAUE BEZEICHNUNG«, liest Zinnk.
»Nur so hingekritzelt«, schmunzelt Cliehm und löscht die Schrift mit schwungvoller Bewegung. Er nimmt ein Stück Kreide, hält es hoch.
»Sie oder ich?« fragt er. Zinnk starrt auf den weißen Zapfen in Cliehms Hand. »Sie haben den Anfang der Formel doch sicher im Kopf. Lassen Sie sehen.« Er gibt Zinnk die Kreide. Der dreht sich zur Tafel, beginnt zu schreiben.
»Sie haben eine schöne Schrift«, sagt Cliehm. »Flott, unbesorgt, auftrumpfend.«
»Stimmt das soweit?« Zinnk dreht sich um, die Kreide schwebt über dem Ende der ersten Zeile.
»Wenn Sie die Klammer nach dem $\sim\Delta$ schließen, ist es korrekt.«
»Abschnitt zwei finde ich unsagbar schön.« Zinnk atmet hörbar. »Dieser Teil erinnert mich an ein Klavierstück von Chopin.«
Cliehm blickt auf die weißen Zeichen, die nach und nach über die dunkle Fläche wachsen.
»Als ich das zum ersten Mal las, dachte ich, Sie haben's geschafft«, seufzt Zinnk und stützt die Hände ins Kreuz.

»Habe ich das nicht?«

»Wir kommen gleich zu der Stelle.«

Cliehm sehnt sich nach dem Körper der Roten. Wie sie mich festhielt, mit ihren kräftigen Händen. Ihr Atem über mir. Die Lippen halb geöffnet, die Wimpern schimmerten im Licht der Straßenlaterne. Ihr schweißglänzender Bauch, der sanfte Nabel.

»Und jetzt kommt ...« Zinnk flüstert in höchster Konzentration. Langsam, als sei ihm der Buchstabe nicht vertraut, malt er ein griechisches μ. Er wendet sich um.

»Da!« sagt er triumphierend.

»Was meinen Sie?« Cliehm setzt ein Engelsgesicht auf. Er sieht den Fehler genau. Für einen Augenblick steigt die Dunkelheit in ihm hoch.

»Es stimmt nicht!«

Cliehm tut, als hätte er die dritte Zeile noch gar nicht betrachtet. »Was stimmt daran nicht?«

»Sehen Sie doch.« Mit dem Kreidestumpf pocht Zinnk an die Tafel.

»Haben Sie Durst?« Cliehm tritt etwas zurück.

»Wie bitte?« Zinnk legt den Kopf unwillig schief.

»Einen Schluck zur Stärkung könnten wir vertragen.« Ohne daß Zinnk es bemerkt, nähert Cliehm sich der Tür.

»Das Ende der dritten Zeile birgt den entscheidenden Fehler.« Zinnk klopft auf das μ.

Ich weiß, denkt Cliehm.

»Genau dort«, antwortet er statt dessen. »Aber auf der Rückseite.«

Er drückt die Klinke heimlich nach unten, zieht die Tür millimeterweise auf.
»Ich verstehe nicht, was Sie meinen.« Zinnk tritt von der Formel zurück.
»Die Tafel.«
Zinnk bückt sich, findet das Mittelscharnier, begreift den Mechanismus. Er löst den Riegel. »Die Tafel ist drehbar.«
Cliehm antwortet nicht. Er starrt auf den graublauen Flur. Nichts bewegt sich, denkt er. Alles steht still. Jetzt.
Zinnk wendet sich nochmals der Formel zu. Die Kreide schwebt über den Zahlen.
»Wenn man ...«, murmelt er und malt einen senkrechten Strich. Er setzt ein Dreieck daneben, klammert das letzte System ein, erhöht es zur vierten Potenz. Er tritt zurück, legt den Kreidestumpf an die Unterlippe. Langsam schüttelt er den Kopf. »Nein«, flüstert er, »so geht das auch nicht.« Er nimmt den Schwamm, löscht die Zeichen wieder aus.
»Drehbar?« fragt er, ohne sich Cliehm zuzuwenden. »Dann wollen wir mal sehen.« Mit Schwung rotiert Zinnk die schwarze Fläche herum.
Ein gewaltiger Lärm. Klirren, Splittern, scharfer Geruch.
Der Grappa, denkt Cliehm. Schade um die halbvolle Flasche. Zinnk springt zur Seite. Er nimmt eine Scherbe auf, schnuppert daran. »Grappa«, sagt er. »Sie hätten mich warnen müssen.« Cliehm antwortet nicht.
»Da ist ja nichts«, sagt Zinnk. Die Rückseite der Tafel ist leer und so sauber poliert, als wäre sie neu.
Cliehm starrt an die graublaue Wand im Flur. Er krallt die

Finger ineinander, daß die Knöchel weiß werden. Zinnk dreht die Tafel noch einmal um hundertachtzig Grad. Die Formel taucht wieder auf.
»Also, wo waren wir?«
Cliehm faßt die metallene Halterung an der Wand. Tausendmal hat er seinen Mantel daran gehängt. Schleife! kommandiert er. Und preßt das scharfe Eisen gewaltsam in die Handfläche. Die Haut platzt auf, Blut quillt hervor. Schmerz spricht, keucht Cliehm.
Du hast das Kommando, antwortet die Erinnerung.
Der Pfeil biegt sich, wird zum Kreis, schließt sich in sich selbst.

Cliehm springt auf den Flur, wirft die Tür hinter sich zu. Er leckt an der blutigen Hand, lauscht auf die Geräusche von drinnen.
»Die Tafel ist drehbar«, hört er Zinnks Stimme aus dem Büro. Stille. Schritte. »Wenn man ...«, hört Cliehm ihn murmeln.
Ein klackendes Geräusch. Zinnk schreibt. Schritte.
»Nein«, sagt er, »so geht das auch nicht.« Cliehm hört, wie der Schwamm über die Tafel wischt.
»Drehbar?« ruft Zinnk. Ein kurzes Krächzen, ein Schwirren. Gewaltiger Lärm. Klirren, Splittern. Das Scharren von Scherben. »Grappa«, hört Cliehm. »Sie hätten mich warnen müssen.« Stille. »Da ist ja nichts«, sagt Zinnk nach einer Pause. Wieder das Drehen der Tafel. »Also, wo waren wir? Wenn man ...«, murmelt er hinter der Tür.

Ein ungläubiges Grinsen breitet sich über Cliehms Gesicht. Er hört das Klacken. Zinnk ist in der Zeitschleife, kichert Cliehm. Er ist drin, ich bin draußen!
Das kann einige Zeit dauern, nickt die Erinnerung.
Ewigkeiten! lacht Cliehm.
Drinnen wischt der Schwamm über die Tafel. »Drehbar?« ruft Zinnk.
»Und er dreht sie, er dreht sie! In Ewigkeit, Amen!« Cliehm klatscht mit der Hand an die Resopalwand, sieht den blutigen Abdruck. »Schmerz spricht«, ruft er stolz. Drinnen das Klirren und Splittern. Das Scharren zwischen den Scherben. Zwei Gegenwarten, denkt Cliehm, und nur eine Tür trennt sie.
»Grappa«, hört er aus dem Büro. Und wieder wird die Tafel gedreht. Zinnk hat alle Zeit der Welt, ruft Cliehm voller Glück. Und ich genieße mein halbes Jahr.
Er lehnt sich an die Wand, langsam verebbt das Lachen. Gegenüber sieht er den Abdruck der Hand. Noch ist er rot. Wenn die Flecken getrocknet sind, wird es eine rostbraune Hand auf weißem Resopal sein. Cliehms Gesicht wird ernst. Wo ist sie? fragt er. Warum ist sie ohne ein Wort gegangen? Ich könnte heulen. Cliehm schließt die Augen.

Er öffnet die Augen. In grünblauen Streifen schimmert das Tageslicht durch. Das Minikleid, erkennt Cliehm und linst durch die Öffnung des Ärmels. Er tappt neben die Matratze – ihre Badekappe –, holt sie unter sein Zelt. Hier waren ihre Ohren, hier umspannte der Gummi die Stirn. Cliehm riecht daran, liebkost die schlackernde Hülle. Er hält inne. Der Kringel ist im grünblauen Dämmer kaum zu erkennen. Vorsichtig pickt er ihn aus der Kappe. Ein Haar von ihr, denkt Cliehm. *Ich habe dünnes Haar,* fallen ihm ihre Worte ein. Er hält den roten Faden vor seine Augen. Du Fädchen meiner Sehnsucht, seufzt Cliehm. Wieder hat er Lust, wie ein Wolf zu heulen.

Ich bin zu alt für sie, denkt er. Die Freunde meiner Frau steuern auf die Pensionierung zu. Ich bin ein Mann mit Vergangenheit. Sie braucht jemanden für die Fröhlichkeiten von heute. Mir genügt es, ein Zimmer blau zu streichen, um fröhlich zu sein. Die Wildheit, die sie in mir entfesselte, wird bald nur unter blutdruckfreundlichen Wetterbedingungen zu entfachen sein. Meine Brust wird einsinken, der Nacken sich beugen, die Brustwarzen neigen sich zur Erde. Auf tönernen Beinen gehe ich durch meine Tage und überlege mir zweimal, ob ich den Abstieg durch die Stufenstraße riskiere. Ich werde mich nach bequemen Kissen sehnen und einer heißen Brause. Mit parfümierten Wassern werde ich den Duft von Jugend erkaufen. Das alles hat sie geahnt, überlegt Cliehm, und ist ihrer Wege gezogen. Ich bin allein. Habe die Wahl zwischen einem hellblauen Zimmer mit Fenster zum Platz und einem blaublauen Zimmer, das zum Innenhof geht. Ich habe ein kleines Bad mit Kaltwasserdusche, eine Kochnische, einen düsteren Flur. Das ist die Bilanz der Gegenwart.

Dieser Gegenwart, sagt die Erinnerung.

Gegenwart! begehrt Cliehm auf. Er steckt den Kopf aus

dem Kleid. Das ist mein halbes Jahr, denkt er. Ich habe es mir mit einem Sprung aus dem Fenster erkämpft. Ich wollte Zeit, ich habe sie, will sie auskosten! Mit oder ohne rotes Frauenwesen. Von einer roten Liebesaffäre war nie die Rede.

Der Duft ihres Bauches, denkt er verzweifelt, die zarten Achseln, ihr Nabel, der wie ein Mond auf und ab wanderte. Ach Gredkulla! Welche Öde. Nein, niemals Öde, reißt er sich zusammen. Kein Augenblick wird vergeudet, befiehlt Cliehm und rappelt sich auf die Knie. Das halbe Jahr läuft gut. Wir haben November, das ist eine Leistung, die uns anspornt. Er fröstelt. November, denkt er, und diese Wohnung ist nicht winterfest. Wackelnd kommt er auf die Beine, blickt in den Flur. Wir müssen etwas dagegen unternehmen.

Wir? fragt der schwarze Heiland von draußen.

Cliehm läuft in den Flur. Du hängst da in diesem düsteren Raum, empört er sich. Nur einmal am Tag wandert ein Lichtstreifen durch. Das ist kein Zustand. Wir schaffen dir eine neue Umgebung. Es ist unsere Aufgabe. Und – Cliehm tappt in die Küche – wir haben Hunger.

Wir haben keine Lebensmittel im Haus, sagt der Heiland.

Auch dagegen werden wir etwas unternehmen. Cliehm sucht seine Kleider. Von jetzt an ist das ein Männerhaushalt. Er nickt dem Heiland aufmunternd zu, wirft das Minikleid entschlossen in die Ecke und steigt in die Hosen.

Schritte

Es ist kein Schlaf, denkt er. Ich liege in meinem blaublauen Zimmer, in großer Erschöpfung, aber ich schlafe nicht. Ich bin sicher, auch nicht zu träumen. Cliehm versucht sich zu kratzen. Da ist der Gips, erkennt er, es ist nicht möglich, sich zu kratzen. Ich sollte mich entschließen, zu erwachen. Habe ich etwas gehört? Es ist nicht die erste Nacht, in der mich Gehörtes bedrängt. Ich höre viel, während ich durch den November wandere. Steuere durch meine Zeit, sie gehört mir. Ich bin viel allein. Natürlich. Das ist ein Männerhaushalt. Ich saß vor den Wänden, habe ihnen Farben gegeben, wie man Kindern Namen gibt. Tagelang habe ich überlegt, meine Entscheidungen oft widerrufen. Dann habe ich Eimer aus Blech hochgetragen, auf denen die Namen der Farben stehen. Ich bin erschöpft. Trotzdem schlafe ich schlecht. Ich meine, Schritte zu hören, und weiß doch, daß niemand sich in der Wohnung bewegt. Ich selbst liege auf der Matratze, der Heiland ist nicht imstande, zu gehen, er ist aus Holz. Und doch geht es dort draußen! Bewegt sich vom Bad in den Flur. Jetzt ist es vor meiner Tür. Ich gestatte mir nicht, den Kopf zu heben. Cliehm hält die Lider aufeinandergepreßt. Ich höre, wie es die Tür bewegt, erlausche zögernde Schritte. Jetzt müßte es vor mir stehen, denkt Cliehm. Beugt es sich nieder? Verletzt, tötet es mich? Er hält

die Augen so krampfhaft geschlossen, daß Punkte im Innern zu tanzen beginnen. Ich wehre mich nicht, denkt er. Bleibe reglos, gebe meiner Erschöpfung liegenden Ausdruck. Es steht lange vor mir, denkt er. Aber mein Wille ist stärker. So stark, daß ich höre, wie es mit leisen Schritten das Zimmer wieder verläßt. Draußen geht es noch eine Weile, doch bin ich nicht sicher, ob ich es wirklich höre. Ich gestehe mir ein, daß die Schritte verklungen sein könnten.
Cliehm fährt hoch. War sie da? Ist sie draußen? Sollte sie zurückgekehrt sein? Er reißt die Decke beiseite, springt auf. Mit dem Gips rammt er den Türstock, taumelt zurück. Er öffnet die Tür so gewaltsam, als sei sie versperrt.
»Gredkulla!« ruft er, tappt ins Bad, die Küche ist leer. Er tastet sich am Christus vorbei zur Wohnungstür.
»Gredkulla?« hallt es im Treppenhaus. Cliehm läuft zurück, erreicht ihr Zimmer. Grau ist das Lichtviereck des Fensters. Es tagt. Er entriegelt, beugt sich hinaus.
»Gredkulla!« tönt es über den grauen Platz. Kein Mensch, kein Licht im *Cocodrilo riente*. Die kalte Luft berauscht ihn und macht ihn klar. Niemand da, begreift er und schließt den obersten Knopf seines Hemdes. Er drückt die Fensterflügel zu, steht vor ihrer Matratze. Als wäre es ein Altar, läßt er sich auf die Knie fallen.
Es waren nicht ihre Schritte, flüstert er traurig. Sie ist nicht gekommen.

Warum Weiß? fragt der Heiland.
Cliehm hebt den Pinsel. Damit es freundlicher wird, sagt er. Der Flur ist zu ernst.
Du magst Ernst nicht? fragt der Gekreuzigte.
Nicht, wenn es sich um Wände handelt. Entschuldige, aber ich werde dich abnehmen müssen.
Cliehm taucht den Pinsel ins Weiß, streift ab, widmet sich der Nische, die dem Heiland gegenüberliegt. Hier hat einmal etwas gestanden, denkt er, reckt sich nach oben und streicht. Der Gips behindert ihn. Er hält die graue Manschette ins Licht. An vielen Stellen hängen Lappen und Bruchstücke weg. Ich kann mich an den Namen des Arztes nicht erinnern, sagt er zum Heiland. *Lafana? Lacona*. Irgend etwas mit L.
Matratze, sagt der Gekreuzigte.
Zu früh, antwortet Cliehm. Ich lege mich erst wieder aufs Ohr, wenn die Wand geschafft ist. Essen sollte ich etwas. Oliven mit Brot vielleicht. Cliehm streicht schneller. Er geht auf die Knie, pinselt, ohne die Fußbodenleiste zu bekleckern. Ein Tropfen fällt zu Boden, mit dem Hemdsärmel wischt er ihn fort.
Fertig. Stolz blickt er zum Heiland. Heute bleibst du noch hängen. Morgen mache ich deine Wand.

Matratze, sagt der Heiland.
Hunger, antwortet Cliehm. Mit der gesunden Hand streicht er die Haare glatt, schlüpft in die Schuhe und verläßt die Wohnung.
Ich hätte etwas überziehen sollen, denkt er vor dem Haus. Es ist kalt. Bald haben wir den ersten Advent. Er überquert den Platz. Das Gras zwischen den Steinen ist welk. Über die Schulter dreht er sich um. Unser Fenster in der grünen Wand. Ob sie zurückkommt, eines Tages? Ich werde hier sein. Brot mit Oliven. Cliehm betritt das *Cocodrilo riente*. Der Wirt blättert in der Sportzeitung.
»Gredkulla?« fragt Cliehm. Der andere schüttelt den Kopf.
Cliehm durchquert das Lokal, tritt auf die Gasse. Er erreicht den Mohrenkopf, kommt an der Telefonzelle vorbei, geht in den Laden am unteren Ende der Stufenstraße.
»Verde ou preto?« fragt die Frau hinter den Oliven.
»Die grünen hatte ich gestern. Heute probiere ich die schwarzen in Kräutertunke. Preto.« Er zeigt auf das Gefäß in der Mitte.
»Faz frio.« Sie nimmt die Schöpfkelle.
Cliehm nickt, ja, es ist kalt geworden. Er wendet sich zum Regal mit den Broten. Weißbrot. Länglich oder als Fladen, das ist der ganze Unterschied. Fladenbrot, entscheidet Cliehm. Sie gibt ihm die Oliven in einem ölglänzenden Säckchen. Das Brot nimmt er unter den Arm.
»Bom advento«, sagt sie zum Abschied.
Er stapft die Stufenstraße hoch. Am schmiedeeisernen Gitter bleibt er stehen. Kein Geräusch von drinnen. Später,

denkt er, wird die Frau mit den weißen Locken den Fernseher andrehen. Blaue Schatten geistern dann durch den Raum. Cliehm bricht ein Stück von dem Brot, ißt. Schmeckt nach nichts. Er betrachtet den klickernden Glasperlenvorhang. Dann steigt er die Stufenstraße wieder hinunter.
Er kommt in die Wohnung, geht in die Küche, will Wasser aufsetzen. Die Streichholzschachtel entgleitet ihm, fällt in die Ritze zwischen Herd und Mauer. Cliehm bückt sich, tastet danach. Er sieht sie, ohne sie greifen zu können. *Rosenstolz* sagt die Schrift. Der Gips behindert mich, ich muß das bröckelnde Ungetüm loswerden, denkt er. Wie war der Name des Arztes? Cliehm fletscht die Zähne, als könnte er so besser denken. *Lafana? Lacosta?* Die Streichhölzer bleiben in der Ritze.
Unter der Matratze! ruft der Gekreuzigte von draußen.
Cliehm kommt in den Flur. Die Augen des Heilands sind nach oben gewandt. Langsam legt Cliehm den Finger an die Lippen. Schritt für Schritt geht er ins Zimmer der Roten. Die Matratze liegt unberührt da. Vorsichtig, als wäre mit Schlangen zu rechnen, hebt er eine Ecke hoch. Staubgekräusel, gebrauchte Taschentücher, ein Bleistift. Der graue Umschlag taucht auf.
Meine Blutuntersuchung! durchfährt es Cliehm. Er greift danach, läßt die Matratze fallen. Staubfontäne.
Análise de laboratório steht auf dem ersten Blatt. *Cliente: Dr. Isidore Dreyfus.*
Dreyfus! ruft Cliehm dem Heiland zu. Ich lag gar nicht so schlecht.

P.s.Vg. steht da und *Sub.Mt.AHG.* Mein Blut, denkt Cliehm beklommen. Er sucht nach der Telefonnummer des Arztes, sein Blick fällt auf die Adresse. Das ist nicht weit, überlegt er und hebt den bröckelnden Gips. Hunger. Die Oliven, das Weißbrot fallen ihm ein. Ein Tag mehr oder weniger macht keinen Unterschied. Er legt die Mappe auf die Matratze, geht in die Küche, bricht Brot und läßt die Oliven auf einen Teller prasseln.

»I am a patient of the Doctor.« Cliehm hält der Gestrengen am Eingang die Formulare hin. Sie wirft einen Blick darauf, verläßt schweigend den Raum. Cliehm ist umringt von Menschen. Sie sitzen stumm im Geviert. Alte Frau mit kleinem Mädchen auf dem Schoß. Schielender Dicker. Eine Schwangere. Ein Greis mit bandagiertem Bein. Lesender mit Pomade im Haar. An den Wänden hängen Stiche. Cliehm tritt neben den Dicken, betrachtet das Bild. Fasane, erkennt er überrascht. Ein stolzes Männchen mit blaugrüner Brust. Cliehm dreht sich um. Gegenüber ein brütendes Weibchen, daneben ein fliegender Schwarm. Wo er hinsieht, Fasane an den Wänden.
»I wonder, if it already smells.« Der Doktor läuft auf Cliehm zu, reißt dessen Gips hoch. »Four weeks too long!« schimpft er.
Das Toupet ist einmalig, denkt Cliehm und starrt auf die grauen Spieße, die im Nacken des Doktors zu Berge stehen.
»I didn't know.« Cliehm zuckt die gesunde Achsel.
»Come. Come.« Doktor Dreyfus stößt Cliehm vor sich her

in die Ordination. »Cinco minutos, por favor. Um caso de emergencia«, ruft er dem Schielenden zu. Die Gestrenge zieht sich auf ihren Platz am Eingang zurück.
Ohne noch ein Wort zu verlieren, greift Dreyfus zur gezackten Schere. Er führt sie von oben in den Gips, Cliehm spürt das kalte Metall. Das erste Knirschen, die Hülle bricht. Mit vier Schnitten ist der Ellbogen erreicht. Dreyfus biegt die abstehenden Teile beiseite. Fauliger Geruch steigt auf.
»Puh.« Der Doktor wendet den Kopf.
»Bin ich das?« Angeekelt verengt Cliehm die Augen zu Schlitzen. Eine weißgrüne Puddingmasse wird sichtbar. Ich schimmle, denkt er, bemüht, flach zu atmen.
Langsam schieben die stählernen Zangen sich voran. Druck spürt Cliehm, keinen Schmerz. Das letzte Stück gibt nach. Wie die Armschiene eines Ritters poltert der Gips zu Boden. So werde ich aussehen, wenn ich tot bin, denkt Cliehm. Von der Schulter abwärts scheint alles zu faulen.
»Why didn't you come earlier?!« Dreyfus versucht den blutunterlaufenen Augen Strenge zu geben. Er streift Gummihandschuhe über, wählt eine Pinzette und beginnt, abgestorbene Haut von Cliehms Arm zu ziehen. Kleine Bläschen platzen auf, weißlicher Schmand läuft heraus.
»I told your wife, you should visit me every week«, murmelt der Doktor.
Cliehm versteht nicht gleich. »She is not my wife«, antwortet er schließlich.

»Your girlfriend then.« Dreyfus tupft an der Unterseite der Achsel entlang. Cliehm spürt ein Kribbeln.
»No.« Verwundert schüttelt er den Kopf.
Der Doktor geht zum Schrank, wählt eine Flasche mit bernsteinfarbener Flüssigkeit. Er klemmt ein Stück Zellstoff in die Pinzette.
»She's not your girlfriend?« Sein Blick wird streng. Er läuft zur Tür. »Camilla!« ruft er. »O documento da Senhora danesa.« Der Schielende im Warteraum blickt auf. Dreyfus schließt die Tür. Er nähert sich mit der Pinzette, beginnt, das klebrige Gelb auf Cliehms Arm zu streichen. Der Schmerz kommt überraschend. Cliehm zieht hektisch die Luft ein.
»And what kind of relationship do you have?« fragt der Doktor.
»Relation . . .?!« Kurz schreit Cliehm auf. »Relationship?« Ameisenhaufen, denkt er. Mein ganzer Arm steckt darin.
»Tell me«, fordert Dreyfus ungeduldig und stippt den Saft zwischen Cliehms Finger. Die Gestrenge kommt, legt eine Mappe auf den Tisch. Mit der freien Hand schlägt Dreyfus sie auf, überfliegt die Zeilen.
»Yes«, sagt er, spitzt den feuchtroten Mund und dreht sich zu Cliehm.
Erwartungsvoll, mit erhobenem gelbem Arm, sieht Cliehm dem Doktor in die Augen. »What?« fragt er.
»You are going to be a father.« Dreyfus nähert sich mit der Pinzette.

Cliehm streckt den Bernsteinarm von sich ab, steigt die Stufenstraße bergauf. *Keep it in fresh air* war der letzte Satz des Doktors. Die Fäule muß abtrocknen. Ein gepflegter Herr mit Hut und Spitzbart kommt ihm entgegen. Cliehm wendet den gelben Arm ab, der Herr biegt um die Ecke. Cliehm erreicht den Mohrenkopf, betritt das *Cocodrilo riente*. Er beantwortet keine Frage des Wirtes, reagiert nicht auf die Späße der Gäste, durchquert das Lokal, geht über den Platz, steigt die Stufen zur Wohnung hoch. Er spricht kein Wort mit dem Heiland, geht in sein Zimmer und wirft sich auf die Matratze. Wie ein Fahnenmast steht der Arm empor. Cliehm schnüffelt an seiner Schulter. Der Geruch ist besser geworden.
Ich weiß es noch, sagt er zur Erinnerung. Es war der Tag, an dem ich ihr das Rot in die Haare pinselte. – Haben Sie Kinder? denkt Cliehm in der Stimme der Roten. Viele meiner Freundinnen haben Kinder. Ich möchte auch welche. – Sie sind noch zu jung. – Vielleicht. Von wem hätten Sie eins bekommen? – Tilly ist Sängerin.
Cliehm legt den rechten Arm unter den Nacken, sieht zur blaublauen Decke hoch.
Mein Vater geht mit mir an der Hagebuttenhecke entlang, denkt er. Wir sind auf dem Weg hinunter zum Bach, wollen auf der Waldlichtung einen Damm bauen. Moos wollen wir verwenden und Steine und dichtbelaubte Zweige von Bäumen. Nie, wenn wir zum Bach gehen, versäumen wir, bei der Schaukel haltzumachen. Der Vater hat sie selbst an den dicken Ast des Kirschbaumes gehängt. Sie hat weiße Seile und ein blau gestrichenes Brett. Ich klettere darauf,

der Vater gibt mir Schwung, ich steige, fliege, bis ich den Himmel unter den Füßen sehe. Ich würde gern wegfliegen vom Kirschbaumast. Der Vater sagt, ich soll vorsichtig sein. Die Schaukel ist auf dem höchsten Punkt. Ich lasse die Seile los, denkt Cliehm, der Kirschbaum zieht an mir vorbei. Für einen Moment sehe ich den Bach weit unten schillern. Mein Vater fängt mich. Ich bin neun. Solche Anfälle kommen häufiger. Wir besuchen viele Ärzte. Erbanlage, sagen sie. Wird von der Mutter übertragen, bricht nur bei männlichen Nachkommen aus. Fünf Monate später kann ich mich nicht mehr bewegen, bin blind und niemand weiß, ob ich höre. Zuletzt kann ich nicht einmal mehr selbständig schlucken. Mein Vater sitzt neben dem Bett und saugt den Speichel mit einem Röhrchen ab. Nicht sehen, nicht sprechen, nicht bewegen. Nur denken. Damals hat alles begonnen, denkt Cliehm. Der Junge im Nachbarbett ist gestorben, ich bin wieder erwacht. Nach einem Jahr. Das rote Plastikgewehr lag an seinem Bett. Niemand wollte es. Du kannst es behalten, sagte mein Vater. Ich habe den Jungen niemals gesehen, der monatelang neben mir lag. Liegend hebt Cliehm ein Bein. Alles darüber ist blau.

Vater sein?

Clara wäre ein schöner Name, überlegt er. Auch Sibylla. Aber im Grunde weiß ich den Namen längst. Susanne. Schwarzgelockte Susanne, denkt Cliehm. Ich gebe ihr Schwung auf der Schaukel. Sie lacht und quietscht, wirft die Beine, so hoch sie kann. Die Locken wehen im Wind, spielen um ihre Stirn. Wir gehen zum Bach. Das Wasser

schillert silbern und grün. Im feinen Sand sind goldene Körner zu sehen. Das ist unser Schatz, sagt Susanne. Wir erzählen niemandem etwas davon.
Cliehm dreht sich zur Seite. Der gelbe Arm zeigt zur Tür, dahinter sieht er den halbgestrichenen Flur.

Cliehm taucht den Pinsel in die Farbe. Sanft streicht er über die dunkle Stelle, wo das Kreuz hing. Der Heiland lehnt in der Nische gegenüber. Ich muß Brot besorgen, denkt Cliehm. Und Oliven. Morgen ist der zweite Advent. Vielleicht esse ich im Restaurant, wo der zuvorkommende Kellner bedient. Das Fenster im Zimmer der Roten ist geschlossen. Die ganze Woche schon. Der Himmel hängt niedrig, es ist kalt. Zweimal hat es heute geregnet. Ob es dort, wo sie ist, auch regnet? Der Pinsel streicht über die letzte Verdunkelung. Keine Spuren, denkt Cliehm. Nichts erinnert daran, daß hier ein Kreuz hing. Nichts als Weiß. Er schiebt den Ärmel des Hemdes hoch, das Gelb an seinem Arm ist verschwunden. Zartrosa Haut breitet sich aus.
Es ist Tillys Hemd, erkennt er plötzlich. Ich habe ihr Hemd angezogen, ohne es zu bemerken. Cliehm läßt den Pinsel sinken, steht da, den Blick ins Nirgends gerichtet. Adventszeit ist Operettenzeit, denkt er. Tilly hat viele Vorstellungen. *Ein Walzertraum*. Cliehm betrachtet die Wand. Ohne den Kopf abzuwenden, läßt er den Pinsel in den Farbeimer sinken und tastet zur Wohnungstür. Er geht hinaus, schließt nicht ab. Auf dem Platz senkt er den Kopf, als wolle er nicht erkannt werden. Er durchquert das *Cocodrilo riente*, läuft

durch die Gasse, am Mohrenkopf vorbei, bleibt vor der violetten Kabine stehen. Er starrt in die glasige Zelle, als wäre sie ein unbekanntes Land, tritt hinein. Von oben nach unten streicht er über den Hörer, aber er hebt nicht ab. Er beugt den Kopf nach hinten, so weit er kann.
Nichts, denkt er, katapultiert den Schädel nach vorne, die Stirn knallt gegen das Glas. Der Schmerz breitet sich aus wie ein Nebel. Genügt nicht, denkt Cliehm und saugt die Dunkelheit in sich ein. Mit dem Rücken schiebt er die Tür auf, läuft an und prallt den Kopf gegen das Telefon. Schwarzer Tunnel, unnütze Augen. Es dreht sich, denkt Cliehm, das ist ein Anfang. Suppe im Gesicht, warm rinnt es die Braue entlang. Das Licht kommt zurück. Er hebt den Hörer ab, lauscht auf den immerwährenden Ton.
»Heim«, sagt Cliehm in die Muschel. »Wohin?«
Er läßt los, der Hörer baumelt an silbrigem Kabel. Cliehm tritt auf die Straße, torkelt zum Mohrenkopf, klammert sich fest. Jemand hat ein P darauf gesprayt, Cliehm zieht die Linie des Buchstabens nach. Tropfen fallen, er blickt hoch.
Breitbeinig wankt Cliehm durch die Gasse zurück, als ginge er über ein Moor. Er betritt das *Cocodrilo riente*, das Gespräch der wenigen Gäste verstummt. Cliehm starrt zur Decke, stößt langsam die Luft aus den Lungen. Er taumelt weiter, ins Freie. Die grüne Wand, das Fenster, Licht schimmert von dort. Cliehm haucht nach oben, als wolle er eine Kerze ausblasen. Er geht die Treppe hoch, durchquert den Flur, kommt ins Zimmer der Roten. Er hält sich am Fensterrahmen fest. Draußen fällt schwerer der Regen.

Heim! denkt er und entriegelt. Die Tropfen peitschen Cliehm ins Gesicht, er steigt auf das Fensterbrett. *Walzertraum*! will er rufen, will springen wie damals, als er nach Oktober sprang. Im letzten Moment hält er sich am Regenrohr fest. Tiefer Fall, zaudert er, hartes Pflaster. Und der Arm ist gerade erst verheilt. Dummheit, ohne zu wissen, wohin. Von gegenüber kommt ein kleiner Mann über den Platz, blickt hoch. Hut, Brille, Spitzbart. Cliehm schämt sich, auf dem Fensterbrett gesehen zu werden, tut, als repariere er etwas an den Läden. Der Herr geht weiter. Cliehms Finger sind klamm. Vorsichtig klettert er ins Zimmer zurück, schließt das Fenster. Sein Haar klatscht an der Stirn, das Gesicht ist eiskalt. Er geht ins Bad, trocknet sich ab. Rote Flecken auf dem Handtuch. Cliehm blickt in den Spiegel, die Stirn blutet. Düster setzt er sich auf den winzigen Hocker, starrt das bloßliegende Kabel neben der Deckenbeleuchtung an. Man könnte einen Schlag kriegen, hofft er, alles Schmerzliche spricht. Er steht auf, läßt das Handtuch ins Waschbecken gleiten. Unter den Deckenauslaß schiebt er den Hocker, steigt hoch. Er nähert Zeigefinger und Daumen beider Hände den Litzen der offenen Leitung. Wie eine Skulptur in Schwebe steht Cliehm da. Er greift nicht nach den Drähten, springt nicht zu Boden, tut nichts.

Gefangen, denkt er. Gefangen in der Zeit. So still ist es, daß er draußen den Regen hören kann. Nach einer Weile, die ihm unendlich erscheint, seufzt Cliehm, stützt sich an der Wand ab und klettert mit zitternden Knien vom Hocker. Er schlurft in den Flur und greift zum Pinsel.

Cliehm taucht den Pinsel in die Farbe, streicht die Kante neben der Küchentür. Er tritt zurück. Wie sauber das aussieht. Der Heiland hängt wieder an seinem Platz. Schwarzes Kreuz auf weißem Grund. Ich muß Brot besorgen, denkt Cliehm. Nur fünf Oliven sind übrig. Morgen ist der dritte Advent. Ich könnte in die Kirche gehen. Gestern klang Orgelmusik in die Oberstadt hoch. Es war sonnig, das Fenster stand offen. Heute regnet es wieder.
Cliehm sieht an sich hinunter. Tillys Hemd gehört in die Wäsche, denkt er. Es hat Flecken und stinkt. Morgen vielleicht. Cliehm betastet das Heftpflaster an der Stirn. Kein Schmerz mehr, nur Unebenheit. Die Finger sind kalt. Er ballt die Faust.
Ein Ächzen. Er kennt das Geräusch, die Wohnungstür ist morsch und ausgehangen. Die Rote kommt in den Flur. Er läßt den Pinsel sinken, achtet nicht auf die Tropfen.
»Ich war zu Hause«, sagt sie leise, als wolle sie ihn nicht erschrecken.
Cliehm steht ganz still.
»Alle sagten, ich soll über Weihnachten bleiben.« Sie läßt ihre Tasche fallen. »Mein Vater hat sich verabschiedet, als wäre es das letzte Mal.«
»Vater«, wiederholt Cliehm.
Sie geht in ihr Zimmer, schüttelt die Bettwäsche auf, knufft gegen das Kissen, läßt sich fallen. »Gut«, seufzt sie.
»Wollen Sie Tee?« fragt Cliehm aus dem Flur. »Ich habe noch fünf Oliven.«
»Oliven? Ist Honig da?«

»Nein. Aber ich könnte schnell ...«

»Dann ohne Honig.« Sie sieht um die Ecke. »Ich dachte, Sie wären schon weiter mit den Wänden.«

»Ich hatte bis vor kurzem den Gips. Es war schwierig.«

»Sie machen es eben sorg-fäl-tig«, antwortet sie ernst.

Cliehm bemerkt die weißen Tropfen auf dem Boden. Er läuft ins Bad, holt Papier. Unter dem Kreuz des Heilands wischt er auf.

»Sie sollen einmal die Woche bei Dr. Dreyfus vorbeischauen, wegen des Armes«, ruft sie. »Habe ich Ihnen das ausgerichtet?«

»Nein.« Cliehm blickt um den Türrahmen. Sie kramt einen Pullover aus ihrer Tasche.

»Es ist kalt«, sagt sie vorwurfsvoll.

»Und zu Hause?«

»Da ist es schon viel kälter.« Ihr Kopf kommt aus der Halsöffnung hervor.

»Wie kalt wird es in Lissabon?« Cliehm wischt den Pinsel am Klopapier ab.

»Kommt auf den Golfstrom an. Der macht hier das Wetter.«

Er geht zu dem kleinen Radiator. »Gleich wird es warm.«

»Und die Sicherungen?«

»Wenn man nur einen Heizstrahler anmacht, funktioniert es.« Er knipst den Schalter um, ein rotes Licht leuchtet. »Ich war schon beim Doktor.«

»Was hat er gesagt?« Sie zieht die Decke über die Beine, mustert ihn aufmerksam.

Cliehm hebt den Arm. »Ich soll ihn an der frischen Luft halten.« Er bewegt die Finger. »In einer Nacht habe ich geträumt, Sie stünden an meinem Bett.«

»Haben Sie zu Weihnachten schon etwas vor?« fragt sie.

Er antwortet nicht. Weihnachten, denkt Cliehm.

»Ich könnte Köttgrotta kochen«, fährt sie fort. »Das haben Sie bestimmt noch nie gegessen.« Sie zieht den Pulli wieder aus. »Der Strahler heizt gut.« Sie sinkt auf das Kissen zurück. Ein Knopf ihrer Bluse steht offen. Kastanienknospen, denkt Cliehm.

»Wieso haben Sie Weihnachten nichts vor?« fragt sie.

Kugeln und Lametta, denkt er. Der überladene Baum, ein Holzengel obendrauf. Draußen ist alles verschneit. Tilly verteilt Geschenke, dann geht sie Grete in der Küche zur Hand. Tante Teta ist da, Tante Gusta, die Helgatante. Sie sind alle so alt. Teta setzt sich ans Klavier, reibt die gichtigen Finger, spielt die ersten Akkorde. Tilly singt Geistliches.

»Köttgrotta?« fragt Cliehm. »Das würde ich gerne probieren. Kennen Sie Kastanienreis?«

»Nie gehört.«

»Ich kann das machen. Soll ich?«

»Wunderbar.«

Er sieht sie an. Sein Herz klopft. »Mein Blut«, sagt er. »Sie haben den Doktor gebeten, es untersuchen zu lassen, nicht wahr?«

Sie nickt.

»Wozu?«

Ihr Blick ist nüchtern und klar. »Es ist mein Kind«, sagt sie

nach einer Pause. »Zwischen uns beiden ist nichts. Nur das, was bisher war. Das müssen Sie akzeptieren. Sonst ist es besser, wenn ich wieder gehe.«
Cliehm starrt sie an. »Und wann ...«
»Nächsten Sommer kommt es zur Welt.«
Dann ist mein halbes Jahr längst vorüber, denkt Cliehm.
»Ich war hier, in der Nacht, nachdem Doktor Dreyfus es mir gesagt hat.« Kurz lächelt sie. »Sie schliefen so fest.«
Er betrachtet den Pinsel. Seine Finger sind weiß.
»Sie haben erstaunlich gutes Blut für einen Mann Ihres Alters.«
»Danke«, antwortet Cliehm, als wäre es ein Kompliment.

Vom Himmel

Cliehm klopft an die Ladentür. Sie muß da sein. Eben noch hat er Licht gesehen. Mehrmals pocht sein Finger ans Holz, der Lack schält sich in großen, zitternden Blattern. Das Licht geht an. Cliehm tritt zurück, der Regen rinnt ihm in den Nacken. Die Frau öffnet. Sie hat sich umgezogen seit Cliehms letztem Besuch, trägt ein schwarzes Kleid mit Spitzenbesatz an den Ärmeln.
Cliehm spricht langsam. »Eu esqueci as compras«, sagt er den Satz, den die Rote ihm beigebracht hat. – ›Ich habe meine Einkäufe vergessen.‹
Der Blick der Frau ist gereizt, sie will ihn nicht einlas-

sen. Scheu zeigt Cliehm auf den Adventskranz über der Theke.

»Fest der Liebe«, murmelt er.

Sie seufzt, gibt die Tür frei. Sie macht keine Anstalten, ihm beim Suchen zu helfen. Eilig tappt er zwischen Konserven, Teigwaren, den Regalen für die Brote umher, schiebt einen Strauß getrockneter Blumen beiseite, kniet hin, um unter die Gemüsekisten zu sehen. Den grauen Leinenbeutel kann er nirgends entdecken.

»Ich weiß doch ...«, murmelt er. Die Kastanien, das Gemüse, der Reis. Wie kann ich Besorgungen machen und den Beutel einfach vergessen? Ich habe die Liste Punkt für Punkt abgehakt, bezahlt und den Laden verlassen. Ich ging ins Café, habe zugesehen, wie die Geschäfte schlossen, früher als sonst. Heiligabend. Ich schlenderte heim, auf den letzten Metern begann es zu regnen. Als ich vor der Roten stand, konnte ich nicht begreifen, mit leeren Händen zurückgekommen zu sein.

Cliehm steht auf, klopft den Staub von den Knien. Er dreht sich um die eigene Achse, seine Augen forschen umsonst.

»Eu tenho que voltar para casa«, sagt die Frau. Ihr Ton ist nicht unfreundlich, aber bestimmt.

Cliehm nickt. »Obrigado«, sagt er und schlurft hinaus. Hinter ihm wird abgesperrt, gleich darauf erlischt das Licht. Es ist nicht das erste Mal, denkt er und stellt den Jackenkragen hoch. In letzter Zeit passieren Dinge, die ich nicht von mir kenne. Gestern stellte ich den Müll im Treppenhaus ab, um aus dem Fenster zu sehen. Die Sonne spielte in seltsa-

men Kringeln auf dem Glas, ich versank in Gedanken. Ohne Müll ging ich weiter. Als ich Stunden später heimkam, hatten die Ratten sich darüber hergemacht. Cliehm starrt die Stufenstraße bergab, in der Unterstadt glitzert die Weihnachtsbeleuchtung. Dunkel, denkt er.
Ich hätte alles noch einmal kaufen können, fällt ihm ein. Die Liste habe ich noch. Er fährt herum. Der zweite Stock des Hauses ist erleuchtet, Stimmen dringen zu Cliehm auf die Straße. Sie feiern, denkt er. Heiligabend. Er macht einen Schritt vorwärts, hält inne. Ich kann sie nicht noch einmal stören. Wie eine Schaufensterpuppe, eingefroren in ihrer Bewegung, steht Cliehm auf dem naßgrauen Pflaster. Nicht froh, denkt er. Mit angewinkelten Armen beginnt er in kurzen Stößen zu weinen. Der Regen wäscht ihm die Tränen vom Gesicht. Cliehm fährt mit dem Handrücken unter der Nase, geht wieder los. Vor der violetten Zelle bleibt er stehen. Seine Schultern glänzen, die Haare hängen ihm wirr in die Stirn. Weihnachten, denkt er, als läge darin eine Antwort, und betritt die Kabine. Er lehnt sich gegen das Glas, starrt auf den wäßrigen Vorhang, der die Scheibe entlangrinnt. Die Tropfen schimmern nicht. Der Regen, die Luft, selbst die Straßenbeleuchtung ist grau. Er fühlt eine Münze in seiner Hand. An den Kerben des Randes schiebt er sie halb in den Schlitz, hält sie fest. Ein Würdenträger mit mächtigem Bart prangt im Relief des Metalls. Cliehm hebt ab. Der summende Ton schreckt ihn, er hängt wieder ein.
Frauen gehören in die Küche, sagt der Würdenträger auf der Münze.

Cliehm nickt. Weihnachtsessen. Als ich ging, roch es seltsam. Sie kocht nicht häufig, scheint mir.
Wird es lernen, erwidert der Würdenträger.
Sie wartet, sagt Cliehm. Ich komme mit leeren Händen.
Sie muß sich bescheiden, antwortet der Würdenträger.
Seit kurzem arbeitet sie wieder im *Cocodrilo riente*. Öfter als früher. Kommt erst im Morgengrauen heim. Glaubt, daß ich schlafe. Wenn sie am Nachmittag aufsteht, verläßt sie gleich wieder die Wohnung. Ich weiß nicht, wohin.
Frauen gehören ins Haus, sagt der Würdenträger.
Sie behandelt mich *zuvorkommend*, das ist das Schlimmste. Verdrossen zieht Cliehm die Münze ein wenig zurück. Alles ist anders seit der Nacht, als wir nicht auf getrennten Matratzen lagen.
Zeig ihr, daß du ein Mann bist, fordert der Würdenträger. Nimm sie. Das wollen Frauen.
Sie trägt jetzt immer dicke dänische Pullover, entschuldigt sich Cliehm. Wenn sie duscht, verriegelt sie die Tür.
Frauen müssen gehorchen.
Und das Kind? Cliehm lehnt die Stirn gegen das Glas. Es beschlägt von seinem Atem. Was ist mit dem Kind?
Wer den Samen hat, hat das Sagen, antwortet der Würdenträger mit Inbrunst. Der Samen ist das Höchste. Nur Gott steht über dem Samen.
Schwarzgelockte Susanne, denkt Cliehm. Die Münze ruht im abschüssigen Spalt. Soll ich telefonieren? Immerhin ist Weihnachten. Cliehm läßt das Geldstück tiefer gleiten.
Eine andere Frau? fragt der Würdenträger.

Cliehm nickt. Tilly.
Sie soll *dich* anrufen.
Cliehm zieht die Münze aus dem Schlitz, steckt den Würdenträger in die Tasche. Sein Blick fällt zu Boden. Eingesunken steht der graue Leinenbeutel in der Vertiefung für die Telefonbücher. Ein hohles Lachen entringt sich Cliehm. Weihnachten also. Er nimmt die Einkäufe, drückt die Schwingtür nach außen und tritt traurig in den Regen.

Ring aus Reis, in der Mitte eine blaßgraue Insel aufgehäuft. Mißmutig taucht Cliehm die Gabel zwischen die Klumpen der Insel. Fisch? denkt er. Das Faserige ist Fleisch. Aber das Weiße hat Gräten.
»Köttgrotta«, nickt sie aufmunternd. Ihre Wangen sind heiß.
»Köttgrotta«, murmelt Cliehm, ohne den Blick von der Gabel zu wenden.
»Es ist so etwas Ähnliches wie falscher Hase. Nur daß Heringsfilets hineingeschnitten werden.« Die Rote taucht die Schöpfkelle in die Schüssel. »Sauce?« fragt sie. Cliehm schüttelt den Kopf.
»In manchen Gegenden wird bei uns flüssiges Tannenharz dazu serviert.« Sie tut sich Sauce auf.
Cliehm führt eine Gabel mit Reis zum Mund. Hoffentlich wird mir schlecht, denkt er. Dann könnte ich aufstehen und ginge ins Bad. Alleinsein wäre mir lieber. Er pickt ein Stück Fisch, legt es an den Tellerrand.
»Daheim machen sie Köttgrotta in riesigen Kesseln, die Fa-

milien sitzen beisammen, trinken Bier und Met.« Die Rote kaut.
Familie, denkt Cliehm. Die Dunkelheit wächst. Er senkt den Blick, stochert.
»Sie wollten mir doch die Zeichensprache beibringen.«
Cliehm antwortet nicht.
»Schien nicht so schwierig zu sein.«
»Das täuscht.« Er kaut, der Brei in seinem Mund wird immer größer.
»Wie wär's heute damit?« Sie macht lustige Verrenkungen mit den Fingern. Cliehm sieht sie verständnislos an.
»Oder soll ich Sie wieder Schattentiere an der Wand raten lassen?«
»Bellender Hund,« sagt er unwirsch, »quakende Ente, Tiger, der wie ein Meerschweinchen aussieht.«
»Aber er faucht«, lächelt sie. »Ffffffchhhhh.« Sie fährt ihre Finger aus, als wären es Krallen.
Cliehm kaut. Wortlos rückt er den Stuhl zurück, öffnet das Fenster. Sie unterdrückt ein Frösteln. Cliehm tut, als würde er Luft schnappen. Heimlich wirft er den klumpigen Brei auf die Straße. Für die Tauben, denkt er. Die hätten sich zu Weihnachten auch was Besseres verdient.
Sie rollt sich den Radiator heran, tappt mit den Fingerspitzen darauf, ob er heiß ist. Schweigend ißt sie ihren Teller leer, nimmt sich vom Reis.
»Wie weit sind Sie mit dem Nachtisch?« fragt sie.
»Habe noch nicht angefangen. Ist auch zu schwer nach diesem ...« Er ringt hörbar um Luft. Im Begriff, sich zu set-

zen, würgt er, stützt sich mit beiden Händen auf die Tischplatte. »Es ist nichts.«
In breitem Strahl übergibt er sich auf den Tisch. Sie fährt zurück, ihr Rücken prallt gegen die Lehne. Cliehm hält sich die Hand vor den Mund, graugelber Brei quillt hervor, tropft zu Boden. Gebückt verläßt er das Zimmer. Würgend läuft er am Heiland vorbei, stürzt ins Bad, schließt die Tür hinter sich. Wozu wird ein Heiland geboren? schreit Cliehm und fällt vor der Muschel auf die Knie. Wenn er am Ende doch als Gekreuzigter endet. Bethlehem, Komet, die drei Könige mit ihrem Selbstbedienungsladen, alles sinnlos. In kurzen Fontänen entleert Cliehm sich. Verfluchte Weihnachten.
Wollen wir los? fragt die Erinnerung.
Mir egal, antwortet Cliehm. Hier oder dort, alles ist grau. Die letzten Schübe recken seinen Leib. Ein Reiskorn sinkt an klebrigem Faden langsam ins Klo. Er denkt an das Seil. Weiß und fest. Man könnte es um ein Gasrohr schlingen. Das wäre ein Ausweg. Laß uns gehen, sagt er zur Erinnerung. Schlimmer kann es auch drüben nicht werden. Cliehm schließt die Augen.

»*Ombraaa mai fuuuu!*« hört er. Der letzte Ton wird mit starkem Vibrato gehalten. Langsam hebt Cliehm die Lider. Es ist noch schlimmer.
Tilly lehnt am Flügel, sie trägt das Goldbrokatkleid. Ich habe es immer gehaßt. Gottlob zieht sie es nur Heiligabend an. Tetas Anschlag ist genußvoll. Der weißgraue Schopf wippt unter dem Bernsteinkamm.

Cliehm wetzt mit dem Finger zwischen Hals und Hemdkragen. Warum muß ich zu Weihnachten Smoking tragen? Er stößt auf. Und warum fällt Grete nie etwas anderes ein als Karpfen? Zweimal Fisch an Heiligabend ist zuviel. Cliehm betrachtet seine Hände. Braune Flecken wie auf Herbstblättern. Alt, denkt er, schrecklich alt. Wie stickig es ist. Er sieht zum erleuchteten Baum. Die vielen Kerzen schlucken den Sauerstoff.

»Diii vegetaaabile – caraaa et amaaabile.« Tilly hat die Augen schmerzlich zur Decke erhoben. Jedes Jahr das gleiche, denkt Cliehm. Als wäre ich in einem nie endenden Kreislauf gefangen. Karpfen, Baum, Geschenke, Händel, Karpfen, Baum, Geschenke, Händel.

Teta spielt ein Arpeggio, Tilly holt Luft.

Ihre Stimme läßt nach, denkt Cliehm. Wie viele Jahre hält sie noch durch? Keine Karriere dauert ewig. Wenn ihr nicht alles so leicht gemacht worden wäre, hätte sie eine ernsthafte Sängerin werden können. Würde die *Lammermoor* singen oder die *Marschallin*. Jetzt kommt sie über die *Piratenbraut* nicht mehr hinaus. Und danach, wenn sie nicht mehr singt? Wird sie unterrichten wie alle und die großen Zeiten von früher beschwören. Wird den ganzen Tag zu Hause bleiben und mit Faltencremes experimentieren. Cliehm betrachtet ihren weit geöffneten Mund, sieht, wie das Gaumenzäpfchen vibriert. Sie wird alt, denkt er. In ein paar Jahren gleicht ihr Hals dem einer Bulldogge. Der Hintern war immer zu fett. Morgens, wenn sie in den Spiegel blickt, sitzt ihr schon die Verzweiflung in den Augen. Sie klammert sich daran, daß ich sie zeitlebens schön finden werde.

»*Diiii vegetabile!*« hört er. Die Bulldoggenfalten wabern.

Cliehm denkt an die Rote. Ich bin ein Samenspender für sie, weiter nichts. Der gute Onkel, der ihr an düsteren Winterabenden den Heizstrahler ans Bett schiebt, Tee kocht, wenn die Übelkeit kommt. Nach Ablauf der Frist wirft sie mich auf den Müll. Das ist die Wahrheit! Unflat, Verwesung, Ende, denkt Cliehm. Das weiße Seil wäre eine saubere Lösung. Verspielt.

Und mein halbes Jahr? Die *herrliche zweite Chance*, das letzte Aufbegehren vor dem Alter? Hirngespinst. Wir sind jung, wir arbeiten voll Hoffnung, wir scheitern und werden alt, denkt er. Das ist die Bilanz, egal, wie oft wir die Gegenwarten wechseln. Und vom Himmel ist nichts zu erwarten. Cliehm läßt sich in die Sofakissen fallen. Zu weich. Verfluchte Behaglichkeit. Das Feuer im Kamin ist beinahe erloschen. Ich sollte nachlegen. Wozu aber? Nachlegen und noch einmal nachlegen und wieder. Eines Tages verlischt es doch. Die Sonne brennt aus, das Universum verglüht, alles wird Staub, in einem Raum, so groß wie das Nichts. Soll das Feuer ruhig ausgehen, es ist ein erster Schritt. Er öffnet den obersten Knopf des Hemdes, atmet durch. Tilly wird mich hinterher tadeln, denkt Cliehm. Wen kümmert's.

»*Soaaave piuuu* ...« Sie macht eine Pause, lächelt in die Runde, formt affektiert die letzte Phrase. »*So-ho-hoaaaaveee-he piuuuuuu.*«

Mit demütig gesenkten Lidern nimmt Tilly den Applaus der Tanten entgegen. Cliehm klatscht dreimal kurz.

Die Eberesche bewegt sich so sacht im Wind, als trüge sie im Winter unsichtbare Blätter. Cliehm steht im nußholzgetäfelten Schlafzimmer. Als wir das Anwesen kauften, reichte der Wipfel gerade zum First. Jetzt ist der Baum doppelt so hoch wie das Haus. Eismond, denkt er und betrachtet die harten Schatten in der kahlen Krone. Er tritt vom Fenster zurück, dreht den Heizkörper auf höchste Stufe. Schlafen, hofft er.

»Hast du die Heizung runtergedreht?« Tilly kommt aus dem Bad.

»Heute ist es zu kalt für deine nächtliche Frischzellenkur.« Er wälzt sich ins Bett, liegt auf dem Rücken. Leichnam, denkt er.

»Ich kann bei der Hitze nicht schlafen.« Sie geht zum Fenster.

»Du faßt das nicht an«, sagt er drohend.

Tilly setzt das Operettenlächeln auf. »Ein klein wenig nur.« Sie bückt sich. Cliehm schlägt die Decke zurück, mit einem Sprung ist er bei ihr, reißt ihre Hand beiseite. Tilly taumelt an den Schminktisch. Der ovale Spiegel zittert. Wie ihre Mundwinkel einfallen, wenn sie sich ärgert, denkt Cliehm. Die Nase glänzt wie Speck in der Pfanne. Das Schwarz ihrer Haare ist schon lange nicht mehr echt.

»Teta meint, du bist reifer geworden«, sagt Tilly nach einer Pause. »Aber ich glaube, du wirst einfach alt.«

»Möglich.« Er wendet sich ab, geht ins Bett. Sie steht unschlüssig, blickt in den Spiegel, tut, als wische sie Wimperntusche aus dem Augenwinkel.

»Noch lesen?« fragt er, die Hand am Lichtschalter. Sie kommt unter die Decke.
»Und du?«
»Zu müde.«
»Ich auch.« Stille. Cliehm kann sich nicht entschließen, den Schalter zu drücken. Nebeneinander liegen sie im erleuchteten Zimmer. Tillys Kopf nähert sich seiner Schulter.
»War ein stimmungsvolles Fest«, flüstert sie und versucht, unter seinen Arm zu schlüpfen. »Der Smoking steht dir so gut.«
Cliehm bietet ihr keine Kuhle zum Kuscheln.
»Teta spielt wundervoll,« sagt sie, »trotz ihrer Gicht. Wie hat dir das *Ombra mai fu* gefallen?«
»Du singst zu viel in letzter Zeit.«
Sie rückt ab. »Seit wann weißt du, wieviel ich mir zumuten kann?«
»Deine Stimme klingt müde.« Cliehm löscht das Licht, rollt zur Seite. Er spürt ihre Erstarrung.
»Müde oder verbraucht?« fragt sie aus dem Dunkel.
»Nichts dauert ewig.« Schlimmeres könnte ich ihr nicht sagen, denkt Cliehm.
Sie schweigt. Nach einer Weile beginnt sie sich hin und her zu werfen. »Ich kann bei dieser Hitze nicht schlafen! Nur fünf Minuten laß uns das Fenster aufmachen.«
Cliehm packt seine Decke mit beiden Armen und steigt aus dem Bett. Er ist draußen, bevor Tilly das Licht angeknipst hat. Die alte Tür fällt krachend ins Schloß. Auf nackten Füßen läuft er über den Flur, hört Tante Gusta schnarchen.

Er kommt ins obere Kaminzimmer, wirft sein Bettzeug auf die Liege, streckt sich aus. Zu kurz, spürt er, die Waden hängen in der Luft. Er wartet auf Stille. Allmählich hüllt sie ihn ein. Er blickt zum offenen Tabernakel. Im Innern schmachtet der elfenbeinerne Heiland an elfenbeinernem Kreuz.
Und morgen? fragt Cliehm.
Schnee, antwortet der Gekreuzigte.
Schnee? Cliehm wendet den Kopf, starrt auf die mächtigen Balken über sich, jahrhundertelang vom Ruß der Feuerstelle geschwärzt. Nichts bewegt sich mehr, denkt er. Alles ist reglos, erfroren und stumpf. Wie ich. Cliehm schließt die Augen.

Die Muskeln um seine Augen schmerzen. Cliehm hält die Lider krampfhaft geschlossen, preßt die Handflächen darauf. Dunkelheit, betet er. Stille! Reglos sein wie die Steine in der Wand. So schwarz und hölzern wie du. Er öffnet die Augen, nur die Umrisse des schwarzen Kruzifixes zeichnen sich ab. Cliehm kniet davor.
Schnee, wiederholt der Gekreuzigte.
Schnee in Lissabon? Ich bin nicht imstande, darüber zu staunen, sagt Cliehm. Mühsam steht er auf, tastet ins Bad, putzt die Zähne zum dritten Mal. Der saure Geschmack im Mund bleibt. Er kehrt ins Zimmer der Roten zurück. Sie hat das Licht gelöscht. Nur eine Kerze brennt neben ihrer Matratze. Ängstlich hockt sie unter der Decke. Sie hebt den Kopf, er will ihre Augen nicht sehen.

»Jetzt ist fast die Hälfte Ihres halben Jahres vergangen«, sagt sie mit kaum hörbarer Stimme.
Cliehm schweigt verbissen. Er betrachtet die Konturen ihres Körpers unter der Decke. Nicht für mich, denkt er und wendet sich ab.
»Fröhliche Weihnachten«, ruft sie ihm nach.
Cliehm geht in sein Zimmer, läßt sich auf die Matratze fallen. Etwas Hartes spürt er am Ohr, betastet es im Dunkeln. Es ist in Papier gewickelt. Er will kein Licht machen, tappt in die Küche, kniet hin und fingert die *Rosenstolz*-Schachtel zwischen Herd und Mauer hervor. Im Schein des Streichholzes sprengt er das Papier. Es ist ein Tiger aus Glas. Setzt gerade zum Sprung an. Seine Flanken sind mit rotgelben Streifen bemalt. Cliehm hält ihn vor die Flamme. Der Tiger schillert. Cliehm läßt den Glastiger durch die Luft springen.

Hierhin

Wie ein Reisender, der den Sonnenaufgang nicht verpassen will, erhebt er sich beim ersten Dämmern.
Entscheidung, sagt er zum schwarzen Heiland und schlüpft ins Bad.
Alles ist besser als das Alte. Laune wächst mit Entschluß. Er rasiert sich, so sorgfältig es die mehrfach gebrauchte Klinge erlaubt, fährt mit dem Kamm durch das Haar, zieht ein frisches Hemd an und den dunkelbraunen Anzug. Er

öffnet die Tür, alles ruhig. Vor elf Uhr regt sie sich nie, weiß er, so lange kann ich nicht warten. Die Augen des Heilands sind nach oben gewandt.
Entscheidung! ruft Cliehm und geht.
Im Treppenhaus nimmt er schwungvoll die ersten Stufen, sieht aus dem Fenster. Die Sonne ist noch nicht aufgegangen, es scheint Regen zu geben. Er tritt ins Freie, schon fallen Tropfen. Erst mal frühstücken, beschließt er, läuft zur Stufenstraße, steigt Richtung Stadt bergab. Sein Lieblingscafé ist dunkel. Cliehm schaut in Nebengassen, folgt Spuren von früher, alles verschlossen, abweisend und fremd. Weihnachten, begreift er und bleibt stehen. Schwer fällt der Regen auf Kopf und Schultern. Wo könnte ich Weihnachten ein Frühstück bekommen?
Kalt ist es, kälter als in den letzten Tagen. Er umfaßt seine Brust mit den Armen. Das dünne Hemd, der Frühlingsanzug geben kaum Wärme. Feuchte Flecken auf seinen Schuhen, die Füße sind eisig. Cliehm sieht zu den Wolken hoch. Grau und tief. Langsamer als vorhin geht er weiter. Als er den *Rossio* erreicht, beginnt es zu schneien. Die Flocken sind nicht wie zu Hause, sondern winzig, stechend und hart. Kein einziger Mensch auf dem riesigen Platz. Nur wenige Autos parken, das Zentrum der Stadt ist menschenentleert. Genau in der Mitte bleibt Cliehm stehen.
»Schnee!« schreit er, hebt die Arme und dreht sich im Kreis. Einmal, zweimal, immer schneller, Schwindel packt ihn. Cliehm rennt los, stürmt über den weißgepeitschten Platz. Am anderen Ende macht er halt, läuft zurück, springt,

winkt mit den Armen, als könnten die Flocken seine Zeichen verstehen.
»Schneeschneeeschneeeee!« Cliehm reißt sich die Jacke vom Leib. Er schwenkt sie über dem Kopf, dreht sich, kehrt das Gesicht dem eisigen Gestöber zu. Auf dünnen Sohlen gleitet er dahin, trudelt, stürzt, wälzt sich lachend inmitten des Platzes. Der weiße Film ist noch dünn, Cliehm scharrt den Schnee heran, pappt sich ein Kissen zurecht. Im bloßen Hemd liegt er da, den Kopf gebettet auf Schnee.
Er dreht ihn nach links, das Kastell ist im Getümmel der glasigen Flocken kaum zu sehen. Dort schläft die Madame. Geradeaus geht es zum Fluß. Rechts liegt die Oberstadt. Cliehm wuchtet sich auf die Ellenbogen, läßt den Kopf nach hinten fallen. Der eisige Staub rieselt auf sein Gesicht. Entscheidung! ruft er in die Flocken hinein. Ich werde mich stellen. Er lacht den Eiskörnern zu.
Was heißt das? staunt die Erinnerung.
Geh weg! Ich brauche dich nicht mehr, fährt Cliehm die Erinnerung an.
Neue Verhältnisse. *Ich* öffne den Pfeil! Mächtig dehnt er sich ins Ungewisse.
Cliehm leckt sich den Schnee von den Wangen und springt.

Er öffnet die Augen, sieht das Fenster. So strahlend ist der Himmel, fast nicht zu begreifen. Helles Blau, wohin er auch blickt. Dort hängt das Bild eines Pferdes, es grast. Aus der hinteren Wand ragen vier Schraubengewinde, auch sie sind hellblau. Cliehm befühlt die Decke, es ist nur ein Laken. Grün, mit großen orangenfarbenen Blüten. Er schlägt es zurück, betrachtet seine nackten Beine. Sie zeigen den Anflug von Bräune. Er trägt ein weißes Hemd, bloß ein Knopf ist geschlossen. Die Haare auf seiner Brust. Grau wie ein Wolf, denkt Cliehm. Das Fenster steht offen, draußen ist es warm wie im Sommer. Ich liege auf ihrer Matratze. Sie ist gegangen, weiß Cliehm.

Ein Klopfen draußen. Ein Ächzen, die morsche Wohnungstür wird bewegt.

»Sind Sie wach?« fragt die Rote und sieht um den Türrahmen.

»Gerade erst«, antwortet Cliehm.

»Bin ich zu früh?« Mit einem großen Badekorb betritt sie den hellblauen Raum. Ihr Kleid ist dünn und vollkommen weiß. Schmale Träger halten es an den Schultern. Kräftige Brüste spannen unter dem Stoff. Darunter wölbt sich der Bauch. Cliehm betrachtet ihn begeistert.

»Die Treppe wird zu anstrengend für mich.« Sie lacht und schlüpft aus den Schuhen, sinkt am Rand der Matratze auf die Knie. »Heute spielt er wieder Posaune.«

»Posaune?« Cliehm betrachtet die Brüste.

»Er hebelt, daß man es durch das Kleid hindurch sieht.« Sie nimmt Cliehms Hand, streicht damit über die Wölbung. Seine Fingerspitzen fühlen den Nabel, wandern über den Bauch. »Er hat mich gestoßen!« lacht Cliehm.

Sie greift in ihr Haar, hält ihm ein Büschel entgegen. »Sie werden bald nachfärben müssen. Der Ansatz wird gelb.«

Wie lang sie geworden sind, staunt Cliehm. Reichen über

die Ohren, bedecken den Nacken. »Wann Sie wollen«, sagt er. »Wie oft habe ich das schon gemacht?«

»Das letzte Mal Ende März. Wird es Ihnen zuviel?« Sie lächelt und setzt sich aufs Fensterbrett. »Es soll noch heißer werden. Im Sommer wird die Geburt bestimmt anstrengend.«

»Sommer.« Sein Herz pocht. »Haben wir schon Sommer?«

Sie mustert ihn spöttisch. »Seit wann beginnt der Sommer im Mai?«

Mai, durchfährt es Cliehm. Alles stimmt. Unausweichlichkeit. Er läßt sich ins Kissen zurückfallen.

»Ich habe Post bekommen«, sagt sie. »Meine Mutter hat mir eine dänische Illustrierte geschickt.« Sie zeigt Cliehm das Heft. Ein schwangeres Mädchen ist auf der Titelseite zu sehen.

»Wollen wir los?« Sie deutet auf ihren Korb.

»Los?« Cliehm lächelt, unsicher fragend.

»Setúbal«, erinnert sie ihn. »Bis wir dort sind, ist die Sonne genau richtig.«

Rasch steht er auf, versteckt seine Blöße unter den Schößen des Hemdes.

»Wie braun Sie geworden sind.« Sie schlüpft in die Schuhe. »Wir sollten häufiger hinausfahren.«

Unausweichlichkeit. Cliehm geht auf sein Zimmer, wählt den hellgrauen Anzug, zieht die Turnschuhe ohne Socken an, kommt in den Flur. Zärtlich streicht er über das Kreuz des schwarzen Heilands. Die Rote packt sein Badetuch obenauf in ihren Korb. Sie verlassen die Wohnung. Ächzend fällt die Tür ins Schloß.

»Da fährt kein Bus in nächster Zeit.« Gebückt steht die Rote vor dem verrosteten Schild der Fahrplananzeige. Sie richtet sich auf, kommt zu Cliehm zurück. Erschöpft setzt sie sich auf den Felsblock.
»In die andere Richtung gehen viele«, sagt er. »Gerade ist wieder einer vorbeigefahren.«
»Das heißt nichts.« Sie schüttelt die Wasserflasche. Nur ein winziger Rest ist darin.
»Sie haben *siebenundvierzig* gesagt.« Sein Knöchel pocht gegen den Fels. »Ich bin zu dem Mann am Schalter gegangen und habe *Quatro-Sete* verlangt. Er gab mir die Karten, wir stiegen in den Bus.«
»Es war der falsche.« Sie zuckt die Achseln, beugt sich nach hinten, bis Kopf und Schultern im Schatten der Mülltonne sind. Sie hebt die Flasche, läßt die letzten Tropfen auf ihre Stirn rinnen.
Cliehm springt auf. »Ich hole Ihnen etwas. Limonade – Wasser? Was möchten Sie?«
»Bleiben Sie hier.« Sie blickt hoch, muß gegen die Sonne blinzeln.
»Aber Sie sind durstig.«
»Wir sind in *bairros de lata*.« Sie nimmt seine Hand, zieht ihn näher. »Hier sollten Sie nirgendwohin gehen.«

»Ist ja niemand zu sehen.« Er blickt sich um.
»Die sitzen in ihren Hütten und sehen uns«, sagt sie leise.
Er schaut den Hügel hinunter. Rostig und schief fallen die Wellblechbaracken zum Fluß hin ab wie die Schiefer eines riesigen Daches. »Es wird doch irgendwo Erfrischungen geben.«
»Mir wäre lieber, Sie ließen mich hier nicht allein.« Sie wischt sich den Schweiß von der Oberlippe.
Seine Augen schmerzen vom flirrenden Licht. Ein glänzender Film aus Staub und Schweiß bedeckt Gesicht und Hals, Hemd und Jackett sind naß. Trinken, denkt er. Wer sollte zwei harmlose Ausflügler belästigen? Nichts zu holen bei uns, das sieht man sofort. Sein Blick fällt auf das Armband der Roten. Falsche Steine, keine hundert Escudos wert.
»Sie tragen heute Ihr Armband.«
Sie versteht, öffnet den Verschluß, nimmt es ab.
Cliehm macht fünf Schritte nach rechts, fünf zurück. Die Rote beschattet die Stirn mit dem Handrücken. Staub, Hitze, graugesprenkelte Pflanzen. Wenige Autos. Ein Bus in die falsche Richtung.
»Assim me disse o Senhor!« schreit eine zornige Stimme.
Cliehm fährt zusammen. Ein dunkler Kerl ist hinter ihm.
»Tome da minha mão este copo cheio de vinho de raiva!« schreit er. In der Linken hält er ein Buch.
»Was wollen Sie?« Cliehm sieht das pechschwarzes Haar, violett und fleischig bewegt sich die Zunge. Der Kerl schreit unablässig, gestikulierend. Ein Zwerg, erkennt Cliehm im selben Moment. Die Beine des Mannes sind kürzer als sein

Oberkörper. Als hätte er keine Knie, springt er steif vor ihm auf und ab.
»E dé-lo para tomar à todos os povos!«
»Bibel«, ruft die Rote und steht mühsam auf. »Er liest Ihnen aus der Bibel vor.« Sie tritt zwischen Cliehm und den Dunklen. Der reicht ihr nicht bis zur Schulter. »O que você quer?« fragt sie.
»Eles tem que beber.«
Langsam beugt sie sich vor. »Deus está conosco.«
Der Tanz des Zwerges endet mit einem Mal. »Sim, ele está conosco«, sagt er voll Inbrunst. »Mas ele está com muita raiva!«
»Was?« zischt Cliehm.
»Gott ist mit uns«, übersetzt die Rote. »Aber er ist voller Zorn.«
Cliehm sieht sich um. In den Fenstern und Türen der Hütten sind Gesichter aufgetaucht. Schweigende ernste Mienen. Der Dunkle hebt das Buch hoch über Cliehms Haupt. »Tome da minha mão este copo cheio de vinho de raiva!«
»Nimm diesen Becher ...« Die Rote sucht nach den Worten, »... voll zornigem Wein aus meiner Hand.«
»E dé-lo para tomar à todos os povos!«
»Gib allen Völkern davon zu trinken.«
Ein wilder Glanz tritt in die Augen des anderen. Er scharrt mit dem Bein. Sein Finger tippt auf die Zeilen des Buches.
Ein Geräusch. Hinter der Roten ist ein zweiter Mann aufgetaucht.

»Télevision«, sagt er mit heiserer Stimme und zeigt auf den Kleinen. »Gott spricht zu ihm.«
»Television?« Cliehm spürt Angst.
»Gott«, nickt der andere. Er trägt ein weißes Unterhemd. Seine Arme sind dünn, aber sehnig. Der Zwerg knurrt.
»Wollen Sie mein Haus mieten?« fragt der Dünne und lächelt.
»Mieten?« Cliehm schlägt sich den Staub von der Hose.
»Stunde vielleicht?« Der Heisere wiegt mit der Hand und grinst. »Schöne. Groß Bett.« Er weist den Hügel hinunter. »Da.«
»Warum vermieten Sie Ihr Haus?«
»Keine Arbeit. Ich zeige. Nur Stunde.« Er grinst.
»Wir warten hier auf den Bus.« Cliehm stellt sich schützend zur Roten.
»Jetzt kommt keine«, schüttelt der Heisere den Kopf.
»Tome este copo com vinho«, knurrt der Zwerg und hält das Buch hoch. Der Dünne packt ihn am Nacken.
»Vamos para a minha casa.« Einladend zeigt er ins Tal.
Cliehm sieht die dunklen Silhouetten in den Türen der Wellblechbaracken. Die Rote stößt ihn kurz an. Sie überkreuzt die Mittelfinger beider Hände. Scheinbar nebenbei reibt sie Daumen und Zeigefinger aneinander, hebt den kleinen, legt den Ringfinger in die Innenfläche der Hand.
Sie kann die Sprache! staunt Cliehm. Ich habe sie ihr beigebracht.
»Haben Sie etwas zu trinken?« fragt er den Heiseren.

»Aguardente«, nickt der und grinst.
»Kein Schnaps. Wasser.«
»Wasser auch.« Der Sehnige weist noch einmal den Weg.
Cliehm tippt mit dem Zeigefinger auf den waagrecht gestellten Daumen, die Rote nickt, nimmt den Korb. Zwischen umgesunkenen Zäunen, Unrat und mannshohen Brennesseln beginnen sie den Abstieg.
»Gott spricht aus dem Fernsehen zu ihm?« fragt Cliehm den Heiseren. Der Zwerg läuft ihnen voraus.
»Télevision«, sagt der Dünne. »Jede Tag, drei bis vier.«
Ohne daß der andere es merkt, schiebt Cliehm das Bündel Escudos tiefer in seine Tasche, zieht den Reißverschluß zu.
Unten tritt eine Frau vor eines der Häuser.
»Essen?« fragt der Dünne.
Cliehm sieht zur Roten. Sie nickt kaum merklich.
»Was gibt es?« fragt Cliehm.
»Ziege. Heute tot.«
Sie erreichen die Hütte. Die Frau winkt mit der Hand, ohne zu lächeln. Falten um ihren Mund, tief wie Narben, denkt Cliehm. Der Heisere weist grinsend auf die Blechtür, Cliehm geht als erster hinein.

Schweigend sitzen sie nebeneinander, Cliehm sieht aus dem Fenster. Der Bus überquert die Brücke. Die Rote blättert in der dänischen Illustrierten, hält die Seiten gegen das Licht, das von draußen hereinfällt.
Blechwände, denkt Cliehm. Hitze. Die Frau mit dem Faltenmund. Schwarze Bohnen. Ziegenfleisch, frisch geschlach-

tet. Der Zwerg und die Heilige Schrift. Er dreht sich um. Im Rückfenster sieht er die steilen Hänge des Blechviertels.
»Er scheint die Hütte oft zu vermieten«, sagt Cliehm zur Roten.
»An Prostituierte.« Sie blickt nicht auf.
»Und wo bleibt er dann mit seiner Frau?«
»Im Freien.«
»Das Essen war nicht schlecht.«
»Zu teuer.« Sie blättert um. »Das hätte es im Restaurant auch gekostet. Und das Wasser war abgestanden.«
Sie sind auf der Mitte der Brücke. Der Fluß ist ein schwarzer Keil unter ihnen. Cliehm haucht gegen die Scheibe. Mit dem Finger malt er eine liegende Acht in den glitzernden Film, zeichnet den Kopf einer Schlange, sie beißt in den eigenen Schwanz. Cliehm wendet den Kopf, sein Blick fällt in die Zeitschrift. Das Bild einer lachenden jungen Frau, die mit den Beinen nach oben von der Decke hängt.
Mit *einer* Bewegung wischt Cliehm die Schlange vom Glas.
»Was tut sie?!« Er tippt auf die Seite.
»Gymnastik. Aus Amerika«, antwortet die Rote und blickt auf. »Soll gut für das Kind sein. Ich könnte es probieren.« Sie schließt die Zeitschrift. »Wenn Sie mir helfen.«
Es ist soweit, denkt Cliehm. Unausweichlichkeit, Weiche.
Die Lichter der Altstadt. Der Bus erreicht das Nordufer, verlangsamt. Die Mautstelle kommt in Sicht. Cliehm streicht über das Jackett auf seinem Schoß, öffnet den Reißverschluß, tastet nach Geld. An der Außentasche spürt er eine

Wölbung. Er fährt ins Innere. Fasrig und fest, er zieht das weiße Seil hervor.
»Was ist das?« fragt sie mit müder Stimme.
»Mein Seil«, antwortet Cliehm.
»Wozu brauchen Sie es?«
»Ich habe es einmal gebraucht.«
Sie sieht nach vorne. »An der Nächsten steige ich aus.«
»Schon?«
»Sie können noch zwei Stationen bleiben, der Bus fährt den Berg hoch. Ich muß von der *Praça do Comércio* laufen.«
»Ich bringe Sie heim«, sagt er.
»Ich will gleich ins Bett.«
Ein feiner Wind schlägt ihnen beim Aussteigen entgegen. Cliehm blickt zum anderen Flußufer zurück. Gott aus dem Fernsehen, denkt er.
»Weiß und fest.« Die Rote greift nach dem Seil. Cliehm hat es um seine Hand geschlungen.
»Es ist kühler geworden«, sagt er. »Drüben schlafen sie sicher im Freien.«
Sie überqueren den hellerleuchteten Platz. Zwischen ihnen spannt sich das Seil. Cliehm gibt nach und läßt los. Das Seil in der Hand, geht die Rote davon.

Weiche

So still. Cliehm setzt sich auf. Kein Laut auf dem Platz. *Festa das Cruzes*, fällt ihm ein, Fest der Kreuze. Die halbe Stadt ist unten am Fluß, kaum ein Mensch auf den Straßen hier oben. Fernando hat das *Cocodrilo riente* schon am Mittag geschlossen, die Läden vorgezogen. Alles ist bereit.

Das Fenster steht offen. Der Nachmittag hängt dumpf über dem Häusergeviert. Cliehm schlägt das Laken zurück, greift in seinen Rücken. Naßgeschwitzt ist das Hemd. Auf allen vieren verläßt er die Matratze, tappt ins Bad. Er dreht das Wasser an, tritt in den Strahl. Mit hängendem Kopf steht er unter der Brause. Bald kommt der Abend. Die Furcht sitzt ihm im Mund wie eine Feder, kratzt am Gaumen, im Schlund. Cliehm greift nach dem Handtuch.

Der entscheidende Tag, denkt er. Ich bin erwacht, habe gefrühstückt, gelesen. Einen Spaziergang gemacht, wegen der Hitze nur kurz. Jetzt kommt gleich die Rote. Sie bringt das Seil. Alles geht seinen Gang.

Cliehm schlingt das Tuch um die Hüften, geht in die Küche. Die Tomaten sind riesig. Er nimmt eine aus dem Korb. Lohnt es sich noch, Salat zu machen? Kann ich essen an diesem Tag? Er greift nach der blauen Zwiebel, zerschneidet die Knolle, läßt die Schalen in den Müll fallen.

Draußen geht die Tür auf. Die Rote.

»Wollen Sie Salat?« fragt Cliehm aus der Küche.
»Hinterher!«
Er hört sie ins Zimmer gehen. Sie sucht die richtige Stelle, denkt Cliehm. Der Zuganker, die blauen Schraubengewinde.
»Haben Sie das Seil?« ruft er.
»Natürlich.«
Ein Geräusch unten vom Platz. Die Furcht wetzt in Cliehms Rachen. Leise läuft er zur Wohnungstür, schleicht ins Treppenhaus. Alt ist das Glas und staubig. Eines der kleinen Fenster drückt er auf, die im großen versteckt sind. Draußen dunkelt es schon. Das Blau über dem Platz leuchtet. Cliehm dreht den Kopf um die winzige Öffnung, so weit er vermag. Etwas liegt auf dem Platz, unbeweglich. Er kann es nicht wirklich erkennen, nur dunkler ist die Stelle dort drüben.
Jetzt hebt sich ein Arm. Cliehm prallt zurück. Die Furcht schabt in seinem Hals wie ein Messer.
Weiche! denkt Cliehm. Es geschieht. Zwei Züge rasen in dieselbe Richtung und gleichzeitig aufeinander zu. Wer stellt die Weiche? Ich.
Reglos verharrt er Minute um Minute, bis das Blau fast erloschen ist. Immer noch sieht er jene dunklere Stelle dort auf dem Platz. Mit suchenden Schritten tappt Cliehm die Stufen empor, schließt lautlos die Tür. Er stellt sich dicht vor den Heiland.
Ich stelle die Weiche, sagt er und bebt.
Von drinnen hört er ein Krachen, das Ächzen der Roten. Die Furcht preßt ihm die Luft aus den Lungen. Er betritt ihr

Zimmer. Der Tisch. Darauf der Stuhl. Zwei Züge rasen durch die Zeit.

»Ich bin soweit«, sagt sie und dreht sich zu Cliehm. Gebückt steht sie auf dem Tisch, Schweiß glänzt in der Vertiefung ihrer Brüste. Er blickt hoch. Sie hat das Seil an den Zuganker geknotet. Zwei Schlaufen baumeln von den Schraubengewinden.

»Helfen Sie mir.« Sie steigt auf den Stuhl.

Cliehm klettert auf den Tisch, stützt die Schulter der Roten. Sie sinkt auf die Lehne, hebt das linke Bein. Der Stuhl knarrt.

»Der Stuhl hält das nicht aus.« Cliehm riecht ihr Haar neben sich.

»Unsinn.« Ihr Fuß erreicht die Schlinge unter der Decke, sie schlüpft hinein. »Ziehen Sie es enger.«

»Ich kann Sie nicht loslassen.« Cliehm faßt ihre Achsel. Die Hände sind feucht.

»Ich halte mich schon.« Sie stemmt die Finger gegen die Lehne des Stuhles. Cliehm richtet sich auf, greift zur Schlaufe um ihren Fuß, schließt den Knoten.

»Jetzt den andern.« Langsam balanciert sie den zweiten Fuß hoch, nähert ihn dem Seil.

»Es wird Ihnen das Blut abschneiden.«

»Los!« sagt sie trotzig. Cliehm führt ihren Fuß in die Schlaufe, justiert den Knoten. »Allez hopp«, lacht sie, stützt sich mit den Armen auf der Sitzfläche ab. Cliehm bückt sich und hält ihren Kopf. Vorsichtig läßt sie den Stuhl los, gleitet sanft mit dem Rücken an die hellblaue Wand. Die roten Haare fallen nach unten.

»Jetzt ziehen Sie den Tisch weg!«
»Wie kommen Sie dann wieder hoch?«
»Keine Sorge.«
Cliehm läßt los, springt vom Tisch, zieht den seltsamen Turm in die hintere Ecke des Raumes. Er dreht sich um. Dort hängt die Rote an der Wand.
Es ist Mai, Abend, der Himmel leuchtet blau.
»Aaaaaahh!« macht sie wohlig und läßt die Arme nach unten sinken. »Machen Sie das Fenster weit auf.«
Cliehm gehorcht, öffnet die Flügel. Der Frühlingsmond steht über dem Platz. Langsam, mit klopfendem Herzen, senkt Cliehm den Blick. Nur einen Schatten sieht er, aber Cliehm weiß, daß er lebt. Er dreht sich um, gleitet an der Mauer zu Boden und betrachtet die Frau an der Wand. Die kräftigen Schultern, schwer fallen die Brüste nach unten. Sie kreuzt die Arme, breitet sie wieder aus. Sie umfaßt ihren Bauch, hält ihn und atmet tief.
»Schööön«, flüstert sie. »Wunderbar!«
Cliehm meint, jede Zelle in seinem Körper zu spüren, das Irrlichtern der Nerven, jeden Impuls im Gehirn. Er tastet zur Linken. Da ist die Lampe. Er greift das schmale, runde Metall, wiegt es in seiner Hand, der Daumen spielt mit dem Schalter.
»Ich will Sie sehen«, sagt er und knipst die Lampe an. Der Strahl wandert über Boden und Wand, erreicht den Kopf der Roten. Sie schließt die Augen, nur kurz, dann sieht sie ins Helle. Das Licht streichelt die Brüste, den Bauch, den sie hält wie eine kostbare Frucht. Der Schein klettert höher

über die Beine bis zu den Schlaufen, in denen die Füße stecken.
»Tut es weh?« fragt Cliehm.
»Noch nicht.«
Milchweiß, denkt er und schwenkt das Licht von ihr ab. Er läßt es über die Decke wandern, erreicht den Fensterrahmen, schießt damit hinaus in die Nacht. Er senkt den Strahl, ohne ihm mit den Augen zu folgen. Draußen tastet sich das helle Oval über das grasbewachsene Pflaster, bleibt schließlich stehen.
»Was ist da draußen?« fragt die Rote und breitet die Arme wieder aus. Cliehm hört, wie eine feine Stimme auf dem Platz unten zu sprechen beginnt. Er kann nicht verstehen, was sie sagt.
Ich spreche dort unten, begreift er.
»Haben Sie genug?« fragt Cliehm.
»Noch ein paar Minuten.«
Er holt das Licht ins Zimmer zurück. Es klettert die Wand empor, hält neben der Hängenden. Vorsichtig, als könne sie sich verbrennen, schiebt die Rote ihre Hand ins Licht.
»Zeigen Sie mir ein A«, flüstert Cliehm aus dem Dunkel. Sie nickt mit hängendem Kopf. Ihre Finger bilden ein Dreieck.
»Jetzt ein R.« Sie kreuzt Zeige- und Mittelfinger. Von unten hört Cliehm ein Lachen.
»Geben Sie mir ein I«, flüstert Cliehm. Sie hebt den kleinen Finger, hält ihn ins Licht.
»Und ein E.« Sie tut es.
Die Züge fahren ineinander. Cliehm begreift. Der eine im

andern. Auf denselben Geleisen, in die gleiche Richtung. Zwei Züge, ein Paar Schienen. Plötzlich hört er eine zarte Melodie hochklingen. Die Hand mit der Lampe zittert. Dort unten singe *ich*, weiß Cliehm und bewegt die Lippen, formt Worte, singt kaum hörbar die Verse mit.

»*Das Zittern in der Hand des Liebsten, der Hauch von Frühling um und um. Das liebe Wort, die heißen Wangen, die fragen nicht, weshalb, warum.*«

»Sie haben es lange nicht mehr gesungen«, flüstert die hängende Frau.

Morgen kommt Tilly, denkt Cliehm. Das Ende meines halben Jahres. *Die Piratenbraut*. Entscheidung.

»Holen Sie mich herunter«, preßt die Rote hervor.

Cliehm knipst die Lampe aus, für einen Moment ist der Raum vollkommen dunkel. Als er ihre Silhouette wieder ausmachen kann, steht er auf.

Sie sieht ihn kommen, streckt ihm die Arme entgegen, formt die Finger zu Klauen. »Fffffchhh!« macht die Rote und krallt sich in Cliehms Brust. Ein Schauder durchfährt ihn. Vom Platz unten hört er ein tappendes Geräusch. Dort gehe *ich*, denkt er. Ich finde den Ausgang nicht aus dem Häusergeviert. Cliehm stützt den Kopf der Roten. Mit der freien Hand hebt er die Lampe, schaltet ein und richtet den Strahl auf den bemoosten Abhang zwischen zwei Häusern. Die fahle Rampe, der Durchschlupf auf den einsamen Platz. Cliehm blickt auf. Im Schein der Lampe sieht er eine dürre Gestalt hochklettern und oben auf der Straße verschwinden. Ich gehe heim, denkt er, um im Keller der Madame meine Kleider zu waschen.

JETZT ist keine genaue Bezeichnung, lächelt Cliehm.
Behutsam läßt er die Rote los, schiebt den Tisch heran, steigt hoch. Sie stützt sich mit den Armen auf die Platte. Er greift nach den Schlaufen. Rote Striemen an ihren Fesseln, die Füße schneeweiß. Cliehm zerrt und ruckt an den Knoten, sie rühren sich nicht. Unter sich hört er ihr Keuchen.
»Augenblick!« Er springt vom Tisch, läuft in die Küche und holt das Messer. Zwiebel, riecht Cliehm und steigt wieder hoch. Mit kurzen Schnitten entzweit er das Seil, umfaßt die Waden der Roten. Die Schlingen springen auf, das Gewicht zieht sie nach unten. Cliehm hält ihre Beine, bis der Rücken sanft auf der Tischplatte landet. Sie rollt herum, er springt zu Boden.
»Schön war es.« Lachend reibt sie sich den Bauch. »Und der Posaunenspieler hat zum ersten Mal mitbekommen, daß die Welt nicht auf dem Kopf steht.«
Zwei Züge, denkt Cliehm und betrachtet das mehrfach zerschnittene Seil in seinen Händen.

Hektisch läuft Cliehm mit dem Wecker durch die Wohnung. Er zwingt sich, das Ziffernblatt nicht zu sehen. Ich habe ihn alle Minuten meines halben Jahres nicht gebraucht, denkt er, ich komme auch jetzt ohne ihn aus.
Kein gutes Versteck im blauen Zimmer. Auch nicht im Bad. In der Küche? Der Ofen. Cliehm seufzt erleichtert und läßt die schwarze, würfelförmige Uhr zwischen Herd und Mauer fallen. Krachender Aufprall. Er beugt sich über die Ritze. Zwischen Dreck, Fettspritzern und Essensresten ruht

der unverwüstliche Wecker. Gut, denkt Cliehm, so ist er vor mir verborgen.

Er läuft ins Bad, setzt sich auf den Hocker. Sein Gesicht im Spiegel. Sonnenstrahlenfalten streben neben den Augen auseinander, hin und her laufen Furchen über die Stirn. Dreieck unter den Backenknochen, die Lippen sind aufeinandergepreßt. Woher die Angst? fragt Cliehm. Alles geht seinen Gang. Kein Ausweichen ist möglich. Er läuft ins Zimmer zurück.

Die Sonne, denkt er. Wie soll ich die Sonne abstellen? Links vom *Cocodrilo riente* taucht sie auf, steigt über das flache Gebäude, steht hoch über Bairro Alto und verschwindet um sechs neben dem Häusergeviert. Ich weiß, wo sie ist, weiß, was es bedeutet. Flach strahlt sie vom Osten herein, grinst als goldene Perle über dem Weinlokal.

Sie machen Kassensturz heute, weiß er. Seit dem frühen Morgen ist die Rote dort unten und addiert Einnahmen und Ausgaben für den Akkordeonisten. Wäre sie da! denkt Clichm, ich könnte die kreisenden Zeiger vielleicht vergessen, das Steigen der Sonne, den Ablauf der Zeit. Kann nicht, darf nicht, stöhnt er. Zeit vergeht, unerbittlich. Geh nicht! bettelt Cliehm. Sei heute noch mein Verbündeter.

Nein! befiehlt er sich selbst. Heute muß ich dem Vorrücken der Sekunden begegnen, heute darf ich nicht springen. Keine Tricks. *Heute* ist eine sehr präzise Bezeichnung.

Schon zehn? Es kann noch nicht elf sein. Die Perle stünde dann höher. Aber zehn ist es bestimmt. Noch dreißig Minuten. Vierzig im Bestfall. Vielleicht auch nur zwanzig.

Dann kommt Tilly. So wenig Zeit! Alle Vorräte verbraucht, nichts mehr im Speicher.
Hinten im Bad hat Cliehm die alten Pinsel verstaut. Da war doch ein langer, mit geknicktem Stiel, erinnert er sich und läuft hin. Gefunden. In der Küche beugt er sich über den Herd, das längliche Holz reicht hinab bis zum Wecker. Cliehm beginnt fahrig, die Uhr hochzuhebeln. Er klemmt das schwarze Gehäuse mit den Borsten des Pinsels fest, zieht es am weißen Email empor. Und verliert es. Der Wecker plumpst zurück, Cliehm taucht ein zweites Mal ein. Ein drittes, ein viertes. Wieder landet der Wecker im Dreck. Wütend holt er den Hocker, klettert auf den Herd. Wie ein Pavian hockt er auf dem rostigen Gitter der Gasauslässe. Er schiebt den Pinsel in die Tiefe, führt den linken Arm hinterher. Greifarm und Finger spielen zusammen. Schnaufend ruckt Cliehm das Uhrgehäuse nach oben, quetscht die Hand in die Tiefe, daß das Blut unter der Achsel stockt. Er spürt den Wecker. Noch einmal droht Absturz, dann hält Cliehm die Uhr in Händen. Ein Reiskorn klebt an der Seite, Olivenpasta und Staub. Cliehm wischt das Ziffernblatt sauber.
Zehn Uhr zehn.
Da ist es, das Urteil, weiß Cliehm. Die Gewißheit, handeln zu müssen. In zwanzig Minuten erreicht Tilly das *Café des Einbeinigen*. Und ich werde dort auf sie warten.
Cliehm preßt den Wecker gegen die Stirn, das Plastik riecht nach Knoblauch. Oh, könnte ich nur vergessen! Millimeter um Millimeter senkt er das Ziffernblatt vor seine Augen.

Zehn Uhr elf.
Und wenn ich zu spät komme? zaudert er. Das ist keine Sünde. Verpassen verpassen! schreit er den Heiland an, schleudert den Wecker ins blaue Zimmer und läuft aus der Wohnung. Er stolpert, sein Zeh knallt gegen den Absatz, anschwellender Schmerz. Das reicht nicht. Er hastet weiter die Stufen hinab. Wie Glas sticht der Kies, Cliehm läuft mit nackten Füßen darüber. Er stürzt ins *Cocodrilo riente*, die Rote sitzt über Papiere gebeugt. Fernando beäugt sie bewundernd.
»Ich rechne es später für Sie!« Cliehm zeigt auf das Hauptbuch. »Eu – fazendo – addition.«
Cliehm packt den Arm der Roten, zerrt sie hoch. Ihr Bauch bleibt an der Tischkante hängen. Er reißt den Tisch weg. Mit einer Geste beruhigt er Fernando, zieht die Rote zum Ausgang. Erschrocken und schwerfällig stolpert sie mit.
Vergessen! betet Cliehm. Versäumen!
Er zieht die Rote über den Platz, schiebt sie die Treppe hoch, sie erreichen die Wohnung. Er schlägt die Tür zu, öffnet den obersten Knopf ihrer Bluse. Seine Finger suchen die Verankerung in ihrem Rücken. Der Haken springt auf. Cliehm faßt die schweren Brüste. Sie ist so überrascht, daß sie sich widerstandslos ins Zimmer fortziehen läßt, Cliehm zwingt sie auf die Matratze. Er wälzt sich in ihren Rücken, öffnet die Hose, streift ihren Wickelrock hoch. Er rutscht und ruckt, schiebt sich von hinten an sie heran. Rausch jetzt! befiehlt er. Vergessen! Er preßt sein Gesicht an ihre Schulter, riecht ihr Haar, sieht den Schwung ihres Nackens.

Mit den Händen umklammert er ihre Arme, umschließt ihre Brüste. Sie versucht den Kopf zu wenden, Cliehm läßt es nicht zu.

»Heute ist der Tag«, keucht er. »Jetzt die Stunde, die Minute!«

Ungewollt fällt sein Blick auf den Wecker.

Zehn Uhr sechzehn.

Cliehm erstarrt. Langsam strömt die Luft aus seiner Brust. Er zieht sich zurück. Die Rote rollt auf den Rücken, betrachtet ihn staunend.

Zehn Uhr siebzehn.

»Das halbe Jahr ist vorbei«, sagt Cliehm mit klarer Stimme und springt auf die Beine. Auf ihre eigentümliche Weise lächelt sie ihn an.

Er ist aus der Wohnung und läuft. Abwärts nimmt er drei Stufen gleichzeitig, rennt über das grasige Pflaster, durch das *Cocodrilo riente*, ohne Fernandos Ruf zu beachten. Er durcheilt die Gasse, hält sich am Mohrenkopf fest, kriegt die Kurve. Er springt die Stufenstraße bergab, achtet nicht auf den Herrn mit Hut, Brille und Spitzbart, der ausweichend zur Seite tritt. Cliehm wird auf den *Rossio* gespült. Autos, Menschen, alles spricht. Er läuft durchs Gewühl, achtet nicht auf das Hupen, die Schreie der Fahrer, findet den schmalen Weg zum Kastell. Seine Lungen pumpen mit letzter Kraft, der Schlund ist eine brennende Wüste. Cliehm kann nicht weiter. Er strauchelt, tappt mit der Linken, faßt die Wand, hält sich fest. Mit fliegenden Flanken steht er in praller Sonne.

»Zehn ... zehn Uhr ... dreißig!« keucht er und verzerrt das Gesicht. Die Luft schmerzt, die er ins Innere reißt. »Café des ... Einbeinigen.« Er preßt die Hand in die Weiche.
Ich brauche gar nicht zu laufen, begreift er in dieser Sekunde. Springen muß ich. Will ich Tilly begegnen, muß ich springen. Jetzt. Sein Blick fällt in den Rückspiegel eines parkenden Autos.
»Springen!« ruft er seinem Bild zu und schließt die Augen.

Er öffnet sie und blickt auf die Füße. Dunkelgraue Strümpfe sieht er, braune Slipper. Aus dem Spiegel schaut ihm der dürre Cliehm entgegen.
Es ist Mai, weiß er, ich habe lange gehungert. Wie leicht ich geworden bin. Weißes Hemd, grüne Krawatte, die Augen voll Tatendrang. Cliehm blickt sich in dem verfluchten vertrauten Zimmer ein letztes Mal um. Das Gasrohr, der Schrank, mein Bett. Eine Spinne sitzt an der Decke, läuft am Rohr entlang. Cliehm entdeckt den Fußabdruck. Wie vor sehr langer Zeit. Und doch ist es Jetzt.
Er öffnet die Tür. Im letzten Moment sieht er die *Rosenstolz*-Schachtel in der Schublade liegen. Er steckt sie ein und geht. Auf der Treppe kommt die Madame ihm entgegen.
»Que linda manha!« ruft sie und schleppt einen Korb mit frisch gewaschenen Laken hoch.
»Ich möchte Ihnen danken«, sagt Cliehm voll Wärme und berührt sacht ihren Arm. Sie strahlt ihn an, lacht aus zahnlosem Mund.
Cliehm steht auf der Terrasse. Kapuzinerkresse blüht rings-

um. Rote Dächer, blauer Himmel, weiße Häuser klammern sich an den Hügel. Eine Brise kühlt seine Schläfen, raschelnd erwacht das Geißblatt. Im Innern des Hauses ist das Singen der Madame zu hören. Cliehm kramt das Bündel Escudos aus seiner Tasche, legt es auf den gemauerten Brunnen, beschwert die Scheine mit einem Stein. Dunstiger Geruch steigt vom Fluß herauf. Trrrrack Tatata machen Baumaschinen tief unten. Ein Vogel mit gelbblauen Flügeln setzt sich auf den Maschendraht des Terrassengeländers. Er wippt, wendet Cliehm die Schwanzfedern zu. Keine Wolke hängt über der Stadt. Der Vogel stößt sich ab und segelt davon. Cliehm folgt ihm mit den Augen. Dann überquert er die Terrasse, steigt die Wendeltreppe hinunter, steht vor dem Tor. *Pensao Ninho das Águias* sagt das kleine Schild. Cliehm streicht mit dem Finger darüber. Weiße Vormittagssonne. Zehn Uhr zwanzig, denkt er, mir bleibt noch Zeit. Hinter der nächsten Biegung ist das Café. Cliehm schlendert die Häuserzeile entlang.
»Weißt du, wieviel Mühe es mich gekostet hat, dich zu finden?«
Tilly bedeckt die Augen mit der Hand, ihre Sonnenbrille sitzt im blauschwarzen Haar.
Cliehm erreicht Tilly. Er sagt nichts, nimmt sie nur in die Arme. Der Duft ihrer Haare, die heißen Wangen, er preßt die vertraute Gestalt heftig an sich.
Tilly beugt sich zurück. »Bist du kein bißchen überrascht, mich zu sehen?« Sie sucht seine Augen.
»O doch«, lügt er.

Sie windet sich in seinen Armen. »Wollen wir in dieses Café gehen?«
»Es würde dir nicht gefallen. Sie servieren Blutwurst und der Kellner ist ein Idiot. Ich will heim.«
»Heim?« fragt sie überrascht. »Die Maschine geht erst um sechs.«
»Ich weiß«, nickt Cliehm. »Laß uns eine frühere nehmen.« Er ergreift ihre Hände, legt sie auf seine Wangen. »Wir können doch umbuchen.«
»Ja sicher, aber . . .«
»Zwei Straßen weiter stehen Taxis.« Er weist in die Richtung.
»Mußt du nicht packen?« Tilly senkt die Sonnenbrille über die Augen, mustert Cliehm mit seltener Scheu.
»Da gibt es nichts, was ich mitnehmen müßte.« Er fühlt die Streichhölzer in seiner Tasche, hakt sich bei Tilly unter. Im Gleichschritt steigen sie die Gasse bergab.
»Morgen ist deine Premiere, nicht wahr?« fragt er. »Ich habe es nicht vergessen.«
»Die Generalprobe ist nicht gut gelaufen.« Tilly hängt sich an seinen Arm. »Ich habe Angst vor dem zweigestrichenen A.«
»Du schaffst das schon. Ich bin ja bei dir.«
Cliehm öffnet die hintere Tür des Taxis, der Fahrer dreht sich um. Tilly steigt ein, Cliehm folgt von der anderen Seite.
»Para aeroporto«, sagt er.
Staunend betrachtet ihn Tilly. »Du sprichst Portugiesisch?«
Cliehm lächelt. Der Fahrer nickt und fährt los.

Fünf

Flucht

»Wir gehen in den Krebsenkeller, ja?« Tilly balanciert das gefüllte Tablett durch den Raum.

»Es ist zu kühl für Mitte Mai.« Cliehm sitzt in die Sofakissen gelehnt.

»Das Wetter ist eine Katastrophe«, nickt sie. »Regen und Sturm seit Wochen. Für die Premiere allerdings gut. Da wird es auf der Bühne nicht so heiß.«

Sie macht den Fernseher an. – *Nicht nur ein elfteiliges Messerset, sondern sechs Steakmesser gratis. Das sind elf Messer, inklusive Hack-, Wiege- und Filetiermesser, und dazu noch sechs wertvolle Steakmesser. Und wenn Sie heute noch anrufen …*

»Soll ich anrufen?« Tilly stellt das Tablett ab.

»Du hast dieses Messer-Set schon einmal bestellt.« Cliehm betrachtet den hackenden, schneidenden, grinsenden Mann auf dem Bildschirm. Das ist das Alte, denkt er.

»Wann?« Ihre Überraschung ist echt.

»Vor einem Jahr.«

»Und wo sind die?«

»Draußen im Haus. Wir benützen sie selten.«

»Aber es sind keine Steakmesser dabei.« Sie beißt in ein Croissant.

Cliehm gießt ihnen beiden Kaffee ein und zündet die Kerzen an. Noch drei Hölzer in der Schachtel.

Tilly zeigt auf die Aufschrift *Rosenstolz*. »Weißt du noch?«.
Er nickt. Sein Bademantel klafft auf.
»Du bist unerhört dünn geworden.« Sie packt seine Brust. »Sieh dir das an. Wo ist der prächtige Muskel geblieben?«
Cliehm lehnt sich zurück, daß ihre Hand ihn nicht mehr erreicht. »Bißchen Abspecken kann in unserem Alter nicht schaden.«
»Was soll das heißen?« Unwillkürlich faßt sie sich an den Po.
»Mir ist kalt. Laß uns ein Bad nehmen.«
»Jetzt?« fragt sie lustlos. Ein Klumpen Butter landet auf ihrem Croissant.
»Ich brauche heißes Wasser.« Er steht auf.
»Weißt du was ...« Sie hält ihn am Ärmel fest. »Pizza«, sagt sie mit leuchtenden Augen. »Artischocken, Sardellen, Salami.«
»Für mich Oliven«, antwortet Cliehm.
»Paprika, Mais.« Sie steht auf, holt das Telefonbuch.
»Das paßt nicht alles auf zwei Pizzen. Und wir haben noch nicht einmal gefrühstückt.«
»Ich will jetzt Pizza!« Sie wählt eine Nummer, wartet. »Ciao, Angelo.« Ihre Stimme wird süß.
Cliehm steht auf und geht in die Küche. Er sucht den Honig. Die Schränke sind alt und aus der Mode, denkt er. Glatte Kunststoffflächen waren damals gefragt. Er findet den Honig. Daneben stehen Dutzende Gläser von Gretes Pflaumenmus.
Sein Blick fällt durch die Flucht der Räume. Küche, Eßzim-

mer, kleiner Salon, dahinter das Wohnzimmer. Unentrinnbare Anordnung, denkt er. Vom Wohnzimmer in den kleinen Salon, ins Eßzimmer, dann in die Küche. Von der Küche geht man ins Eßzimmer, man durchquert den kleinen Salon, kommt ins Wohnzimmer zurück. Ein Raum nach dem anderen. Die Abfolge liegt fest. Das ist das Alte.

Er öffnet ein Einmachglas, taucht den Finger ins Mus. Grete nimmt zuviel Gelierzucker. Er leckt sich die blaue Creme aus dem Mundwinkel, geht zurück. Von der Küche ins Eßzimmer, durch den kleinen Salon ins Wohnzimmer.

»Ich habe drei Pizzen bestellt.« Sie räkelt sich auf dem Sofa. »Hätte sonst nicht alles draufgepaßt.«

»Sage ich doch.« Cliehm schiebt das Pflaumenmusglas aufs Tablett.

»Sagst du doch was?«

»Daß nicht alles auf zwei Pizzen paßt.«

»Drei habe ich bestellt, hörst du nicht zu?«

»Vorher.« Cliehm genießt seinen anschwellenden Zorn. »Vorher habe ich gesagt, es paßt nicht alles auf zwei.«

»Vorher? Vor was?« Sie schlägt ein Bein übers andere. »Ist dir eigentlich klar, was du manchmal redest?«

»Drei Pizzen – und ich habe gar keinen Hunger.«

»Mit dem Fasten ist Schluß.« Tilly klatscht ihm auf den Schenkel. »Sieh dich an. Nichts dran. Als hättest du Muskelschwund.«

Cliehm entzieht ihr sein Bein, betrachtet den Korb mit Brötchen und Croissants. »In Lissabon schmeckt das Brot . . .«, beginnt er.

»Nicht heute«, sagt Tilly rasch. »Morgen wirst du mir alles erzählen. Und ich werde dir auch eine Menge erzählen.« Sie schließt die Augen. »*Süßer Mond in der Karibik* –«, singt sie. »*Laß dein Silberleuchten glühn* ...«
Lastenaufzug, denkt Cliehm. Kette, Kerzenwachs, Zinnk! Der alte Haß. Gut.
Tilly verpaßt dem Zipfel Croissant eine Haube aus Butter. Sie nimmt einen Schluck Kaffee, steht schwungvoll auf. »Ich singe mich jetzt ein.«
»Und die Pizzen?«
»Nimmst du entgegen.« Sie verläßt das Zimmer.
Cliehm lauscht ihren Schritten, dem Öffnen und Schließen der Türen. Arbeitszimmer, Ankleidezimmer, Musikzimmer. Zimmerflucht, denkt er. Auf dem entfernten Klavier wird ein Ton angeschlagen. Nininininiiiininininini, hört Cliehm. Das ist das Alte.

Piraten

»*Die Hand des Liebsten winkt zum Abschied.*
Das Los der Liebe ist Verzicht.
Ein letzter Blick, ein Gruß der Augen,
Denk an mich, Herz, vergiß mich nicht.«
Mittelloge, Platz vier. Cliehm beugt sich über die Brüstung. Unter ihm das vollbesetzte Parkett. Nicht einen freien Platz macht er aus. In der Mitte Margats kahler Schädel, hinter

ihm Staatsanwalt Trummer mit der feschen Erscheinung an seiner Seite. Im vorderen Parkett Diplomingenieur Mooshammer nebst Gattin, daneben Elly Behtrù im ewigen Schwarz. Das Korps der Tanten hält die Stellung außen links. Tetas weiße Haarflamme erkennt Cliehm. Gusta, Mariele, Doris, Martha und Helga. Sie ist praktisch taub, was will sie in der Operette? Dahinter, nicht weit von Margat, sitzt Zinnk. Die graue Madonna hat den Kopf an seine Schulter gelegt. Cliehm richtet sich auf. Noch ist Zeit.
Er beobachtet den Kapellmeister, der schwelgt im Rausch der Violinen. Die beiden Querflötistinnen halten ihre Instrumente in Anschlag, lecken sich die Lippen, Zwillinge. Das ganze männliche Orchester ist hinter ihnen her, weiß Cliehm. Der greise Konzertmeister spielt die schnulzigen Sechzehntel, ohne zum Dirigenten zu sehen. Der erste Hornist schläft. Paukenschlag. Cliehm zuckt hoch.
»*Rodrigo, dein war meine Sehnsucht*«, singt Tilly.
»*Du machst mich wünschen, ich bleib' da.*
Und doch, der Ruf der See ist lauter,
Piratenbraut nennt man mich ja.«
Der feurige Insulaner mit dem braungeschminkten Oberkörper zeigt sein Repertoire schmerzlicher Gesten. Tillys langer schwarzer Mantel weht im Luftstrom der Windmaschine. Alle Piraten des Herrenchores wiegen ihre nackten Bäuche, zeigen, daß Wind und See ihr eigentliches Element ist. Die Celli spielen ein anschwellendes *Rrrebederamm*, die Holzbläser grummeln im Untergrund. Tilly hebt den Arm mit dem mächtigen Säbel.

»Rodrigo, es wird Nacht in meinem Herzen«, singt sie, *»der Abschied fordert Mut und Leid.«* Sie beugt sich zu den Piraten, die in ein wehmütig vierstimmiges *Hmmjaaa* ausbrechen.

»Und wenn ich dir auch heut' entschwindeee ...«. Ton für Ton arbeitet sie sich empor. Das zweigestrichene A, achthundert Menschen wollen es hören. Cliehm bebt. Er preßt die Daumen in die Handflächen. »Sing das A«, flüstert er. »Hinauf, hinauf zum A!« feuert er sie an.

»Und wenn ich dir auch heut' entschwindeee ...«

Das A, begreift Cliehm. Sie ist oben. Wie ein weißer Adler sitzt sie auf dem windumtosten Felsvorsprung, wo das hohe A wohnt. Sie krallt es mit den Fängen, läßt nicht mehr los. Ist doch etwas anders? fragt Cliehm freudig erregt.

Da gickst es. Ein leichtes Kratzen, ein Wackeln nur, als der Ton auf seinem strahlenden Weg schon verklingt. Cliehm sinkt gegen die Lehne. Das ist das Alte, denkt er enttäuscht. Unüberhörbar schiebt sich das Krächzen über das strahlende A.

»Entschwindeeeeee ... Rodrigo, Liebster, ich bin daaaiiiiin!«

Der letzte Ton der Arie. Schamlos phrasiert, denkt er. Alle in der Oper halten es für einen ebenso hohen Ton wie das verpatzte A. Der Vorhang fällt, Applaus.

Cliehm steht auf, verläßt die Loge. Auf dem dämmrigen Wandelgang hört er das Klatschen, die Bravorufe in Wellen. Die ersten Durstigen werden aus den Logen gespült, eilen in Richtung Tränke.

»Das Buffet?« fragt ein bulliger Herr mit Narbe.

»Sie laufen direkt darauf zu.« Cliehm weist hinter sich.

Dort kommt Zinnk. Wie erwartet.
»Ich zeige es Ihnen.« Cliehm zieht den Narbenmann zur Vorhangbordüre.
Zinnk klappt eine schwarze Dose auf und eilt mit schiefgelegtem Kopf vorüber.
»Was soll das?« Schnaubend schüttelt der Narbige Cliehms Arm ab. Seine Backen sind hektisch gesprenkelt.
»Sie finden es jetzt selbst.« Cliehm läßt den anderen stehen und eilt Zinnk hinterher.
Er tritt aus dem Wandelgang, vor ihm hat Zinnk die schmale Tür zur Bühne erreicht. Cliehm will zu laufen beginnen, da schwenkt Zinnk ab. *Herren* liest Cliehm und geht hinterher.
Im Vorraum kein Zinnk. Cliehms Blick schweift über die Batterie von Hängebecken an der Wand. Geflieste Artigkeit. Zwei Smokingträger pinkeln, ein dritter schüttelt ab, schließt die Hose, stellt sich neben Cliehm, um die Hände zu waschen. Er setzt die Brille ab, benetzt das Gesicht. Dort schließt sich eine Kabinentür, dreht sich ein Rädchen, das grüne Schild wird rot. Besetzt.
So entkommst du mir nicht, denkt Cliehm. Entschlossen faßt er die Glühbirne über dem Spiegel. Heißer Schmerz durchströmt seine Hand. Zurück! befiehlt er und öffnet den Pfeil. Zehn Sekunden zurück. Cliehm schließt die Augen.

Er öffnet sie und tritt aus dem Wandelgang. Vor ihm steuert Zinnk auf die Bühnentür zu, im letzten Moment schwenkt er ab. *Herren*. Cliehm erreicht den Waschraum diesmal knapp hinter Zinnk. Zwei Smokingträger stehen vor den Becken, ein bebrillter schüttelt gerade ab. Zinnk öffnet die schwarze Dose, betritt die Kabine, will die Tür hinter sich zustoßen, Cliehm ist schneller. Ohne daß die Pinkelnden ihn bemerken, drängt er sich in den Schacht, reißt Zinnk die Tür aus der Hand, schließt und verriegelt. Dämmrig ist es in dem gefliesten Verschlag, nur durch den gemauerten Schlitz dringt das Licht.

»Cliehm!« Zinnk prallt zurück. Die Schachtel ist offen, zwei Kapseln glitzern zwischen seinen Fingern. Er klappt sie zu, die Pillen verschwinden im Innern der Hand.

»Seit wann ... sind Sie wieder da?« flüstert Zinnk.

Cliehm faßt dessen Arm, greift nach den Pillen.

»Eine für Sie und eine für Tilly?« stößt er hervor, packt die Kapseln und preßt sie dem andern ins offene Maul. Quetscht die flache Hand hinterher. Zinnk windet sich, versucht den Kopf wegzudrehen, er würgt, will ausspucken. Wie eine Maske preßt Cliehm seine Hand gegen Mund und Nase von Zinnk. Der grunzt, ringt nach Luft, ein Husten reckt ihn, er zerbeißt die Kapseln und schluckt.

»Na, kommen Sie in Fahrt?« keucht Cliehm, läßt Zinnks Gesicht los und beginnt dessen Taschen abzusuchen. Zinnk spuckt, steckt zwei Finger in den Mund. Sein ganzer Körper wirft sich in aberwitzigen Windungen, er gurgelt und keucht. Cliehm spürt klirrendes Metall im Innern von Zinnks Jackett.

»Da haben wir sie ja!« ruft er und zieht die silbrige Kette hervor. Krachend schlägt er sie Zinnk um die Ohren. Der sinkt hintenüber, gleitet zu Boden. Seine Lider zucken, als säße dahinter ein fieberndes Uhrwerk. Mit den Fingern tappt er am Rande des Klodeckels wie ein wildgewordener Funker. Die Sohlen der Schuhe rutschen irrwitzig über die Fliesen. Cliehm richtet sich auf, unter ihm windet sich Zinnk. Mit einem Mal sackt seine Hand kraftlos auf die Brust, die Augenbälle drehen sich nach oben. Blauer Schaum sickert aus dem Mundwinkel, tropft auf die Hemdbrust. In Cliehms Hand baumelt die Kette. Er starrt auf den verkrümmten Körper zu seinen Füßen. Im Mittelpunkt ihres Schwunges kommt die Kette zum Stillstand, Cliehm läßt sie fallen.

Er beugt sich über den Reglosen, führt zwei Finger an Zinnks Hals, wartet auf den Schlag einer Ader. Nichts. Cliehm fällt auf die Knie, legt sein Ohr an den Mund des andern. Kein Seufzer, kein Hauch. Cliehm rutscht tiefer, lauscht an der Brust. Da hebt, senkt sich nichts. Ich bin kein Arzt, denkt er. Dennoch rückt er Zinnks Oberkörper zu Boden, sucht das weiche Ende des Brustbeins, stützt beide Ballen darauf ab. Er drückt pulsend. Zwei-, drei-, fünfmal. Er horcht. Nichts hebt sich. Es ist ekelhaft, denkt er, holt Luft und senkt den eigenen Mund über die blau anschwellenden Lippen von Zinnk. Er bläst so stark er vermag, holt Luft, bläst. Er pumpt mit den Handballen, schiebt sein ganzes Gewicht hinterher. Er richtet sich auf. Zinnks Kopf sinkt zur Seite. Der blaue Fluß netzt die Fliesen.

Cliehm spürt einen dunklen Balken aus der Tiefe hochsteigen. Die Kette, Zinnk auf den Fliesen, der blaue Schaum. Ich habe ihn umgebracht.

Lachen hört er von draußen. Die beiden Pinkelnden unterhalten sich. Zurück! schreit es in Cliehm. Leben statt Tod! Er steigt über den verkeilten Körper, entriegelt die Tür, öffnet sie zentimeterweise, Zinnks Bein beiseite schiebend. Cliehm schlüpft aus der Kabine, die Pinkelnden bemerken ihn nicht. Er kommt in den Waschraum, steht vor dem Spiegel. Bleicher Cliehm.
Leben statt Tod, flüstert das Spiegelbild. Die Glühbirne hält immer noch ihren Schmerz bereit. Er hebt die Hand vor die leuchtende Kugel. Zwischen seinen Fingern spielt das Licht, er spürt die Hitze.
Tu's doch! befiehlt er. Den Unfall rückgängig machen. Der Mann war mein Kollege, wir forschten unter demselben Dach. Er bewegt die Hand keinen Millimeter.
Er hat Tillys Brüste berührt, sagt das Dunkle in Cliehm. Hat sich auf sie gewälzt, ihren Schweiß geschmeckt. Cliehm steht regungslos.
»Verzeihen Sie, darf ich?«
Er fährt herum.
»Na, wenn das nicht ...!« Staatsanwalt Trummer lacht schallend. »Sie sind also zurück! Jemand glaubte Sie gesehen zu haben, aber wir waren nicht sicher. Herrlich! Schön, daß Sie wieder da sind.«
Cliehm nickt. Langsam senkt er die gewärmte Hand.
»Scheint ein Erfolg zu werden«, sagt der Staatsanwalt. »Schöne Kostüme. Und unsere Diva brillant wie immer.«
Tilly wartet im Fahrstuhl, denkt Cliehm. Niemand kommt mit der Kette. Ich habe ihn umgebracht.

»Ich freue mich, wieder daheim zu sein.« Er dreht das Wasser auf und wäscht sich die Hände. Aus dem Augenwinkel sieht er die Tür der Kabine.
»Gehen wir etwas trinken?« fragt Staatsanwalt Trummer. »Oder haben Sie hier noch was zu erledigen?«
Cliehm hält die Hände unter den heißen Atem des Trockners.
»Wollen Sie mir von Ihrer Reise berichten?« Der Staatsanwalt öffnet die Tür. Animiertes Flanieren im Foyer.
Ein Blick zur Kabine, Cliehm fährt sich hektisch durchs Haar und folgt Trummer nach draußen.
»Wir wollen nach der offiziellen Feier noch in den Krebsenkeller.« Der Staatsanwalt hakt Cliehm unter. »Hat Tilly davon erzählt?«
»Ja.« Cliehm fühlt die kräftige Pranke des anderen.
»Sie ist großartig. Jeder Ton sitzt«, lacht Trummer. »Also Krebsenkeller ist doch eine gute Idee für nachher. Die Mooshammers kommen, die Spanners und Elly Behtrù.«
Cliehm läuft schweigend mit. Dumpf pocht es in seinen Schläfen.
»Tilly hat erzählt, Sie waren in Lissabon. Da haben Sie doch bestimmt die Dreifaltigkeitskirche besucht. Meine Frau und ich haben die Deckengemälde bewundert.«
»Ja, ich war drin«, antwortet Cliehm. Mosaike, denkt er. Die hellen und dunklen Steine bilden parallele Linien. Immer nebeneinanderher, nie überkreuzen sie sich.
Sie nähern sich dem Bufett. Der Plüschteppich springt über in spiegelnden Marmor. Hunderte Schritte hallen hundert-

fach von Boden und Wänden. Cliehms Herz schlägt. Ich habe ihn umgebracht. Zwei dunkelblaue Mäander laufen an den Rändern des Bodens entlang. An der nächsten Krümmung des Raumes nähern sie sich einander an, den rosa Marmor durchquerend. Cliehm betrachtet die eine, dann die andere Linie, wie blaue Schlangen kriechen sie aufeinander zu. Er verlangsamt, bleibt stehen. Die Hand des Staatsanwalt ruckt. Cliehm rührt sich nicht. Vor seinen Füßen überkreuzen sich die Linien aus Stein.

»Was ist denn?« hört er Trummer.

Weiche! durchfährt es Cliehm wie ein Blitz. Leben statt Tod! Ich stelle die Weiche. Er scharrt mit der Spitze des Schuhs über den Schnittpunkt im Boden.

»Bestellen Sie mir einen Whisky«, sagt er und blickt auf. Trummer betrachtet ihn neugierig.

»Gute Idee.« Er läßt Cliehm los, wendet sich zur Theke. Eine Brünette sieht dem Staatsanwalt entgegen. *Zwei Whisky*, hört Cliehm ihn rufen. Über der blauen Verschlingung dreht er um, läuft zum Durchgang mit der Vorhangbordüre zurück. Nur ein sehr guter Schmerz bringt mich dorthin, wo ich hin will, denkt er. Er blickt sich um. Trummer schäkert mit der Brünetten.

Plötzlicher Aufprall, dumpfer Schlag gegen Cliehms Brust. Neben dem Vorhang kippt ein stämmiger Herr mit Narbe, taumelt zwei Stufen abwärts und stürzt. Wie ein Käfer jappt er auf marmornem Grund. Mit wenigen Schritten ist Cliehm bei ihm, die Entschuldigung schon auf den Lippen.

»Es tut mir ...«, beginnt er. An den Füßen des rücklings Ausgestreckten macht er halt. Weiche, frohlockt er. Alles Schmerzliche spricht.

»Sie!« keucht der Narbenmann.

»Sind Sie besoffen?« fragt Cliehm.

Dem Liegenden schießt das Blut in den Kopf. Er rappelt sich auf die Knie, greift Cliehms dargebotene Hand, zieht sich hoch. Cliehm hackt mit dem Absatz in die Kniekehle des Dicken, der bricht wieder zusammen.

»Sie müssen ganz schön geladen haben«, ruft Cliehm so laut, daß die Flanierenden den Stämmigen auf dem Boden neugierig mustern.

»Warum gehen Sie nicht in die Kneipe, wenn Sie sich volllaufen lassen wollen?« Cliehm steigt dem andern wie absichtslos auf die Finger. Der Narbige brüllt, schnaubt wie ein Büffel. Mit kurzatmigem Sprung steht er in der Hocke, senkt den Kopf, daß Cliehm die fetten Wülste in seinem Nacken erkennt. Weiche, betet er und zwingt sich, aasig zu lächeln.

»Na, wieder auf den Beinen?«

»Sie!« Der Narbige hechtet vorwärts, die Fäuste wie Rammböcke von sich gestreckt. Der Schlag trifft Cliehm in den Magen. Dunkle Spirale, denkt er rückwärts taumelnd. Dann trifft ihn die Betonfaust des andern am Ohr. Cliehm schließt dankbar die Augen.

Er lehnt an glatter Wand, öffnet die Augen. Der blaugraue Flur im Institut, gegenüber sieht er den Abdruck seiner Hand. Rot. Wenn die Flecken getrocknet sind, denkt Cliehm, wird es eine rostbraune Hand auf weißem Resopal sein. Er leckt an der blutenden Hand, lauscht auf die Geräusche von drinnen.

»Die Tafel ist drehbar«, hört er Zinnks Stimme aus dem Büro. Schritte. »Wenn man ...«, murmelt Zinnk. Ein klackendes Geräusch, Cliehm hört ihn schreiben. »Jaja – ja, und dann ...«, sagt Zinnk und lacht. Cliehm hört, wie der Schwamm über die Tafel wischt. »Drehbar?« ruft Zinnk von drinnen. Ein kurzes Krächzen, ein Schwirren. Gewaltiger Lärm. Klirren, Splittern. Das Scharren von Scherben. »Grappa«, hört Cliehm. »Sie hätten mich warnen müssen.« Stille. Wieder das Drehen der Tafel. »Also, wo waren wir?« beginnt Zinnk von neuem. »Wenn man ...«, murmelt er hinter der Tür.

Zinnk in der Schleife, denkt Cliehm. Er ist drin, ich bin draußen. Ich stelle die Weiche. Jetzt! Mit einem Ruck öffnet er die Tür und betritt sein Büro.

Zinnk vor der Tafel. Sein Haar steht wirr zu Berge, als habe er daran gerissen. Sein Kopf liegt so schief, daß das Ohr die Schulter berührt. Mit der Zungenspitze gleitet er unablässig am Rand der Oberzähne entlang. Unterlippe und Finger sind von Kreide bestäubt. Zinnk beugt sich über die Formel, der weiße Stumpen schwebt über der Zahlenreihe.

»Jaaa – jaja – ja – ja ...«, stößt er hervor, malt klackend einen senkrechten Strich. Er setzt ein Dreieck daneben, klammert das System ein, erhöht es zur vierten Potenz. Er tritt zurück, legt den Kreidestumpf an die Unterlippe. »Ja«, flüstert er, nimmt den Schwamm, säubert die Ränder der Zeichen. »Drehbar«, sagt er, ohne sich Cliehm zuzuwenden. »Dann wollen wir mal sehen.« Mit Schwung rotiert Zinnk die schwarze Fläche herum. Ein gewaltiger Lärm. Klirren, Splittern, scharfer Geruch. Zinnk springt zur Seite. Er nimmt eine Scherbe auf, schnuppert daran. »Grappa. Sie hätten mich warnen müssen.«

Cliehm krallt die Finger ineinander, daß die Knöchel weiß werden. »Hören Sie auf damit«, sagt er. »Sie haben es überstanden.«

Zinnk schüttelt den Kopf. »Also, wo waren wir?« Er dreht die Tafel noch einmal um hundertachtzig Grad. Die Formel taucht wieder auf, er beginnt zu schreiben. Cliehm nähert sich Zinnk, faßt ihn sanft an der Schulter.

»Hören Sie auf. Es ist vorbei.«

Zinnk wendet den Kopf, lächelt verträumt. »Wenn man ...«, murmelt er.

Cliehm fällt ihm in den Arm. »Es genügt!«

Mit dem Stumpen malt Zinnk weiter Zeichen in die Luft. »Jaja – ja – ja ...«

Cliehm greift nach dem graugelben Schwamm, senkt ihn über die Formel. Er will zu wischen beginnen, da fällt sein Blick ans Ende der dritten Zeile. Er hält inne.

Das μ ist noch da, auch das Pluszeichen. Davor und dahinter scheint manches verändert. Die Zeile ist länger, erkennt er, sie hat einen anderen Anfang. In der Mitte ist ein vollkommen neues System eingesetzt. Cliehms Hand sinkt, der Schwamm fällt lautlos zu Boden. Er nimmt ein neues Stück

Kreide vom Tafelrand, benützt es als verlängerten Finger. Zeichen für Zeichen klopft er die Formel ab, als lese er sie zum ersten Mal. Er wandert die Straße der dritten Zeile entlang und entdeckt ein wunderbares neues Land. Kein Fehler, wohin er auch sieht. Kein Einbruch des Gedankens, ungebändigt wie ein Tänzer springt die Idee von der dritten Zeile zur vierten, schlägt dort eine geniale Kapriole, die, erhoben zur neunten Potenz, Ausklang und Erfüllung findet. Benommen wendet Cliehm sich um. Fassungslos zärtlich betrachtet er Zinnk wie eine junge Geliebte.

»Sie haben es getan!« flüstert er. »Haben den Fehler ausgemerzt.«

Er umarmt Zinnk, den Feind, den Widersacher voll Hingabe, blickt in dessen unsicher zuckende Augen. Zinnk sperrt sich gegen die Umarmung, allmählich jedoch gibt er nach. Ein rhythmisches Seufzen entringt sich ihm, wird zum Schluchzen. Zinnk wimmert, geschüttelt vom Weinen. Cliehm drückt ihn an sich.

»Zinnk ...«, stammelt er. »Mein Lieber.«

»Zeit«, antwortet Zinnk.

»Ja. Sie hatten viel Zeit.«

Plötzlich schwankt Zinnk, er hustet und röchelt. Cliehm läuft zum Fenster, reißt es auf. Zinnk hält sich an der Kante des Schreibtisches fest. Cliehm stützt ihn, führt ihn ans Licht.

»Sehen Sie, so ist es besser.« Gemeinsam sehen sie hinüber zu der anderen Wand, wo das einzige Fenster wie immer geschlossen ist.

»Ich möchte schlafen«, seufzt Zinnk. Schwer sinkt sein Arm auf Cliehms Knie.
»Noch nicht.« Cliehm schüttelt ihn. »Erst müssen Sie mir Ihren schlimmsten Schmerz verraten.«
»Schmerz?« murmelt Zinnk, die Lider schon halb geschlossen.
»Was war Ihre äußerste Heimsuchung, worunter haben Sie am meisten gelitten?«
»Meine Mutter«, haucht Zinnk. »Die Mutter ist tot.« Er lehnt den Kopf an Cliehms Schulter.
»Das genügt nicht. All unsere Mütter sind tot. Wir haben Frauen dafür und unsere Arbeit. Was sonst noch?«
»Haß.« Zinnk ist kaum noch zu verstehen.
»Haß ist gut. Haß worauf, auf wen?« Cliehm rüttelt den andern. Zinnks Kopf baumelt wie ein Luftballon auf der Stange.
»Auf Sie!« faucht er plötzlich. »Immer nur Sie.«
»Sie wollten Tilly schon immer, nicht wahr?« fragt Cliehm, unendlich erleichtert.
»Ihr Haar, die Lippen ...«, seufzt Zinnk, »Und diese riesigen ...« Er versackt.
»Titten?« Cliehm hebt Zinnks Kinn.
»Jaaa. Diese herrlichen, unglaublich runden ...« Zinnk reißt die Augen auf. »Dafür hasse ich Sie«, fletscht er. »Ihre Finger auf Tillys Titten.« Er führt seine Hand an die Zähne und beißt zu.
»Wir können los«, ruft Cliehm. »Jetzt!«
Er drückt Zinnk die Augen wieder zu, schließt die eigenen, öffnet den Pfeil.

»Der Tod ist eine komplizierte Sache.« Cliehm nimmt Zinnk bei den Schultern. Der öffnet langsam die Augen. Verwundert betrachtet er die Pißbecken an den Wänden.
»Der Tod?« fragt Zinnk.
»Sie erinnern sich an die blauen Pillen? Wie stark sind die?«
»Zu stark für mich.« Zinnk gähnt. »Hab' ich seit Monaten nicht mehr genommen. Eine halbe Kapsel genügt und du gehst durch die Decke.«
»Und wenn man, sagen wir, drei auf einmal nimmt?« Heimlich umfaßt Cliehm den Türgriff der Kabine in seinem Rücken.
»Mit achtzehn kriegt man vielleicht den Überflieger«, sagt Zinnk. »In unserem Alter kann das schiefgehen.« Er reibt sich die Augen. »Ich hab' wohl geschlafen.«
»Und geträumt?« fragt Cliehm.
»Ich träume nie.« Zinnk dreht sich um. »Sie erlauben.« Er öffnet den Hosenschlitz.
Cliehm wendet den Blick. Nur der weiße Flügel aus Holz trennt ihn vom Innern der Kabine. Was werde ich finden? Zinnk läßt es fließen. Wie ein Fisch reißt er Augen und Mund gleichzeitig auf. »Ich fühle mich wie gerädert.« Er glotzt auf die Fliesen vor sich. Cliehm drückt gegen die Tür.
»Na, wenn das nicht ...!« lacht eine bekannte Stimme hinter ihnen. Staatsanwalt Trummer steht im Vorraum. »Sie sind also zurück!« Er läuft auf Cliehm zu, bemerkt Zinnk. »Und *Sie* haben ihn natürlich gefunden, Sie Fuchs.«
»Gefunden?« Zinnk läßt es plätschern, nickt dem Staatsanwalt zu.

Cliehms Finger umkrampfen den Rand des Türflügels. »Ich freue mich, wieder daheim zu sein«, sagt er.
»Daheim?« fragt Zinnk und schüttelt ab. »Waren Sie denn fort?«
»Heben Sie sich Ihre Scherze für die Premierenfeier auf«, lacht Trummer und geht in den Vorraum zurück. Er schiebt die Brille hoch und schaut in den Spiegel. »Scheint ein Erfolg zu werden. Schöne Kostüme. Und Ihre Gattin brillant wie immer. Gehen wir was trinken? Oder haben Sie da drin noch etwas zu erledigen?«
Cliehm wagt nicht, in den dunklen Spalt zwischen Holz und Fliesen zu spähen. Er löst die Hand von der Tür, kommt in den Vorraum, dreht das Wasser auf.
»Wann waren Sie verreist?« ruft Zinnk neugierig und tritt zu den beiden. »Ich habe irgendwie Mus im Kopf.« Er betrachtet sein Spiegelbild.
Cliehm gibt das Waschbecken frei. Aus dem Augenwinkel sieht er die angelehnte Tür der Kabine, beobachtet, wie Zinnk sich mit viel Seife die Hände einschäumt. Tilly im Fahrstuhl, denkt Cliehm. Ketten und Kerzenwachs. Sie wartet.
»Meine Frau und ich waren im Vorjahr auch in Lissabon«, sagt der Staatsanwalt.
»Lissabon?« Zinnk dreht sich erstaunt um. »Sie waren in Lissabon?« Er fixiert Cliehm. »Wann?«
»Ein Whisky würde mir guttun«, sagt Cliehm rasch. Zu dritt treten sie ins Foyer.
»Wir wollen nach der offiziellen Premierenfeier noch in

den Krebsenkeller.« Der Staatsanwalt hakt die beiden unter. »Hat Tilly davon erzählt?«
»Premiere?« Zinnk staunt immer mehr.
»Krebsenkeller ist doch eine gute Idee.« Trummer wendet sich zu Zinnk. »Sie und Ihre Frau sind dabei?«
Zinnk bleibt stehen, sieht sich um. »Premiere?«
»Wissen Sie was?« ruft Cliehm und bleibt stehen. »Warum überraschen wir Tilly nicht in der Garderobe, wünschen ihr Glück für den zweiten Akt!«
»Ginge das denn?« Der Staatsanwalt zwinkert amüsiert.
Cliehm läuft zum Durchgang mit der Vorhangbordüre. »Das wird ein Spaß!«
Plötzlicher Aufprall, dumpfer Schlag gegen Cliehms Brust. Neben dem Vorhang kippt ein kleiner stämmiger Herr mit Narbe, taumelt zwei Stufen abwärts und stürzt. Mit wenigen Schritten ist Cliehm bei ihm.
»Es tut mir so leid.«
»Sie?« keucht der Narbenmann.
»Haben Sie sich verletzt?«
Der Liegende rappelt sich auf die Knie, greift Cliehms dargebotene Hand, zieht sich hoch.
»Geht schon«, schnauft er. »Wissen Sie, wo ...?«
»Gleich hinter der Biegung ist das Buffet«, unterbricht ihn Cliehm. »Durch den Vorhang, dann sehen Sie es schon.«
Mit offenem Mund starrt ihn der Narbige an. Zinnk und Trummer sind herangekommen, Cliehm hakt sie unter und zieht sie mit sich. Die Tür in der Farbe des Foyers kommt in Sicht.

»Hab' ich noch nie gemacht«, kichert Trummer, »während einer Premiere auf die Bühne zu gehen. Und Sie?«

»Ich wüßte nicht einmal, wie ich dorthin komme«, brummt Zinnk. Cliehm dreht den Knauf, zu dritt gehen sie durch die Metalltür, stehen auf dem dämmrigen Seitenstreifen der Bühne.

»Achtung Beleuchtung, Stellwerk besetzen, Achtung Schnürboden«, raunt ein Glatzkopf in grauem Mantel ins Mikrofon. »Die Damen des Chores bitte bereitmachen.«

Trummer und Zinnk starren auf die Bühne hinaus. »Sieht viel kleiner aus als vom Zuschauerraum.«

Das Piratenschiff wird ins Depot gefahren, die Bühnenarbeiter rollen die nächste Dekoration heran.

»Wir müssen uns beeilen«, drängt Cliehm.

»Solo Damen«, liest Trummer. »Tillys Allerheiligstes!« Er lacht.

Links und rechts flattern Türen, Piratenbräute, Indianerinnen, weibliche Matrosen laufen durch den Flur. Eine von ihnen nickt Cliehm schelmisch zu.

»Man kennt Sie hier«, meckert der Staatsanwalt. Staunend betrachtet Zinnk das Treiben rundum.

»Kommt Ihnen das bekannt vor?« fragt Cliehm erregt.

»Nein. Wieso?« Offen sieht Zinnk ihn an.

»Was wollen wir ihr sagen?« fragt Trummer, als sie vor Tillys Garderobentür stehen.

»Was Tilly hören will: Daß sie großartig ist.« Cliehm klopft, öffnet. »Sie ist gar nicht da«, mimt er Erstaunen.

»Schade«, sagt Trummer.

»Wie klein die Garderobe ist«, murmelt Zinnk.
»Und das für die Diva des Hauses.« Der Staatsanwalt beugt sich über den Schminktisch. Blumen, Briefe, Karten. Cliehm öffnet die Schublade, tastet. Karton spürt er zwischen den Fingern. Er zieht ihn hervor. »Was haben wir denn da?« Er hält Zinnk die Karte unter die Nase.
»Das ist meine Schrift«, staunt Zinnk.
»Schöne Schrift, flott, unbesorgt.« Cliehm tippt auf die Karte.
»Wenn wir uns vorher sehen ...«, liest Zinnk und starrt auf die Zeilen. »Was heißt das?«
Er hat tatsächlich keine Ahnung, denkt Cliehm.
»Das sind ja Sie!« Der Staatsanwalt hält eine Photographie ins Licht der Spiegelbeleuchtung.
»Tillys Glücksbringer«, antwortet Cliehm. »Ihr letzter Blick vor jeder Premiere gilt diesem Bild.« Er legt Photo und Karte zurück.
»Ich weiß, wo sie ist!« ruft er plötzlich und stößt die Schublade zu. »Kommen Sie.«
Die drei eilen auf den Flur. Cliehm steuert zur Feuerschutztür. Auf dem schmalen Gang kommt ihnen die Bühnenmannschaft entgegen.
»Fährt zum Privatvergnügen mit'm Lastenaufzug«, brummt die Bärenstimme des Bühnenmeisters.
Cliehm zeigt auf das große metallene Tor. »Dort!« Er läuft hin, späht durch das viereckige Fenster. Anschlagen von Eisen hört er, über ihm schiebt sich der Fahrkorb in die Höhe. »Zu spät.« Da drin sitzt Tilly, weiß Cliehm. »Wir

können die Treppe benützen!« Er läuft voraus. Jetzt! schreit es in ihm.
Eine Etage, drei, hinter sich hört er Zinnk und Trummer keuchen. Zum Dachgeschoß. Cliehm rennt durch den Korridor, nimmt die nächste Treppe. Er hört das Halten des Fahrstuhls, lauscht auf das Echo vom Anschlagen der Kabine im Schacht. Sie betreten den finsteren Raum.
»Wir sind unterm Dach«, flüstert Cliehm. Er zittert am ganzen Körper.
»Was will Tilly hier?« Auch Zinnk senkt die Stimme.
»Wir sollten sie fragen.« Trotz der Finsternis sucht Cliehm Zinnks Augen. Schritt für Schritt tasten sie sich voran. Schwaches Licht fällt aus dem Lift.
»Sehen Sie.« Cliehm überläßt Zinnk den Vortritt, durch das Sichtfenster zu spähen. Der preßt Augen und Nase an das staubige Glas.
»Ich sehe metallene Wände«, flüstert er. »Da liegt ... was ist das? Ein Mantel liegt auf dem Blech.«
»Sonst nichts?« zischt Cliehm.
»Ich sehe ...«, Zinnk stockt mitten im Satz.
»Was – was?« fragt der Staatsanwalt.
»Schauen wir doch einfach hinein!« Cliehm rempelt Zinnk beiseite und öffnet ruckartig die Tür.
Tilly hockt auf dem Boden, sie ist nackt. Zinnk ist der erste, den sie im Türrahmen erkennt.
»Die Pause ist fast zu Ende«, fährt sie ihn an.
Cliehm drängt sich dazwischen. Tilly schreit kurz auf, dann stockt ihr der Atem. Es ist vollkommen still. Sie starrt auf

Cliehm. Der wendet den Kopf, Zinnks Gesicht ist ein wächsernes Staunen, die Augen sind nach oben verdreht. Was sieht er? denkt Cliehm. Vergangenheit, Zukunft? Tilly ist wie versteinert. Sie hält keine Hand vor die Brust, versucht nicht aufzustehen. Ein Geräusch – langsam rollt eine Kerze aus der Ecke des Fahrkorbs, bleibt vor Zinnks Schuhspitze liegen.
»Was ist hier los?« murmelt der Staatsanwalt.
Plötzlich erlischt die Fahrstuhlbeleuchtung, völlige Dunkelheit. Cliehm greift in die Tasche, zieht die Streichhölzer hervor. Er zündet eins, *Rosenstolz* sagt die geschwungene Schrift auf der Schachtel. Im Aufflackern sieht er Tillys verzerrtes Gesicht. Dann ist die Flamme erloschen. Triumph, denkt er. Ich habe die Formel, mein Erfolg ist gesichert. Ich habe Tilly für ihre Untreue bestraft. Ich habe Zinnk unter Kontrolle. Alle Gegenwarten gehören mir.
Und jetzt?
»Da war vor vielen Jahren ein junger Mann«, sagt Cliehm ins Dunkel hinein. »Er stand auf der leeren Bühne der Oper. Die Vorstellung war zu Ende. Die junge Sängerin kam auf ihn zu. Plötzlich erloschen alle Lichter. Der junge Mann zündete ein Streichholz der Marke *Rosenstolz*. Ich heiße Anton Cliehm, sagte er. Ich bin Physiker. Meine Tätigkeiten sind Sitzen, Aufundabgehen und Rechnen. Normalerweise. Jetzt bin ich in einer mir unvertrauten Lage. Die Sängerin nahm seine vorgestreckte Hand. Feuer und offenes Licht sind auf der Bühne verboten, sagte sie. Der junge Mann stand vor ihr wie ein Leuchtturm.«
Aufbruch, denkt Cliehm. Freiheit. Wohin ich will.

Er nimmt das vorletzte Holz aus der Schachtel, reibt den Kopf an der seitlichen Fläche. Zischend erwacht das Flämmchen zum Leben. Er schiebt Zinnk beiseite und betritt den metallenen Schacht.

»Verzeih«, sagt er, bückt sich, nimmt Tillys Schminkmantel, legt ihn ihr um die Schultern. »Ich hatte vergessen, du machst hier deine Stimmübungen«, lügt er. Cliehm sieht die ungläubige Furcht in ihren Augen, hilft ihr hoch, bringt sie dazu, den Mantel anzuziehen.

»Bitte verzeih. Es war gedankenlos.«

Er wendet sich zu den Herren, die nicken stumm. Zinnk hält die schwere Tür auf, Cliehm führt Tilly hinaus. Er bleibt stehen. »Das Beste wird sein«, sagt er, »Sie beide nehmen den Aufzug. Drücken Sie auf K, im Keller steigen Sie aus. Sie gehen auf die Straße und betreten das Theater wieder von draußen. Ich bringe Tilly nach unten.«

»Bitte entschuldigen Sie«, murmelt der Staatsanwalt.

Zinnk schweigt, seine Lider flattern. Trummer sucht, drückt den Knopf. Das Licht flammt wieder auf, die beiden treten in die Kabine zurück. Langsam wandert der helle Streifen nach unten, die Köpfe der Herren verschwinden. Ihre Mienen sind ernst.

»Komm«, sagt Cliehm. »Dort ist die Tür.« Er nimmt Tillys Hand. Sie geht mit ihm, als wäre sie vollkommen fremd in dem Haus.

»Vor der Pause ... das zweigestrichene A ...«, sagt sie mit ängstlicher Stimme.

»Kein Mensch hat es bemerkt«, antwortet Cliehm.

Draußen

Wieviel faßt der Tank? Cliehm betrachtet die weißbeleuchtete Anzeige, sie dreht sich weiter und weiter. Der Mechanismus am Zapfhahn springt zurück, Cliehm beläßt die Zahl, wo sie ist. Zahlen mit Null hinter dem Komma interessieren ihn nicht. Der Mann an der Tankstellenkasse ist wortkarg, nimmt die Kreditkarte, gibt den Beleg. Zwischen blauen Leuchtstoffsäulen steht Cliehm wieder im Freien. Er starrt in das ebenmäßige Dunkel über sich. Kein Sternenlicht durchdringt die schwarze Wolkendecke. Ein warmer Sturm spielt mit Papierabfall.

Drinnen feiern sie, denkt Cliehm. Lassen Tilly hochleben, *Die Piratenbraut* ist ihr größter Triumph. Sie wird umlagert von Herren. Zinnk ist nicht dabei. Er lehnt nachdenklich in einer Ecke, stellt sich seltsame Fragen. Hat er geträumt? Aber wovon? Hat er die Formel gefunden? Er steht kurz vor der Wahrheit, denkt Cliehm. Sie lautet: *Jetzt* ist keine genaue Bezeichnung.

Cliehm steigt in den Wagen und fährt zur Oper zurück. Wie weit komme ich? überlegt er. Der Tank ist voll bis zum Rand.

»Anton! Da bist du ja!«

Tillys winkende Silhouette im Bühneneingang. Hinter ihr drängen die anderen nach. Worte, Gesten, fletschendes Lachen. Die Mooshammers, die Spanners, die Trummers, Teta,

Gusta und Elly Behtrù. Schön – endlich – hallo Cliehm – na, Sie haben uns ja – erzählen, alles erzählen – hört er aus dem vielstimmigen Mund.
Das ist das Alte.
Tilly kommt auf ihn zu, küßt ihn beschwingt, legt ihm den Arm um die Hüfte. »Anton hat den Kombi geholt!« ruft sie in die Runde. »Jetzt fährt er uns in den Krebsenkeller. Ohne Führerschein!«
Alles lacht. Lachend umarmt Tilly Cliehm. »Anton, zu wievielt passen wir in den Kombi?«
Anton! hört Cliehm eine andere Stimme.
Das ist der Vater! erkennt er voll Freude. Er will mit mir den Damm fertig bauen. Unten am Bach. Wir verwenden Moos und Steine, schneiden dichtbelaubte Zweige von Bäumen. Es wird ein gewaltiger Damm, das Wasser steigt dahinter bedrohlich an. Ich öffne den Pfeil! ruft Cliehm. Mächtig dehnt er sich ins Ungewisse. Der Vater gibt auf mich acht. Cliehm schließt die Augen.

Anton, hörst du mich? sagt eine flüssige Frauenstimme.
Wo ist der Vater?
Das Wasser des Baches ist silbrig und grün. Das Silber sind Spiegelungen der Sonne, hat mir der Vater erklärt. Das Licht kommt von weither. Wir werden von der Sonne beschienen, sonst wären wir nicht am Leben. Ich liege im Bett. Ich kann nichts sehen, nicht sprechen, mich nicht bewegen. Der Rand des Bettes wird niedergedrückt. Jemand hat sich gesetzt.

Anton, hörst du mich? wiederholt die flüssige Stimme.
Ich höre, antworte ich. Ich bin am Leben. Die Sonne bescheint mich. Aber ich kann meine Stimme nicht hören.
Die Frau steht wieder auf. Sie geht ein paar Schritte, zieht die Vorhänge zu. Es wird dunkel, ich liege im Schatten. Die Sonne kann nicht sehr mächtig sein, wenn ein Vorhang sie aussperren kann.
Wir müssen Geduld haben, sagt die flüssige Stimme. Es gibt einen Fall, bei dem der Patient einundzwanzig Jahre in Regungslosigkeit verharrte.
Ich höre, wie sie hinausgeht.
Einundzwanzig. Das Jahr hat dreihundertfünfundsechzig Tage. Ich werde sie zählen. Jeden Morgen sage ich die neue Zahl, merke sie mir den ganzen Tag, und nachdem ich geschlafen habe, zähle ich eine Ziffer dazu. Es ist keine unendliche Zahl. Mein Vater hat mir das Zeichen der Unendlichkeit beigebracht. Es ist eine Schlange. Sie umwindet sich selbst wie eine Acht, beißt in den eigenen Schwanz. Anfang und Ende verschmelzen. Wenn ich alle Ziffern zusammengezählt habe, werde ich am Anfang angekommen sein. Dann schlage ich die Augen auf. Keine Zeit ist vergangen.
Vater hat mir von dem jungen Mann erzählt. Er lebt in den Bergen und hat eine Braut. Eines Tages steigt er auf den Gletscher und kommt nicht zurück. Seine Braut wartet ängstlich auf ihn. Alle sagen, ihr Bräutigam sei tot. Sie glaubt es nicht und heiratet niemals. Sie wird alt und denkt an ihn jeden Tag. An ihrem zweiundachtzigsten Geburtstag bringt die Schneeschmelze eine Lawine zum Abgang. Schnee- und Eis-

massen wälzen sich ins Tal, machen erst kurz vor dem Bergdorf halt. Am nächsten Morgen stehen die Männer vor dem Haus der alten Braut. Sie setzt ihr Tuch auf und geht mit ihnen. Am Mittag haben sie den Gletscher erreicht. Die Frau beugt sich über die Stelle, wo die Pickel der Männer ein Loch gehackt haben. Die Sonne bricht sich in den Kristallen des Eises. Sie kniet hin und nimmt ihren Bräutigam in die Arme. Sein Gesicht ist bleich, die Haare reichen ihm bis auf die Schultern. Sonst sieht er genauso aus wie an dem Tag, als sie ihn zum letzten Mal sah. Die Männer nehmen ihre Hüte ab. So hat es mein Vater erzählt.

Auch meine Haare wachsen im Krankenhaus. Sonst steht alles still. Nichts bewegt sich, außer auf den Wegen in meinem Kopf. Ich kann schneller sein als das Licht oder unendlich langsam. Ich bin weit draußen, wo die Sonne nicht mehr zu sehen ist. Ich bin im Innern des Eises. Ich reise. Es ist meine Begabung. Ich zähle. Wenn ich fertig bin, öffne ich die Augen.

Vor Cliehm liegt die Nacht, nur erhellt durch seine Gedanken.